袁筱一 许钧 主编

Trois femmes puissantes

三个折不断的女人

Marie NDiaye

［法］玛丽·恩迪亚耶 著

袁筱一 译

上海译文出版社

非洲法语文学:边界、历史与问题
——『非洲法语文学译丛』序

对于"非洲法语文学",我们可以有一个很简单的"望文生义"的解释,那就是来自非洲的作家用法语写成的文学作品的总和。即便这样的释义排除了早期非洲的法国殖民者翻译和编撰的非洲口头文学,例如在1828年出版的《塞内加尔沃洛夫族寓言故事》(*Fables sénégalises recueillies de l'Ouolof et mises en vers français*),这一文学的历史仍然可以向前追溯将近两百年的时间。1853年,混血的塞内加尔布瓦拉神父(L'abbé Boilat)完成了近五百页的《塞内加尔草图》(*Esquisses sénégalaises*),这部带有民族志意味的作品已经蕴含了非洲法语文学的萌芽,因为我们很快就会看到,从非虚构到虚构,从随笔到诗歌,从诗歌到小说,非洲法语文学很快就覆盖了几乎所有的体裁,并且再也不容"法国文学"忽视。

只是作品的诞生并不意味着一种独立的文学就此成立。事实上,非洲法语文学在上世纪五十年代末期进入"法语文学",只在《七星百科全书》(*Encyclopédie de la Pléiade*)的"法语文学卷"里占了差不多十几页。当然,这并不意味着进入"法语文学史"——在非洲法语文学还未对法语文学提出问题之前,"法语文学史"在某种意义上并不存在。瑞士的、加拿大的法语文学并不特别构成一个具有整体性的"法语文学"——就是非洲法语文学取得合法性的开始。然而有趣的是,七十年代由苏联高尔基世界文学研究所集体编撰,译成汉语逾五十万言的《非洲现代文学》中,非洲的法语文学却已经得到了较为详尽的描述,许多在20世纪七十年代之前的非洲法语作家都在该书中占有一定位置。或许就是所谓选择事实、判断事实，并且为读者提供何种角度，从而"激励去发现在每一个历史背后的合理性"[1]的问题。将两个在时间上相距不远的文学史书写事件联系在一起让我们清楚地看到，因为并非民族文学的产物，时时处在变化之中的非洲法语文学在要求得到合法性定义的过程中，也对此前建立在民族或者国别文学之上的"世界文学"的合法性不断发起冲击，呼唤另一种阅读、审视与书写世界文学的模式。

我们对于非洲法语文学的翻译与研究也寄身在这一背景之中。因此，在"非洲法语文学译丛"出版之际，我们觉得有必要首先对大多数中国读者并不熟悉的非洲法语文学的地理边界、历史及其所包含的问题做出界定和说明。

一、模糊的边界：非洲的还是法语的？

高尔基世界文学研究所的《非洲现代文学》选择了国别文学这一在上世纪颇为流行的"外国"文学史的做法，这就使得非洲法语文学作品散落在不同国家或者地区的文学里，尤其是北非以及西非，例如阿尔及利亚、摩洛哥、突尼斯，或者塞内加尔、马里、象牙海岸（今译科特迪瓦）等。或许这一做法有效地避开了非洲法语文学的地理边界问题，同时也彰显了编撰者的批评立场，即并不将非洲法语文学当作一个整体来对待。

---

1. 海登·怀特著、罗伯特·多兰编，《叙事的虚构性：有关历史、文学和理论的论文（1957—2007）》，马丽莉、马云、孙晶姝译，南京大学出版社，2019年版，第73页。

由是，列奥波尔德·塞达·桑戈尔（Léopold Sédar Senghor）是塞内加尔的作家，波里·哈苏梅（Paul Hazoumé）是达荷美的（即今天的贝宁），沙尔·诺康（Charles Zegoua Nokan）是象牙海岸的，等等。他们越过了"法语"这一语言和文化的边界，从属于更大的非洲文学。

首先突出非洲法语文学中的非洲属性，当然是一种选择。这是我们熟悉的，假设为稳定的地理边界。只是这一选择暗含着一个命题，即非洲法语文学与非洲英语文学、非洲豪萨语文学或非洲斯瓦希里语文学是并列的、同质的，并且一旦形成，从此就可以形成传统，像我们熟悉的国别文学一样代代相传，然而我们都清楚，事实并非如此。即便与非洲法语文学的另一个"法语的"文化属性相比，或许这一地理属性也并非我们想当然的那么稳定。其不稳定性主要源于两点：首先是因为始于15世纪中叶的奴隶贸易早就使得文化意义上的非洲溢出了地理边界上的非洲；其次则在于，正如李安山在《非洲现代史》一书中指出的那样，"将非洲作为一个整体进行分析并不科学[1]"，因为殖民的原因，"非洲是国家最多的大陆"，非洲各国在人口、宗教信仰、语言文化、经济发展以及独立的历史进程等方面千差万别。第一点导致了文学地理意义上的非洲毫无疑问大于政治地理意义上的非洲：除了非洲大陆21个用法语作为官方语言的国家，6个将法语视作通用语言的国家之外，加勒比地区因其与法国之间千丝万缕的关系，也仍

---

[1]. 李安山著，《非洲现代史》，华东师范大学出版社，2021年，前言，第5页。

然是欧洲和北美洲之外盛产法语文学的地区。第二点则使得哪怕在地理上同属于非洲大陆，甚至同属于非洲大陆的同一板块，例如北非地区，在法语文学方面的产出也是极不均衡的。《非洲现代文学》的章节划分极为清晰地反映了这一不平衡性。非洲法语文学主要散落在五章的内容中，北非的阿尔及利亚、摩洛哥和突尼斯均独立成章，塞内加尔、象牙海岸、几内亚、达荷美、喀麦隆、刚果（布）、马里和中非共和国则共同构成西非一章，另外还有单独成章的马达加斯加（1975年之前为马尔加什共和国），其他法语国家和地区则未有涉及。高尔基世界文学研究所的做法显然有置身该文学之外的"外国文学"研究的立场，但是，值得一提的是，1990年，法国著名的非洲文学学者雅克·谢夫里埃（Jacques Chevrier）的研究著述《非洲文学：历史与主题》（*Littérature africaine: Histoire et grands thèmes*）也采取了类似视角，将非洲法语文学与非洲英语文学并置，虽然非洲英语文学在该书中只占有百分之十的篇幅[1]。

与突出非洲属性相对的，则是突出法语属性的另一种立场。这一立场打破了地理的边界，倾向于区分"黑非洲"与北非马格里布地区，在早期的法国文学史书写中，"黑非洲"的法语文学通常还会因其起始阶段的"黑人性"运动容纳进加勒比的塞泽尔（Aimé Césaire）或是达马斯（Léon

---

[1]. 参见米歇尔·奥塞尔（Michel Hausser）、马丁·马修（Martine Mathieu）著，《法语文学III·黑非洲与印度洋卷》（*Littératures francophones III. Afrique noire, Océan Indien*），贝林出版社（Belin），1994年，第10页。

Damas)。《法语文学 III·黑非洲与印度洋卷》(*Littératures francophones III. Afrique noire, Océan Indien*)为我们列出了一系列相关的指称：1974 年，出版了雅克·谢夫里埃的《黑人文学》(*Littérautre nègre*)，将安的列斯群岛（海地以及仍然属于法国海外省的马提尼克和瓜德罗普）、非洲和马达加斯加的法语文学统统囊括在内；1976 年，罗伯特·科尔纳凡（Robert Conevin）出版了《黑非洲法语文学》(*Littératures d'Afrique noire de langue française*)，标题中的"文学"采用了复数形式，分国家论述"黑非洲法语文学"，也以此赋予了复数形式以合理的解释；1980 年，刚果小说家和教授马库塔-姆布库（Makouta-Mboukou）所著的《黑非洲法语小说导论》(*Introduction à l'étude du roman négro-africain de langue française*)又恢复了法语小说的单数形式，认为黑非洲的法语小说事关"一种"新的、特别的文学；1985 年，则出版了《1945 年以来的法语文学》，从而将黑非洲法语文学视为包括瑞士法语文学、比利时法语文学甚至是犹太法语文学——例如我们会想起 2004 年凭借《法兰西组曲》的遗稿获得雷诺多文学奖（Renaudot）的内米洛夫斯基——的法语文学的一部分[1]……

无论是法语在前，还是非洲在前，都不能解决异质、多元和不平衡的非洲法语文学所带来的矛盾。倘若我们把整体性的问题放在一边，只取地理的维度，倒也并不是说不清楚。这一

---

[1]. 参见米歇尔·奥塞尔、马丁·马修著，《法语文学 III·黑非洲与印度洋卷》，贝林出版社，1994 年，第 10—11 页。

有别于瑞士、比利时或者加拿大的法语文学，主要关乎四块地方：其一是"黑非洲"（即撒哈拉沙漠以南地区）的法语地区，李安山所谓的"西非板块"，是法国或者比利时在西非的旧时殖民地；第二块则是北非的法语地区，也称马格里布地区；第三块则是印度洋的岛屿，包括马达加斯加、毛里求斯和留尼汪；最后一块则在地球另一端的加勒比地区，包括安的列斯群岛和圭亚那。诚然，加勒比不属于地理意义上的"非洲"，但源于15世纪中叶的奴隶贸易却将这块地域与法语文学和文化联系了起来，并且成为最早的"黑非洲"文学的发生地。

加勒比几乎是一个象征，预示着非洲法语文学作者们流散的命运。因为奴隶贸易、殖民以及后殖民时代的到来，留下的和出发的几乎随时可以发生变化，非洲法语文学作者们的唯一共同点只在于，无论是20世纪初离开马提尼克来到巴黎，最后又回到马提尼克的塞泽尔，还是在2024年才辞世不久、从瓜德罗普来到法国，继而前往非洲、在美国执教，最后回到法国和瓜德罗普的玛丽斯·孔戴（Maryse Condé），非洲法语文学的作家们都会在法国或者法语文化的时空下或会聚，或交错。以至于在21世纪的今天，勾勒非洲法语文学的边界似乎是一件不可能的事情。因为即便从地域上廓清了非洲法语文学，我们仍然可以追问无穷多的问题：例如如何定义非洲法语文学作者的身份？肤色吗？国籍吗？出生在阿尔及利亚、小说的背景亦会根植于阿尔及利亚的加缪属于非洲法语文学的作者吗？或者，在法国出生、长大，却时不时会回到"非洲主题"

的玛丽·恩迪亚耶（Marie NDiaye）属于非洲法语文学吗？更困扰我们的可能是，"黑人性"运动无疑奠定了非洲法语文学渐渐成为一个整体的基础，但是，来自至今仍然是法国海外省的马提尼克的塞泽尔是"非洲"法语文学的作者吗？如果塞泽尔是，那么，声称自己就是法国人，并且提出了"克里奥尔化"概念的爱德华·格里桑（Édouard Glissant）是"非洲"法语文学的作者吗？

二、非洲法语文学的历史与现状

脱离了历史，非洲法语文学的地理边界在某种程度上并没有太大的说服力。

作者来自非洲的或是与非洲相关的，用法语写成的，隐含着"黑人"种族（或者本土居民的）以及由此带来的一系列问题——无论地点是在哪里，欧洲、美洲或者非洲——这是对非洲法语文学的较为宽泛的界定。

如果我们同意这样一种界定，非洲法语文学在不同地区或者国家出现的时间当然也是不同的。开始较早的是加勒比地区：海地的第一部法语小说在1859年就已经出现，是埃梅里克·贝尔若（Émeric Bergeaud）的遗作《斯黛拉》(*Stella*)，在当时海地独立斗争的背景下，小说号召黑人和混血儿联合起来共同抵抗法国的殖民压迫。但是海地的法语诗歌创作则开始得更早，并且在很长时间都是加勒比地区法语文学的主流体裁，虽然因为诗歌创作的场景往往比较分散，很难说清楚第一首用法语创作的诗歌究竟创作于何时[1]。而西非早期由黑人创作的"文学作品"则较早也可以追溯到1850年,"塞内加尔当地人"列奥博尔德·帕奈(Léopold Panet)发表在《殖民杂志》(*Revue Coloniale*)上的一篇游记《乘坐"莫加多号"赴塞内加尔的一次旅行》[2]。

然而在19世纪,这些零星的、没有后续的法语文学却并不能形成一个具有整体意义的"非洲法语文学"。当时这些地区的被殖民处境也制约了非洲法语文学的发展,从而让具有萌芽性质的作品只是被当成法国文学极为边缘的一部分来看待,其价值取决于法国读者对于"异国情调"的趣味。对于文学史家来说,这个问题转化为另一个:"非洲法语文学"的源头究竟在于非洲文学呢,还是在于法语文学?在于非洲的口头文学,例如游吟诗人、非洲戏剧,甚至宗教意义上的艺术表演,还是在于已经发展到浪漫主义和现实主义的法国文学?《法语文学III·黑非洲与印度洋卷》的作者指出,"有些人试图在842年的《斯特拉斯堡宣言》中追溯非洲法语文学的诞生",

---

1. 克里斯蒂娜·恩迪亚耶(Christiane Ndiaye)主编的《法语文学导论》(*Introduction aux littératures francophones*)一书中,茹贝尔·萨迪尔(Joubert Satyre)在《加勒比》一章中提到,海地最早的法语诗歌或许可以追溯到1749年,杜维维埃·德·拉玛奥提埃(Duvivier de la Mahotière)的《离开平原的幼鲭》(*Lisette quitté la plaine*),但该诗的语言并不是严格意义上的法语,而是加勒比当时已经渐渐形成的另一种杂糅了法语、英语和当地语言的克里奥尔语。具体可参见克里斯蒂娜·恩迪亚耶著,《法语文学导论》,第167页。
2. 参见罗伯特·科尔纳凡(Robert Cornevin)著,《黑非洲法语文学》(*Littératures d'Afrique noire de langue française*),法国大学出版社(PUF),1976年,第109页。

但是另一方面，在 1808 年，格雷瓜尔神父（L'abbé Grégoire）就已经用《黑人的文学》来证明非洲法语文学更为深刻，并且有别于法国法语文学的传统[1]。

到了 20 世纪初期，已经有一些重要的作品出现，显示出非洲法语文学发展的潜力。例如赫勒·马郎（René Maran）被冠之以"一部真正的黑人小说"的《霸都亚纳》(Batouala)。这部小说得到了 1921 年的龚古尔文学奖，在法国也算是轰动一时。只是在非洲法语文学的合法性尚未得到承认的时候，作者的声音也没有得到更加全面的理解。马郎期待着"从此之后，只要我开口就没人再敢提高嗓门"，然而他却陷入了困境，因为他的作品尽管非常温和，但"对于他揭露的体制而言是难以忍受的"[2]。

暂时搁置这一矛盾需要等到 20 世纪三十年代的"黑人性"运动，两种源头真正地汇聚在一起。黑人大学生从与非洲相关的各个地方来到巴黎。在 19 世纪末美国黑人文化复兴运动的影响下，来自加勒比和西非的黑人大学生找到了写作的一致目标：复兴黑人文化，提升黑人文化的价值，以此来反对甚嚣尘上的种族歧视。埃梅·塞泽尔 1935 年在《黑色大学生》杂志中率先创造了"黑人性"一词。到了三十年代末，桑戈尔对"黑人性"做出了回应。《阴影之歌》(Chants d'ombre)

---

[1]. 参见米歇尔·奥塞尔、马丁·马修著，《法语文学 III·黑非洲与印度洋卷》，贝林出版社，1994 年，第 17 页。
[2]. 阿明·马鲁夫（Amin Maalouf）著，《赫勒·马郎或先驱者的困境》，《霸都亚纳》2021 年版序言，阿尔班·米歇尔出版社（Albin Michel），2021 年，第 13 页。

的诗集中，出现了"黑人性"(《愿科拉琴和巴拉丰木琴为我伴奏》[*Que m'accompagne kôras et balafong*])，但是更重要的是，出现了无数与白色相对的"黑色"的意象：黑色的森林、黑色肌肤，是"白皙的双手""摧毁帝国""使我陷入仇恨和孤独"(《巴黎落雪》[*Neige sur Paris*])。团结在一起发出的声音不再如当年的马郎一般孤单，在当时的环境下，也争取到了巴黎主流文学界的同情。

如果说对于"非洲法语文学"的定义始终模糊，大家在这一指称上达成的重要共识的时间却是清晰的：诗人们发起的"黑人性"运动成为"非洲法语文学"的开端。正是因为其模糊性，"黑人性"这样一个同时具有政治性和文化性的概念暂时弥合了来自不同地方的黑人大学生之间的分歧；而一部分欧洲知识分子，面对即将陷入战争或已经陷入战争或才走出战争的法国与欧洲，也开始反思所谓进步的文明。从 20 世纪三十年代末到四十年代，"黑人性"运动的领袖们都围绕着马郎开了头的"黑人"的话题，完成了一系列的重要作品，例如塞泽尔在 1939 年首先发表在杂志上，后来五十年代才在非洲存在出版社出版的《还乡笔记》(*Cahier d'un retour au pays natal*)；同样写作于三十年代末的桑戈尔的《阴影之歌》等等。四十年代末，"黑人性"运动的创作达到了高峰。1947 年，达马斯在法国瑟伊出版社（Seuil）出版了他的《法语诗集》。第二年，桑戈尔也在法国大学出版社出版了著名的《黑人和马达加斯加法语新诗选》。尤其是后者，因为萨特的加持，取得了极大的成功。在《黑色的俄耳甫斯》一文中，萨特为到目前为止只停留在文学意象上的"黑人性"给出了一个比较清晰的解释，即"黑人思想和行为中共有的某种品质"。这篇堪称"黑人性"宣言的序言让黑非洲的诗人们聚集在了同一面旗帜下。

因而，这一代诗人虽然日后同样饱受争议，但是他们却奠定了非洲法语文学的基础。从此，被攻击也罢，被拿来暂时做一面斗争的旗帜也罢，非洲法语文学总算有了成为一个整体的理据，开始拥有自己的历史。而历史一旦揭开序幕，就必有后来。从"黑人性"运动到20世纪七十年代各国的独立战争陆续发生并渐渐告一段落，反殖民的话题成为非洲法语文学第二个阶段的共同核心，顺利地将非洲法语文学的历史延续了下来。文学作为一种证词，记录下被殖民的历史，或是在独立战争期间的现实。正是在赋予自身明确任务，并且对共同需要面对的黑人的命运进行思考的过程中，非洲法语文学没有因为当初的"黑人性"运动的领袖的离散而消失：塞泽尔回到了马提尼克，桑戈尔成了独立之后的塞内加尔共和国的第一任总统，达马斯也在法属圭亚那、法国和美国之间奔波，但是无论在哪里看到的现实，黑人一样免不了悲惨命运。文学必须要做出解释，甚至为黑人、为被压迫的人寻求解放的道路。出生于马提尼克，在巴黎完成精神分析博士学业，后来成为阿尔及利亚医院的精神分析科负责人的弗朗茨·法农（Frantz Fanon）宣称作家"注定要进入他的人民的内心"，或许比此前的第一代非洲法语文学的作者们更清晰地昭示了非洲法语文学的独特使命。

但独立之后的非洲法语文学的命运又将如何呢？殖民毫

无疑问已经被宣判为非正义的以及"政治不正确的",这是否预示着非洲法语文学的共同目标已经得到了解决?只是诚然如我们所看到的那样,在很多非洲国家,独立战争带来的是幻灭。依然是如《法语文学III·黑非洲与印度洋卷》所言,"(非洲法语文学的)未来取决于非洲的法语——或者加勒比的法语——以及法语在非洲的发展与命运,取决于当地语言的命运,取决于图书市场,取决于(新)媒体的扩展与变化"[1]。变化已经产生,写作者个体的命运和足迹不尽相同,他们表述非洲和非洲人的方式也不尽相同,很难再用统一的发展逻辑加以概述。唯一可以加以简要说明的是,在上世纪末到今天的近半个世纪的时间里,随着后殖民时代的到来,非洲法语文学在不断产生新的问题,并且试图从不同角度回答这些问题。非洲法语文学作者的流散不仅没有导致非洲法语文学的死亡,相反,因为其共同的两个源头——"非洲的"和"法语的"——的不断碰撞,总是在激起新的思考,呼唤新的写作方式。对于出生在法国的非裔作家而言,他们拥有第一代写作者的"他者"目光,他们笔下的"自我"和"他者"完全是颠覆性的;加勒比的法语作者们借助法国思想家的理论思考,提出了杂糅的"克里奥尔化"的概念,从"他者"与"自我"不断共生的角度论证了自身所属的文化未来,而不再只是从一味维护和伸张"黑人性"和"非洲性"的角度出发;而出生于非洲的法语写作者

---

[1]. 参见米歇尔·奥塞尔、马丁·马修著,《法语文学III·黑非洲与印度洋卷》,贝林出版社,1994年,第131页。括弧内的文字为作者所加。

们与"法语的"语言和文化之间的关系也发生了巨大的变化。新一代的写作者几乎都拒绝了这样或者那样的标签，但在写作的时候都加强了"与非洲相关"这一源头性因素，使之重复出现在读者、媒体和批评界的眼前，因而也在不断提醒非洲法语文学的存在。

三、非洲法语文学的重大主题与理解当代世界的别样角度

非洲法语文学之所以能够作为"一种"文学（*une* littérature）存在，或者说，一种复数的、随时都在变化的文学（une littérature plurielle, changeante）存在，其根本并不在于写作者毋庸置疑的身份（例如国籍、出生地甚至种族），也不在于已经发展了数个世纪、传统被一再定义、一再被经典化的文化，而是在于这些来自世界各地、在精神上将非洲认作故乡的写作者们书写的经验都围绕同样的问题展开。我们能够清晰地认出这些尤其属于——但并不是只属于——非洲文学的问题：历史、身份、性别、文化杂糅……如果我们将"黑人性"运动理解为非洲法语文学的开端，也就不难理解，作为殖民的产物，非洲法语文学与世界化的背景密切关联。一切都是从移动开始的：殖民，被殖民，殖民后。有主动的出击与侵占，也有被动的出走与回归——以及无法回归。是移动带来了身份问题，也是移动使得新一代的作者有了重新思考不同的性别、种族和文化实体之间权利差异的问题，是移动打破了文化的固有边界，产生了文化的杂糅，以碎片的方式而不是以"教化"或者征服

的方式渗透在我们生活的方方面面……

在非洲法语文学的不同阶段，这些问题会呈现出不同的面貌。非洲法语文学中有永远的"异乡人"，回到非洲的法国人是"异乡人"，在法国的黑人也是"异乡人"，甚至去到非洲寻根的加勒比人也是"异乡人"。当塞泽尔写道，"他们不知远游只知背井离乡 / 他们越发灵活地卑躬屈膝 / 他们被驯化被基督教化 / 他们被接种了退化堕落……"，叙事者毫不犹豫地用了"他们"这样的第三人称。当《三个折不断的女人》(*Trois femmes puissantes*) 中的诺拉（Nora）来到父亲所在的塞内加尔，"有点讲不清父亲家究竟住在什么地方"，因为"她只知道大概的地址，街区的名字，E区，但二十年来那里建起了那么多幢别墅，她又没怎么去过"，在"她又一次让出租车司机迷失了方向"的时候，在突然来到的丈夫和孩子面前，她感到了茫然和尴尬，因为她觉得或许丈夫会认为，父亲的产业和房子都是她编造出来的。此时，她是和丈夫一样的异乡人，甚至比丈夫——因为无法感受所谓的"异国情调"——更加难以忍受非洲绚烂的凤凰木的腐烂味道。在孔戴笔下，来自安的列斯群岛的维罗妮卡（Veronica）作为一个冷静甚至有点冷酷的叙事者出现在《等待幸福》(*Heremakhonon*) 里的非洲时，她生动地诠释了法农在《大地上受苦受难的人们》中道出的那句话："黑人正在从地球上消失……没有完全相同的两种文化"。

与身份或者种族所提出的权力问题相伴相生的，自然还有性别的问题。所有的非洲法语文学写作者几乎都是女性主义者，无关乎写作者是男是女。如果我们把女性主义者理解为格外关注女性的命运以及她们所背负的沉重历史与现时，那么，让女性开口说话，就像第一代作者要让失声的黑人开口说话一样，是非洲法语文学的写作者赋予自身的另一重要使命。即便不像孔戴那样，直接借《薄如晨曦》(*Moi, Tituba, sorcière...Noire de Salem*)里的人物之口道出"男人不爱。他们占有。他们征服"的残酷事实，不得不屈服于非洲传统以及西方的双重父权话语中的女性一向是非洲法语文学写作者——尤其是北非的女性写作者——最喜欢书写的对象。女性或为叙事者，或为第一人称的人物，共同承担起探寻女性过去、现在和未来命运的责任。也正是这些不同时代的非洲法语文学作品告诉我们，女性问题的复杂之处就在于，性别不平等的问题并非像我们开始时所想象的那样，能够通过接受教育，通过站在民族解放、站在种族平等事业的一线，通过奋起反抗就解决了的。奴役并非形式上或者制度上的问题，它一旦进入历史的恶性循环，就会深入意识，就会成为永远在流动着的枷锁。

对于历史真相的追寻和确立，同样是非洲法语文学试图完成的任务之一：如何重建非洲大陆在一次次被侵略的过程中渐渐破碎的文明？或许，最直接的方法就是依靠想象，或者历史的材料还原曾经的、复数的历史真相，恢复在历史断裂之前曾经一体过的——这也同样是一种想象——共同体。我们并不奇怪非洲法语文学中为什么会充满暴力与战争：大到屠杀和各种形式的战争，小到各种宗教的、文化的、个人的冲突。战争可以发生在殖民者与被殖民者之间，但是随着时间的推移，战争在表面上更多地发生在同胞之间。独立或者不独立都不足以避开战争。《裂隙河》(*La Lézarde*)里的塔埃勒(Thaël)离开家,往山下去,他还不知道,有一场刺杀的任务在等着他。殖民者虽然不得不撤离,但是想要派驻一个他们的代表,来管理已经成为殖民宗主国海外省的朗布里亚纳,仍然变相地维护他们的殖民渗透。代表是一个和塔埃勒一样的当地人,是塔埃勒的同胞,也是人民的叛徒。但这样的一个变节者被刺杀了,却不足以保证构建一个和平、繁荣以及理想的、同质的共同体,因为代表甚至连一个象征都算不上。历史的问题因而也与记忆的问题连接在了一起。伸张书写和评价历史的权利,以"复数"的形式强调记忆的正义性,以"小人物"的个人记忆反抗集体记忆的尝试,这恰恰就是包括非洲法语文学在内的文学"复数"之所在。正如意大利思想家安东尼奥·葛兰西(Antonio Francesco Gramsci)所指出的那样,历史的异质性得到充分实现的条件就是人民大众将为统治阶级服务的价值观内化为自己的价值观[1]。而非洲法语文学便是被唤起的,对于统一的、主流的、殖民性的价值观的反抗形式之一,它必然以异质的面貌出现。

而这一切,仅仅和非洲相关吗?或许,"法语的"这一我们曾经一度认为——法国文学也曾经如此认为——更为重要的

---

[1] 转引自伊夫·克拉瓦隆(Yves Clavaron)著,《法语地区,后殖民与世界化》(*Francophonie, postcolonialisme et mondialisation*),加尔尼埃出版社(Granier),2018年,第141页。

属性，最终只是为了直接对话，让更多的人听到，从而为了更牢固地成为世界文学的一部分而已。

让更多的人听到和理解，让更多的人能够借助对"他者"的理解来丰富对自身的、对自身所处的世界的理解，这也是"非洲法语文学翻译与研究"计划的初衷。对于中国的大多数读者而言，非洲法语文学还是一个陌生的存在。而它的复杂性和多元性也的确为我们快速地理解，继而进入这一新兴的、不过百年历史的文学设置了重重障碍。让大家能够对非洲法语文学的发生，对其过去和现在有初步的感受，是我们决定策划、编选"非洲法语文学译丛"的最根本的想法。因此，我们选择了较为宽泛的非洲法语文学的定义。而我们的出发点也更倾向于历史，而非地理意义的非洲大陆；更倾向于作品，而非作者的身份。因为我们相信，相较于国家与语言边界相对固定的民族文学，非洲法语文学更是开放的，处在时时的变化之中的。但这也正是它的魅力所在。

"非洲法语文学译丛"第一辑共收录六部作品。其中三部是非洲法语文学源头性的作品，分别是圭亚那作家赫勒·马郎的《霸都亚纳》、马提尼克作家埃梅·塞泽尔的《还乡笔记》和塞内加尔诗人、总统桑戈尔的诗集。马提尼克的爱德华·格里桑的《裂隙河》写于1958年，获得了当年的雷诺多文学奖，相较于非洲大陆同一时期的作品，或许它更能够反映在上世纪的五六十年代，即将步入纷繁、复杂后殖民世界的非洲社会的重重矛盾。我们还选入了更为当代的两部作品：来自摩洛哥的本·杰伦（Tahar Ben Jelloun）的《沙的孩子》（*L'enfant de Sable*）以及法国作家玛丽·恩迪亚耶的《三个折不断的女人》。虽然它们还远远不能反映复数的非洲法语文学的全貌，但希望读者能够从中窥得一两分非洲法语文学的意思。

需要感谢国家社科基金重大项目"非洲法语文学翻译与研究"的团队，也要感谢上海译文出版社的慧眼识珠与鼎力支持。非洲法语文学的作品是挑战阅读舒适区，同时也挑战读者已有的知识体系的作品。它是鲜活的，跳跃的，也是充满趣味和力量的。无论是在一百年前，还是在今天，非洲法语文学的写作者们都不会将既有的写作成规放在眼里。在所谓人工智能大行其道的今天，或许，它也是最不"人工"的作品之一。这应该算是非洲法语文学对世界文学另一个出其不意的贡献吧。

袁筱一
2024 年 6 月 15 日凌晨

献给洛莱娜、西尔维尔、罗马里克

一

那个迎接她的男人，那个仿佛是突然出现在水泥大房子门口、浸润在突然间变得如此强烈的光线中——就好像是身体本身产生、散发出来的光一样——的男人，那个站在那里的男人，矮小、滞重，仿佛一只霓虹灯泡般发出白色耀眼光芒的男人，这个站在大得过分的屋子门口的男人，诺拉很快就感觉到，在这个男人的身上，昔日的傲慢，高大、似乎根本不可能消失的，永恒到神秘的青春已经荡然无存。

他一直双手交错放在肚子上，脑袋歪向一边，灰发的脑袋，包裹在白色衬衫下凸出的、软塌塌的肚子，腰带下方是奶油色的裤子。

他就站在那里，勾勒出冷冷的白色光晕，他也许是从院子里的某株凤凰木枝下走到这不可一世的家门口来的，诺拉在想，因为刚才她一边往房子这里走一边通过栅栏往大门口看，她没有看见父亲从门口出来——然而，就在这日暮时分，他却出现在她的面前，这个散发着光芒的男人，他已经变形了，仿佛脑袋挨了重重的一下，诺拉记忆中的和谐比例不复存在，如今呈现在她面前的，是一个没有脖子，双腿滞重、粗短的男人。

他一动不动看着她往自己的方向走过来，在他似乎有些犹豫和茫然的目光中，似乎一丁点儿也看不出在等她的意思，仿佛他没有求过她，坚持要求（她想，这样的男人这样看来也还是会求援的）她来看他。

他只是站在那里，也许是一下子拨开在房前投下一片黄色阴影的粗大的枝杈之后才费力地到达已经开裂的房子门口，这样一来，诺拉在这个时刻迈步走向栅栏就仿佛只是一个纯粹的偶然。

而且这个男人擅长把自己的请求变成别人对他的请求，他看着她推开栅栏门，走进花园，带着主人的神气，带着些微被冒犯的意思，又好像是在努力克制，他的手遮在眼睛上，虽然夜晚已经来临，门口被笼罩在阴影之中，但是他这样一个奇怪的，闪闪发光的人仍然让门口一片明亮。

"瞧，是你。"他的声音喑哑，虚弱，一点也不自信，仿佛尽管已经完美掌握了法语，但是由于过分骄傲，总是担心不能避免错误而产生的忧惧使得他的声音情不自禁地要颤抖。

诺拉没有回答。

她拥抱了他一下，并没有贴紧他，因为她记得他讨厌身体的接触，虽然是以某种不易察觉的方式，父亲软绵绵的双臂在她的指间很快收了回去。

她似乎闻到了一股霉味。

味道来自那株盛开的，几近开尽的黄色凤凰木，凤凰木的枝叶遮住了平顶，而这个神秘、自大的男人也许就躲在树叶间，窥伺着，诺拉不无尴尬地想，窥伺着每一点接近栅栏门的轻微的脚步声，好一下子跳过来，笨拙地守在水泥墙大屋子的门口；又或许这味道来自父亲的身体和衣服，来自他衰老的，满是皱纹的，死灰色的皮肤，她不知道，也说不清楚。

她所能确定的，也就是今天他穿着——她在想，或许现在他一直都穿着——这样一件皱巴巴的，满是汗渍的衬衫，裤子在膝盖的地方也磨得发绿发亮，而且鼓着，或许是步履过于沉重，每次落地的时候裤子都会碰到地面，或许是，诺拉禁不住带一点厌烦的同情在想，不管怎么说，他也和那些穿着随便的老人没什么差别了，对衣服上的斑斑点点视而不见，尽管他仍然保留着过去穿着优雅的习惯，衣服几乎都是纯白或奶白色的，过去即便是出现在自家那幢没有完工的屋子或是布满灰尘的客厅门口，哪怕是从被花朵压弯了的凤凰木枝杈间冒出来，也要打好领带。

诺拉从机场过来，先乘了一段出租车，然后她在热浪中走了很长时间，因为她忘记了父亲家的确切地址，直到看见这幢房子，她才认出这地方来，此时，她觉得自己浑身上下黏糊糊，脏兮兮，一点力气也没有了。

她穿着一件浅绿色无袖连衣裙，上面缀满一朵朵黄色的小花，和落在门口的凤凰木很像，脚上是一双同色的平底凉鞋。

她不无惊讶地看见父亲脚上竟然穿着一双塑料夹趾凉鞋，他这么一个爱面子的人，以前从来只穿打蜡皮鞋，米色或是象牙色的。

难道是因为这个衣衫不整的男人已经完全失去了评判她的权力，用那种失望或是严厉的目光望着她？或者是，她已经三十八岁了，她不再首先考虑自己的外表有可能招致的评判？无论如何，如果放在十五年前，她想，她应该会为自己就这么汗津津的，一副倦态地站在父亲面前感到尴尬和羞愧，因为父亲从来不会显示出一丁点虚弱或是怕热的样子，但是现在她根本无所谓了，甚至现在她根本不会转移他的注意力，就顶着一张素面，闪着油光的脸出现在他面前，在出租车都没有补一点粉，她不无惊讶地对自己说：我以前怎么就这么在乎这一切呢？她还带一点酸楚和怨恨地想道：他愿意怎么想我就怎么想吧，因为她回忆起小的时候，和姐姐一起来看他时所得到的那些个残酷的，攻击性的评价，这个高高在上的男人说的时候总是漫不经心的，总是在说她们不够优雅，或是没涂口红之类的。

她很想对他说：你有没有想过，那时你说话的口吻，好像我们已经是成年女性，好像我们有诱惑男人的责任似的，然而那时我们只不过是个调皮的小姑娘，而且是你的女儿。

她希望自己说的时候语气是轻松的，带一点责备的意思，仿佛父亲那种微显粗鲁的幽默口吻，然后他们会一起微笑，他则有一丝悔意。

但是，看见他穿着夹趾凉鞋站在落满残花——也许就是他自己不耐烦地、步履沉重地跳出来时碰落的一地残花——的水泥门槛上，她明白过来，他的心思并不在审视她，对于她的外表做出相应评价上，就像他没心思去听，去理解她对过去那些恶毒评价的影射一样。

他眼神空洞，呆滞，望着不知道什么地方。

她在想，他是不是记得自己曾经写过信，请求她来。

"我们进去吧？"她把包换到另一个肩上。

"玛塞克！"

他拍了拍手。

他那变形的身体所散发出的那种冷光——简直带一点蓝色——似乎骤然间更亮了。

一个身着百慕大短裤，破旧的网球衫的光脚老人步履轻盈地从房子里跳了出来。

"接着包。"诺拉的父亲命令道。

接着他对诺拉说：

"这是玛塞克，你还记得吗？"

"我的包可以自己拿。"她说，但很快就后悔是不是会冒犯到已经习惯了这一切的侍者，尽管玛塞克年事已高，可他应该习惯了举起或是传递最叫人麻烦的东西，于是诺拉猛地递了过去，玛塞克大概没有料到，以至于踉跄了一下才将行李在背上安放好，弓着腰回到了房子里。"上一次我回来还是芒苏尔，"诺拉说，"我不认识玛塞克。"

"哪个芒苏尔？"父亲的脸上突然现出茫然的表情，几乎可以说得上是懊丧，是诺拉从未见过的。

"我不知道他姓什么，但是那个芒苏尔在这里待过好多年了。"诺拉说，她觉得自己渐渐地为一种黏滞的、令人窒息的尴尬所包围。

"那也许是玛塞克的爸爸吧。"

"哦，不，"诺拉咕哝道，"玛塞克年龄这么大，根本不可能是芒苏尔的儿子。"

由于父亲脸上的神情越发地迷离了，那样子简直准备开口问她是不是在耍他，诺拉赶紧补充说：

"不过这根本不是什么要紧的事情。"

"我从来没有用过一个叫芒苏尔的用人，你一定是搞错了。"他的嘴角露出一丝傲慢的、恩赐般的笑容——这是他今天第一次显露出过去的人格特征来，可正是他令人憎恶的微笑中所包含的这丝刺激今天却温暖了诺拉的心，仿佛这个自负的男人能够继续执着于最后定调对她而言很重要，比他所说的正确与否还要重要。

因为她能够确定芒苏尔的存在，勤快、耐心、高效，在父亲身边待了好多年，如果说童年之后，她和姐姐到这里来的次数总共也不过三四次，每一次来，看到的应该都是芒苏尔，而不是对她而言完全是陌生面孔的玛塞克。

一跨进屋子，诺拉就已经感觉到屋子里真的是空荡荡的。

现在天已经黑了。

偌大的客厅漆黑，静穆。

父亲打开了一盏落地台灯，灯光微弱，是那种四十瓦的灯泡发出的光，照亮了房间中央那张玻璃台面长桌子。

在粗糙不平的水泥墙面上挂着几张镶好镜框的照片，诺拉认出来，那是父亲以前买下和经营过的度假村，他就是从这个度假村开始发迹的。

这个男人一向为自己的成功感到骄傲，家里总是住着一大群人。诺拉以前就认为，倒不是父亲有多么慷慨，而是对于能够荫庇自己的兄弟姐妹，侄子侄女或者各种各样的亲戚，他感到很有面子，但是曾经住着一大群人的家如今竟然这么空荡荡的，这是过去诺拉从来没有看到过的，不管是在一天当中的哪个时刻。

以前，屋子里总是有孩子们躺在沙发上，肚皮朝上，就像是吃饱了的小猫，男人则一边看电视一边喝茶，女人在厨房和卧室之间穿梭来去。

今天晚上却是空荡荡的，屋子里那些冷冰冰的材料生硬地暴露出来，闪闪发光的地砖，水泥墙，窄窄的窗框。

"你妻子不在？"诺拉问道。

他将大桌子边的两张椅子移开，靠拢，接着，他又改变了主意，将椅子归回原位。

他打开电视机，却还没等图像出来就又关上了。

他拖着那双夹趾凉鞋蹭来蹭去，凉鞋摩擦着地面上的方砖，发出刺耳的声音。

他的嘴唇在轻轻颤抖。

"她出去旅游了。"他最后说。

"哦。"诺拉心里在想，也许他不敢承认她已经离开他了。

"那索尼呢？索尼在哪里？"

"一样。"他迅速说。

"索尼也去旅游了？"

她的父亲曾经有过那么多的女人，那么多孩子，虽然他并不特别俊朗，但是他耀眼、精明，他没有什么同情心，反应迅捷，摆脱贫困之后，他就一直被身边的一小群人捧着，他们自他发财以来，都对他怀有感激之心，很听他的话，而现在，这个被宠坏的男人又身陷孤独之中，也许被抛弃了，想到这里，一直未曾放松警惕的诺拉心头又泛过一阵由来的、隐隐的怨恨。

似乎父亲终于得到了生活给他的教训，这教训本该来得更早。

但是这教训是什么性质的呢？

她觉得自己这么想真的有些狭隘和无耻。

因为，如果说父亲为那些心里打着各自的小九九的人提供过荫庇，如果说父亲从来没有过真正的朋友和真心待他的女人（除了自己的母亲，诺拉想），甚至从来没有过真正爱他的孩子，如果说父亲如今已经上了年纪，没有过去高大了，也许也不如过去健康，一个人孤独地在阴暗的房子里游荡，她所坚持的那种体面的、绝对的道德又建立在什么之上？既然她站的立场是一个充满嫉妒的、女孩的立场，是要报复自己从来没有属于过父亲最亲近的小圈子，她又为什么要暗自高兴呢？

正因为感到了自己的狭隘和无耻，现在她也为自己散发着汗味、湿漉漉的皮肤和皱巴巴的裙子感到羞愧。

仿佛是为了弥补刚才那些恶毒的念头，也仿佛是为了确认他不会一个人孤独得太久，她问道：

"索尼很快就回来吗？"

"他会告诉你的。"父亲咕哝道。

"那怎么可能，他现在又不在？"

"玛塞克！"父亲拍拍手，叫道。

小小的、黄色的凤凰木花纷纷从他的肩头和后背上落下，散落在地砖上，他灵敏地用夹趾凉鞋的鞋头碾碎了它们。

诺拉觉得他仿佛踩踏的是她碎花的裙子。

玛塞克推着餐车过来，餐车上放满了菜肴、碟子和餐具，他开始将这些一一摆放在玻璃餐桌上。

"坐下来，"父亲说，"我们就要开饭了。"

"我先去洗洗手。"

她又重新找回了只有和父亲在一起时才会使用的干脆、流畅的语气，是为了阻止父亲把她已经准备好做的事情交给玛塞克——以前是芒苏尔——做，她知道他如此讨厌客人在家里做一点点的事情，仿佛是怀疑自己家用人的能力一样，简直能对她说：玛塞克可以替你洗手，他根本不会去想她有可能不听他的，因为周围的人不管年龄大小，都只听他的。

但是父亲几乎没有听见。

他坐着，眼神茫然地跟随着玛塞克的一举一动。

她发现他的皮肤变得有些灰蒙蒙的，不像以前颜色那么深，也不像以前那么亮。

他打了个哈欠，如同一只狗，静静的，嘴巴张得很大。

她能够肯定，在门口闻到的那股淡淡的霉味一方面是凤凰木的气味，另一方面则来自父亲的身体，因为这个男人基本上完全浸润在这种橘黄色的花朵慢慢腐烂的过程中——而这个男人以前，她在想，总是非常在乎自己外表的整洁，只用最时髦的精油，这个傲慢而性急的男人从来不愿意别人闻到他自己的体味！

这么一个可怜人，以前谁又能想到他日后会变成一个粗壮的老东西，步履蹒跚，散发出强烈的气味呢？

她沿着长长的水泥走廊向厨房方向走去，一只满是蝇粪的黑乎乎的灯泡勉强照亮了走廊。

厨房是这座不成比例的房子里最小的、最不像样子的一间，诺拉想起了这件事情，这也是她对父亲一连串无穷无尽的抱怨中的一点，她很清楚，这些事情，不管大小，她都不会和他说，她很清楚，倘若和这个深不可测的男人面对面地坐下来，她也决不能找到勇气说，只有在远离他的时候，她才敢劈头盖脸地冲他一堆指责，这样想着，她更加生气，对自己感到非常失望，也更加恼火，恨自己屈从于他，恨自己什么都不敢和他说。

她父亲才不在乎仆人在那样一种不尽如人意、令人疲惫不堪的地方工作呢，反正他自己和客人都不会到厨房里去的。

出于这样的思考，他根本不可能理解她，她尤其怨恨地想，他会把她想成是那类多愁善感的人，因为她的性别，因为她生活的圈子与他的根本不是同一种文化。

我们是在不同的国家，社会不同，他几乎要说，一副卖弄的、高高在上的口吻，也许会把玛塞克叫来，当着她的面问他，厨房是不是合适，玛塞克当然会说合适，父亲甚至都不会用那种胜利的眼神看上诺拉一眼，因为这样一来，就赋予了这件事情本没有的重要性，而他只是简单地结束一个话题而已。

有这么一个完全无法相处的父亲，而且根本不可能有什么感情可言，这样的父亲要了又有什么意思呢，她再一次想道，不过这下倒是平静了下来，不再因为感到无奈、愤怒和泄气而发抖，以往，每当不得不承认自己和父亲之间的差距时，她总是禁不住沉浸到这样的情绪中去，无法挽回的差距，教育不同、观点不同、世界观不同，这个情感冷漠的男人只在法国生活过几年，而她却差不多一直生活在那里，有一颗炽热、脆弱的心。

然而她此时还是在这里，在父亲的房子里，他喊她，她还是来了。

这份感性，父亲毫不掩饰他的蔑视的感性，蔑视他自己的女儿，蔑视整个脆弱的、女性化的西方世界所有的这份感性，如果她能够稍微少一点点儿，她就可以随便找到一个什么借口避免这一趟旅程——"如果你能够，如果你能够离开家庭或长或短的一段时间来我这里，来你父亲这里，我将会感到非常荣幸，同时也会令我感到非常高兴，因为我有非常重要、非常要紧的事情要告诉你……"

哦,她现在多么后悔自己当时竟然屈服了,她多想回到自己家里,只管她自己的生活。

一个身材消瘦的年轻姑娘正在厨房的小水槽里洗锅,她身穿一件无领无袖的背心,裹着破破烂烂的缠腰布。

桌上已经摆满了菜肴,按照诺拉的理解,这些菜就等着端上桌给他们俩吃,父亲和她。

诺拉的脑袋昏沉沉的,她看见了烤鸡,古斯古斯[1],番红花饭,花生酱汁肉,还有其他一些罩在满是蒸汽的透明罩子里,不知道是什么的菜肴,过度丰盛的一桌菜,诺拉已经觉得自己迈不动步子了,胃仿佛也已经开始感到了压力。

她悄悄地站在桌子和水槽之间,等着姑娘干完活,姑娘正费力地冲洗一口巨大的双耳盖锅。

水槽太窄,容器时不时地碰在水槽边缘或水龙头上,发出叮叮咣咣的响声,再加上水槽边没有瓷砖台,年轻姑娘不得不蹲下身去,将餐具放在地面一块平摊着的抹布上沥水。

这再一次证明了父亲根本不把仆人的工作条件放在心上,诺拉禁不住感到恼火。

她很快洗了手,然后冲姑娘笑笑,微微点头示意。

她问起姑娘的名字,姑娘沉默了一会儿(就好像是,诺拉想,想要赋予自己的回答某种重要性一般),宣布道:嘉蒂·丹巴,她坚定的语气和直视诺拉的眼神中自有一种平静的骄傲,这让诺拉平静了下来,也不再感到那么怨恨,甚至连略

---

[1]. 北非居民用粗麦粉蒸熟后浇上一层肉、鱼、蔬菜打成的卤做的一道家常菜。

带焦灼的疲倦和不满也不见了似的。

父亲的声音从走廊那头传过来。

他很不耐烦地叫她快点过去。

她赶紧回到他身边，发现他非常生气地坐在那里，已经迫不及待地扑向一盘塔布雷虾仁水果色拉，玛塞克把色拉装在两个面对面摆放的盘子里，已经端上了桌。

她几乎才落座，父亲已经开始大口大口地吃起来，脸几乎埋在食物里，他连话都懒得说，摆摆样子也顾不上，与过去那个喜欢端架子的男人的行为方式完全大相径庭，诺拉差点要问他是不是已经几天没有吃饭了，她觉得，如果他的经济条件真的像她猜的那样出了状况，他还真能做得出来，省下三天的食物，全都放在今天大吃一顿。

玛塞克一道又一道地上菜，诺拉简直跟不上节奏。

看到父亲根本没有注意她在吃什么，诺拉不禁松了口气。

他只是抬起头，用怀疑而又贪婪的目光打量一下玛塞克放在桌子上的究竟是什么，而如果他带着孩子般的担忧偷偷地扫一眼诺拉的盘子，在诺拉看来，那只是为了确认玛塞克放在她面前的并不比他面前的要丰盛。

她感到无比震惊。

父亲曾经是个饶舌的男人，总是喜欢夸夸其谈，如今却沉默着。

空旷的屋子里，只能听见杯盘碗碟碰撞发出的声音，玛塞克在地面方砖上飘过的脚步声，或许还有凤凰木高处树枝上的花落在瓦片屋顶上发出的沙沙声——诺拉模模糊糊地想，父亲喊她来就是为了这样一个夜晚？为了这株孤独的树？

他继续在吃，从烤羊排到酱汁鸡，只是在两口食物之间喘一口气，虽然塞得满满的，却不见心满意足。

作为结束，玛塞克端上了切成块的芒果。

他叉起一块放进嘴里，紧接着又是一块，诺拉发现，他嚼得非常费劲，想要吞下去，但是没能成功。

他将一团黏糊糊的芒果吐在盘子里。

面颊上流满了眼泪。

而诺拉的面颊上也是热潮滚滚。

她站起身，不禁咕哝了一句，自己也不知道在说些什么。诺拉来到父亲身后，不知道手应该放在哪里，做些什么，她从来没有面对过这样的场面，需要安慰父亲，或是表达除了不无怨恨的礼貌、拘束之外的什么。

她用目光找寻着玛塞克，但是他已经端着最后那些菜离开了餐厅。

父亲一直在流泪，默默地，脸上没有任何表情。

她在他身边坐下，将自己的额头伸过去，凑近他满是泪水和皱纹的脸。

除了食物的味道，她能够分辨出那棵大树落下的花朵烂了的味道，那种略略有些呛人的汁液，而且，由于父亲的脑袋有点斜，她还能够看见父亲衬衫领子上的污垢。

诺拉突然想起了弟弟索尼在两三年前告诉过她的一件事情，这件事情父亲倒是从来没有向诺拉和诺拉的姐姐透露过，诺拉先是不接受，之后就忘记了，忘记事情本身，也忘记这份沉默所引起的苦涩，然而此时，这件事情和这份苦涩却重新回到她的记忆里，她的语气中不无酸涩——可实际上她只是希望

能够安慰一下父亲:

"告诉我,你的孩子在哪里?"

她记得是对双胞胎,但究竟是男孩还是女孩,她记不起来了。

父亲看着他,眼神中有些慌乱。

"我的孩子?"

"最后的那两个。"她说,"反正据我所知应该是最后的吧。你妻子把他们一起带走了吗?"

"小东西们?哦,她们在。"他转过头,嘟哝道,看起来很失望,就好像他指望诺拉能够说点什么他不知道的事情,或是他不能够完全明白的事情,以一种奇怪然而美妙的方式或许能让他摆脱眼前尴尬的事情。

她不自禁地轻轻颤栗了一下,有一种报复性的、不怀好意的胜利的快感。

索尼是他的独子,这个男人不喜欢女儿,同时也不太尊重女儿。

他被一群毫无用处,几乎带有侮辱意味的,连漂亮也称不上的女性包围,击败,诺拉静静地在想,她想到了自己,想到了姐姐,对于父亲来说,她们的错就在于太具典型意义,也就是说,她们长得越来越像父亲而不是像母亲,那么他和一个法国女人结婚还有什么意义呢?——因为,如果不是能生出更像白种人后裔的孩子或是优质的儿子,这故事还能为他带来什么好处呢?

但是在这点上他失败了。

她轻轻地将手放在他的肩头。

尽管有些混乱，她觉得自己的内心充斥着一种颇具讽刺意义的同情。

"我很想见见她们。"她说，因为怕听到他问这个"她们"究竟指的谁，她又随即补充道，"你的那两个女儿，最小的女儿。"

父亲胖嘟嘟的肩膀从诺拉的手掌下挣脱出来，一个下意识的动作，意味着无论在什么情况下，他们之间都不可能有任何亲热的行为。

他直起笨重的身子，用衬衫袖子擦了擦脸。

他推开了客厅尽头一扇难看的玻璃门，打开那里唯一一个灯泡，灯光照亮了另一条狭长的走廊，也是灰色水泥的，诺拉这会儿想了起来，以前，就在这条走廊的两边，是一个个方方正正的小房间，住满了父亲的亲戚。

静默的空气中响起自己和父亲的脚步声，还有父亲那粗重的、不规则的呼吸声，仅凭这些声音，诺拉就能够肯定，如今这些房间都空着。

诺拉觉得，在走廊斜往另一个方向延伸出去之前，自己似乎已经走了好几分钟，然后，她再一次拐了个弯，走廊几乎变得一片漆黑，令人窒息的气氛差点让诺拉想要转头就走。

父亲却在一扇关着的房门前站定了。

他握着门把，一动不动地站了一会儿，耳朵贴在门上，诺拉不知道他是想听听房间里是否有声音呢，还是在集聚所有的精神力量下决心开门，但是她不太了解，而且永远会产生错觉的这个男人（哦，她还是禁不住地要抱有希望，她已经这么多年没见到他了，但愿时间能修正他的态度，缩小他和她之间的距离呢!),他的这种态度令她比过去还要感到不快和焦虑,因为无法确定,在他毫无节制的无耻和漫不经心的、没有丝毫幽默可言的活泼之后,是不是会突然冒出几句尤其残忍的话。

他突然推开了门,仿佛是为了吓她一跳,又仿佛是终于向她妥协了似的。

接着他便躲到了后面,出于害怕,同时也是出于厌恶,他让诺拉先进。

房间小小的,唯一的光来自两张床之间的一盏粉红色灯罩的台灯,两张床不一般大小,小的那张属于诺拉在厨房看到的那个叫嘉蒂·丹巴的姑娘,她右耳垂裂成两半,看见诺拉进来,她打量了一下诺拉。

姑娘盘腿坐在床垫上,在缝一件绿色的小裙子。

她看了诺拉一眼,冲她笑笑。

两个小姑娘则彼此相向地睡在另一张床上,盖着白色床单。

诺拉的心不由一阵发紧,她觉得这是她看到过的最美丽的孩子的脸。

也许是因为走廊里的热气进了空调房,抑或是安宁氛围有了一种不易察觉的改变,两个小姑娘同时睁开了眼睛。

她们用一种严肃、冷漠、没有一丝热情的眼神看着父亲,见到他没有任何愉悦,也没有任何恐惧,诺拉不无惊恐地看到,父亲却似乎在这样一种目光下陷于瘫痪状态,他剃成平头的脑袋,还有缩在衬衫——衬衫突然间散发出一阵强烈的汗味,酸酸的,充斥着烂花的味道——领口里的脸。

这个男人,从来都只能让别人感到一种无形的恐惧,自己却从来不知道害怕，如今却仿佛是在害怕。

对这样的两个小姑娘，他有什么可害怕的，诺拉想，他在这样大的年纪却得到了如此美妙绝伦的两个孩子，应该能让他不再在意她们的性别以及前面两个女儿——诺拉和姐姐——不那么美丽的事实，这样的两个让人艳羡的小姑娘有什么让他感到害怕的呢？

她走近她们的床，笑盈盈地，跪下来，正好和两张小脸差不多在同一高度上，两张圆圆的小脸，肤色较深，轮廓细致，就像两只沙滩上的小海豹。

就在这个时候，《鲁滨逊先生》的曲调突然间响了起来。

所有人都吓了一跳，甚至连诺拉自己，尽管她已经非常熟悉自己手机的铃声，而且手一直放在裙子口袋的手机上，就担心手机响起来好随时切断，然而她过了一会儿才反应过来是自己的手机在响，她不无尴尬地接起来，原本静悄悄的房间在手机铃声中似乎完全转变了性质，原先的安宁、沉重和了无生气变得专注起来，有一种隐隐的不友好在里面。

就好像是在等最后的确切命令，好让两个小姑娘在与她保持距离或是接受她之间做出选择。

"妈妈，是我！"电话里传来露茜的声音。

"你好，亲爱的。你的声音可以小一点，我听得很清楚。"她觉得自己脑袋乱哄哄的，"出了什么事？"

"什么事也没有！就是我们正在和格蕾特一起做馅饼。我们过一会儿还要去电影院。我们玩得很开心。"

"很好，"她吸了口气，"吻你，我回头再打给你。"

她果断地将电话关上，塞进口袋里。

两个小姑娘假装睡着了，眼皮轻颤，嘴唇咬得紧紧的。

诺拉颇感失望，摸了摸她们的小脸蛋，然后站起身来。和嘉蒂打过招呼后，诺拉和父亲走出房间，父亲小心翼翼地关上门。

她的心情很糟糕，在她看来，似乎这个男人又一次没能与自己的孩子保持一种温柔而简单的关系，她想，两个小姑娘竟然能用这样一种不共戴天的眼神看这个男人，说明这个男人根本不配在老年时迎来这样一对漂亮的小姑娘，她觉得，任何事情，任何人都不能让这个男人得到改变，除非把他的心掏出来彻底换一颗。

但是，就在诺拉跟着父亲在昏暗的走廊中向反方向走回去的时候，她现在能够感到分量不重的手机在敲打着她的屁股，她不得不承认——心里颇不舒服，简直有些恼火——对于父亲的怒火其实还有另外一个原因，那就是露茜刚才有些过度激动的声音让她禁不住有所猜测，对于雅各布，那个她与之生活了一年的男人，她还不敢当他面直接说什么刻薄话，于是她统统将这些扔给了走在前面的父亲的背影，那个无辜的，佝偻着背的，肥胖的男人，走在阴暗的走廊里的男人。

因为她的脑海中已经浮现出了巴黎那间熟悉的公寓，是她的坚持的标志，私人的，简朴的，也是她不事张扬的成功的标志，她和露茜单独在这间公寓里过了几年之后，雅各布和他自己的女儿格蕾特住了进来，从此，公寓突然就进入一种无序和迷乱的状态。要知道，之所以她要买下这间金洞公寓的三居室（三十年的贷款），就是想要和这样一份混乱告别，而父亲——如今已经上了年纪，翅膀缩在皱巴巴的衬衫里，身形庞大，漫不经心地走在昏暗走廊里——在她的一生中，就是这份混乱令人恐慌的具体代表。

哦，一听露茜的声音她就知道：很尖，很快，气喘吁吁——房子此时一定在上演着她非常讨厌的父爱喜剧，雅各布在这点上非常夸张，他认为家里不应该有一点点让人害怕的气氛，反对对两个七岁的女儿表现出一点说一不二的态度，通常这类厨房狂欢的开始往往大动干戈，他还会给予很多评点，但是他绝对没有胃口也没有耐心坚持到底，以至于馅饼或者其他点心的面团从来没有被送进烤箱过，此时他只好提议别的活动或是出门玩耍，他自己的声音在这个时候也会变得又尖、又快、气喘吁吁，两个女儿都是在模仿他，而这种声音也会一下子把女儿的注意力吸引过来，经常她们到最后总是免不了放声大哭，其间还不乏神经质的各种表现，想到这些，诺拉实在是有些心情低沉，尽管这样的日子笑声不断，热闹喧哗，却毫无益处，甚至有些奇怪，虚假。

哦，从露茜的声音中她已经能够感觉到——而且诺拉已经不再为自己感到担心，或者说就在她要走之前，这种担心已经开始显现，但是她坚决没有把担心说出来，她只是听凭自己在心里面默默地想，倒不是从客观上来说把女儿留给雅各布有什么危险，而是想到自己已经在这间公寓里建立起来的关于纪律、节制、高傲的价值，应该象征、装点她的一生甚至以此为基础所建立的露茜的童年可能会在她离开的时候被这个男人彻底摧毁，用一种略带冷酷的，有计划有步骤的欢乐，她就觉得喘不过气来，更要命的是，没有人强迫她把这个男人引进家门，如果不是因为爱和希望，就没有别的解释了。

如今，她既无法在失望的情绪中承认自己对这个男人有爱，而对有秩序、简洁和谐的家庭生活也不再抱有任何幻想。

她打开家门，迎来的却是坏事，不乏微笑、温柔、固执的坏事。

就在她离开露茜的父亲，买下这间公寓之后，就在她度过了数年的犹疑之后，就在她通过几年刻苦努力建设一份值得尊敬的存在之后，她却打开门，迎来了对于这份存在的摧毁。

她真是为自己感到羞耻。

但是她不能对任何人说。

说不出来，而且说了也没人能懂——这个错误，这个与自己努力相违背的罪恶。

无论是母亲、姐姐还是她的朋友，没人会去想雅各布和他的女儿格蕾特，那么两个亲切、温柔、迷人、有教养的人儿竟然巧妙地摧毁了诺拉和露茜娘儿俩生活中历经千辛万苦才找到的平衡，她欢欣鼓舞地——仿佛先前一切的迟疑最终反而遮蔽了她的双眼——向这可爱的恶敌开大门。

她感觉自己是多么孤独！

她感觉自己是多么愚蠢，简直就是自投罗网！

真是为自己感到羞耻。

但是她根本找不到合适的话来让他们明白自己在两三天前所感受到的这份不适和愤怒，就在两三天前，类似的家庭戏剧场面再次上演之时，雅各布的邪恶品质，以及自己身陷其中的平庸想法，这一切都清楚地展现在自己眼前，她那么向往美好、简单，她那么害怕扭曲的精神状态，在她和露茜单独生活的时候，只要碰到一点点扭曲的征兆，她就立刻避之不及，她希望自己的小女儿永远也不要面对夸张、不正常的生活。

但是她从来不知道恶也可以有温柔的眼神，可以伴随一个精致的、大方地献出自己的爱的小姑娘出现——哦，或许这只是因为雅各布的爱，无人称的、永远取之不尽用之不竭的、模模糊糊的爱对她来说一文不值，她是现在才弄明白这一点。

那天，诺拉和平时一样第一个起床，她让格蕾特和露茜吃了早饭，然后让她们做好上学的准备，诺拉在卫生间梳洗完毕的时候，雅各布从卧室出来了，而平时，他都要睡到三个人走了之后才醒。

姑娘们正在系鞋带，他却开始逗弄上她们了，拉她们打好的鞋带结，后来又拿了一只鞋子，藏在沙发底下，嘲弄地大笑着，像个孩子似的，根本没想时间的问题，也没有想孩子们会如何慌乱，孩子们开始还叽叽嘎嘎地笑着，追在他后面满屋子乱跑，求他别再胡闹，直到最后，她们连眼泪都要出来了，然而努力挤出笑，因为这本来就是不值一提的小事，直到诺拉介入，像命令一条狗一般命令他，用那种伪装出来的、只有和雅各布说话才用的、温柔却因为克制愤怒而颤抖的嗓音，她命令他立刻把鞋子交出来，而雅各布用那样一种优雅的姿态完成了诺拉的命令，弄得诺拉和两个小姑娘突然之间感到有些伤感，她们都是气量狭小的女人，而这个可爱的小精灵不过是想逗一下她们而已啊。

诺拉知道，如果这时再不快点儿，她就会误了今天的第一个约会，所以，雅各布突然表示今天要陪两个小姑娘去学校的时候，她仍然干巴巴地说她反对，但是两个小姑娘却支持他的决定，这给了他鼓励，诺拉只好作罢，突然之间她感觉自己很疲倦，很沮丧，这样一来她们还要等他穿衣服，和她们一起走，而她们已经穿好大衣、鞋子、戴好了围巾，她们就这么静静地站在门口等他，他会轻松地、活泼地——在诺拉看来却是一种强迫，简直有威胁的味道——走过来，就在诺拉颇为恼火地瞥了一眼手表之后，她的目光与雅各布的目光交织在一起，诺拉在他的眼神中读到的只有残忍的戏弄，在那一直亮晶晶闪烁着的光芒下，是一种可以称得上冷酷的东西。

我引进家门的究竟是个什么样的男人？她问自己，一阵晕眩。

于是他把她揽进怀里，比任何人都要温柔地拥紧了她，于是她又可怜兮兮地想道：哪个尝过如此温柔滋味的人能够放弃呢？

他们走上残余着泥泞积雪的人行道，全部塞进了诺拉那辆冰冷、毫无舒适可言的小车。

雅各布和两个女儿坐在后面的座位上，诺拉想，这真是他一个令人气恼的习惯（他的成人座位难道不是应该在前面，她旁边吗？），而诺拉热车的时候，她听见雅各布在孩子们的耳边说，她们不需要系安全带。

"那是为什么呢？"露茜系了一半停下来，惊诧地问道。

"因为没有多少路。"他回答道，语调很是激动，荒唐。

诺拉放在方向盘上的双手开始颤抖。

她命令两个孩子立即系上安全带，对雅各布的一腔怒火全都转嫁在孩子身上，她的语气变得非常生硬，这当然不公平，孩子们肯定也感觉到了，因为格蕾特和露茜用一种受伤的眼神看了看雅各布。

"又没有多少路,"他说,"至少我不会系。"

诺拉发动了车子。

现在她已经能够肯定今天一定会迟到,而她一直以来都非常小心,从来没有迟到过。

她几乎要哭了。

她成了一个迷失的,可怜的女人。

犹豫之后,格莱特和露茜没有系上安全带,诺拉什么也没有说。她真是厌烦透了,一直以来,他总是让她扮演一个无趣的、可恶的角色,连她自己对此也感到腻味,觉得自己胆小,不称职。

她简直想开车撞向公共汽车,好让他明白系安全带并非毫无必要——但是他其实知道,不是吗?

这不是问题的实质——可问题的实质又在哪儿呢,再说,这个有着清澈、温柔眼神的男人究竟希望从她身上得到什么呢?何况他还有个这么可爱的孩子,简直又给他凭空加了砝码,这个男人,总是伸出爪子不痛不痒地挠她,尽管含有一定的攻击性,而她竟然无法摆脱,这个男人究竟希望从她身上得到什么?

这就是她不能,同时也不敢解释给母亲、姐姐或她剩下的那几个朋友听的地方:所有的场面都太过平淡,她思考的事情也过于小家子气,虽然这样的生活毫无价值,但表面完美无缺,母亲、姐姐或朋友很容易就能融入这样的生活,因为可怕之处就在于雅各布和女儿的迷人魅力,这也是一种权力。

诺拉的父亲停在一扇房门前,这是沿着走廊分布的一系列房间中的一间。

他小心翼翼地打开门，然后立刻闪在诺拉身后。

"你就睡这里。"他说。

他指了指走廊尽头，仿佛诺拉在这间卧室前表现出了些许犹豫似的，他说：

"别的房间里都没有床了。"

诺拉开亮了顶灯。

四面墙上都贴着篮球明星的海报。

"这是索尼的房间。"诺拉嘟哝道。

父亲点点头，却没有回答。

他张开嘴，深吸一口气，背贴在走廊的墙上。

"两个小姑娘叫什么名字？"

他望着一旁，装出在想的样子。

接着他耸耸肩。

诺拉不禁惊讶，笑了一下：

"你想不起来了？"

"是她们母亲给起的名，名字很奇怪，我从来没有记得过。"

这一回是他笑了，可笑声并不爽朗。

让她感到非常吃惊的是，突然之间，她在他的脸上看到了绝望的神情。

"母亲不在，她们白天做什么呢？"

"她们待在自己的房间里。"他粗暴地回答道。

"整天都在？"

"她们应有尽有。什么也不缺。那个姑娘照顾她们，照顾得很好。"

诺拉想问问他，为什么要把她喊来。

但是，尽管她太了解父亲，知道他喊她来绝对不会是因为这么多年没见了，想要见见她，她很清楚，他一定是有具体的事指望她做，然而此刻，他显得那么老态，那么脆弱，她忍住没问，她对自己说，等父亲准备好的时候就一定会开口的。

然而她还是忍不住对他说：

"我只能待几天。"

她想到了雅各布和两个极其兴奋的孩子，腹部不禁一阵痉挛。

"啊，那不行。"他说，突然间变得很激动，"你必须待上很长一段时间，必须！好了，明天见。"

他小跑着消失在走廊尽头，水泥地面上，他的夹趾凉鞋啪嗒作响，裤料很薄，能看到他沉重的胯部在其中滚动。

和他一同消失的，是枯烂的花散发出来的那种带点甜也带点苦的气味，花儿还在盛开，却被一只毫无知觉的鞋底碾碎，或是无奈地被踩坏，而这天晚上，诺拉脱下连衣裙的时候，她小心翼翼地将它平铺在索尼的床上，唯恐绿色裙子上依然完好鲜艳微微有些起伏的黄色小花，和父亲所散布的那种罪恶、悲伤的凤凰木味道有任何关联。

她发现自己的行李放在床头。

诺拉换上睡衣，坐在弟弟的床上，床单上也满是美国篮球俱乐部的标志，她忧伤地扫了一眼塞满灰蒙蒙的小玩意儿的床头柜，矮脚的儿童书桌，角落里堆着的篮球——大部分都是破的，瘪的。

她认出了这里的每一件家具，每一样东西，每一张海报。

她弟弟今年三十五岁,叫索尼,虽然诺拉的心里一直和他很亲近,但已经好多年没能见到。

索尼的房间自青少年时代就是这样,几乎没有任何改变。

他如何能过着这样的生活呢?

尽管很热,诺拉还是禁不住抖了一下。

夜很黑,在小小的玻璃窗后,寂寂无声。

房子内外都没有一丁点儿声音,除了——但是诺拉不敢肯定自己判断是否准确——凤凰木的树枝拂过铁皮屋顶发出的摩擦声。

她抓起手机,拨了家里的电话。

没有人。

她记起来,刚才露茜跟她说要去看电影,这让她感到非常恼火,因为今天是星期一,姑娘们应该起得很早,她要花很大的气力才能和这种预感做斗争,灾难即将来临,天下一片大乱,每一次,只要她不在看着——甚至她在也不一定会干涉,因为不是每次她都能够干涉成功的——她都有这种感觉。

她把恐惧归为自己的缺点之一,而不是弱点。

因为如果认为只有自己能够正确引导露茜和格蕾特的生活,认为自己够理性、够操心,足以阻止灾难跨进她家的门槛,这未免也太骄傲了。

难道她不是已经向微笑而温和的恶敞开了大门?

能够补偿这个巨大错误的唯一方法就是一直守着,警觉地,焦虑地。

然而现在,为了响应父亲的呼唤,她却离开了。

坐在索尼的床上,她为此指责自己。

和自己女儿比起来，父亲又算什么？这个自私的老头？

她自身存在的平衡如今已经如此不堪一击，父亲的存在又和她有什么关系？

她还是拨响了雅各布的电话，尽管她知道，如果他真的是在电影院，电话根本拨不通。

她留了一条语音信息，一副装出来的快活口吻。

她能看见他那张亲切的脸，清澈的目光中立、谨慎，双唇的轮廓很是柔软，总之，是一张善良、端庄的脸，而且，她至今仍然很明白，正是因为他如此彬彬有礼，所以，她完全相信了这个带着女儿从汉堡来的男人，没有过多追究他生活中种种令人不快的细节，谈到为什么要来法国，他给出的理由前后总是有些出入，至于他为什么中断了法律系的学业，他也没有解释清楚，还有格蕾特从来不去见也不会谈起自己母亲——照他所说，格蕾特母亲应该在德国——的原因。

现在她明白，雅各布永远也不会成为一名律师，或是别的什么师，也不会真正地为这个家投入多少钱，尽管他说，他经常能从父母那里拿到几千欧元，但是他很快就会花光，出于虚荣为孩子们买昂贵的食物或华而不实的衣服，她知道，她也终于承认，她不过是把一个需要她养的男人和小女孩儿安排到家里来，让自己陷入绝境，而且她必须维持着，不能赶他们出去。

就是这样。

有时她会梦想，某天晚上回家，只剩下了露茜一个人，她还和过去一样，虽然活泼，却很安静，没有一丁点儿雅各布挑起来的那种无聊的极端幸福感，梦想露茜会平静地向她宣布，其他两个已经走了，再也不会回来。

然而，就是这样，诺拉很清楚自己永远不会有勇气把他们俩赶出去。

如果这样，他们又能去哪里，他们如何过活呢？

我们不能做这样的事情。

除非出现奇迹，有时她想，否则她根本别想摆脱他们，除非出现奇迹，否则她和露茜就一直要和这对优雅却在巧妙捉弄别人的父女一起生活。

哦，就是这样的，她进退维谷。

她站起身，从行李里拽出梳洗小包，来到了走廊。

如此深的静谧，她觉得仿佛听见静谧在颤抖。

她凭记忆推开一扇门，觉得应该是卫生间。

但这是父亲的卧室，空荡荡的，大床铺得整整齐齐，空气中自有一种麻木的味道，所有的东西都有，她想，这间屋子应该很久没住过人了。

她沿着走廊一直走到客厅，摸索着穿过客厅。

大门没有锁上。

诺拉把梳洗包紧紧抱在胸前，感觉到睡衣的下摆在摩擦着她的膝弯，她跨过门槛，赤脚踏在温热的，落满凤凰木花的水泥地上，她终于敢抬起头，望着那棵高大的凤凰木，她真希望自己什么都没有看见，没有在黑乎乎的纵横交错的树枝间望见父亲蜷缩成一团的身影，白乎乎的，散发着冷冷的光晕，她相信自己听见了父亲痛苦而沉重的呼吸，听到他悲伤的喘息，努力压抑的哭声和沮丧的轻声呻吟。

心中一阵热流涌动，她想喊他。

但是喊什么呢？

她从来不曾自然地喊过他"爸爸"，也不敢想象喊他的名字，她几乎不知道他叫什么。

想要呼唤他的愿望就这么停留在喉咙口。

很长时间，她就看着他，微微地在她上方摇晃，她不能分辨他的脸，但是能认出挂在凤凰木最粗的树干上的，是他那双旧塑料夹趾凉鞋。

她的父亲，这个精致的男人，散发出千万道惨白的光芒。

多么糟糕的预兆。

她想尽快逃离这座阴森森的屋子，然而她觉得，同意来这里，并且发现了树上的父亲之后，她已经在这份责任中走得太远，根本无法调转目光回到自己家里。

她回到索尼的房间，不再找卫生间，因为她很害怕推开一扇门后，会看到什么令她一辈子后悔的场面。

再一次坐在弟弟的床上，她把玩着手机，陷入了沉思。

她是不是应该再打个电话回家呢？可万一孩子们已经回去了，也许会吵醒她们。

或者就这么睡觉，带着些许罪恶感，因为面对有可能发生的问题，她什么也没有做。

她很想再一次听到露茜的声音。

她的脑际掠过一个很可怕的念头，可是很快就过去了，以至于她都不能确切地加以描述，就只是感觉可怕：她会不会永远都听不到自己女儿的声音了？

她忙不迭地跑到父亲这里来，这是不是意味着不知不觉中，她在两个阵营，两种彼此绝对不容的生活形式中做出了选择，在两种彼此互相嫉妒到死的感情中做出了选择？

她不再犹豫，拨通了家里的电话，还是没有人接，然后，她又拨通了雅各布的手机，仍然未果。

夜里没怎么睡着，睡眠也很糟糕，诺拉一大早就起来了，她穿上绿裙子和凉鞋，出了房间，这次她找到了卫生间，实际上就在索尼卧室旁边。

然后她转过身，向两个小女孩的房间走去。

她轻轻地推开房门。

年轻姑娘仍然在睡。

而两个小女孩已经醒了，直直地坐在床单上，用一种非常严肃的目光打量着诺拉，而她们的眼睛非常相像。

诺拉冲她们微笑，隔着很远的距离，和她们细声细语地说了点什么，都是平时她和露茜说的话。

两个小女孩皱起了眉头。

有一个朝诺拉的方向吐了口唾沫，可惜射程不是很远，唾沫落在床单上。

另一个鼓起腮帮子，准备学她。

诺拉关上门，她并没有感觉被冒犯，但是有点无措。

诺拉在想，她是不是应该为两个孤零零的孩子做点什么，但是以什么名义呢？同父异母的姐姐？普遍意义上的母亲，或是在道德意义上应该对每个遇到的孩子负有责任的成人？

她又感觉到自己的心头泛起对父亲的愤怒，徒劳的愤怒，经历了这么多次失败，这个轻率的男人还是在不停地娶老婆，生孩子，但是对他的孩子们他究竟又做了些什么呢？他那一点有限的爱他人的能力,似乎在他年轻时候都用光了,而唯一的对象就是他的老母亲,去世已经很久,诺拉都没有见过。

当然,他对索尼也表现过一点感情,索尼是他唯一的儿子。

但是这样的一个男人还有什么必要建立一个新家庭呢?这个毫无同情心,不健全,冷漠的男人?

待诺拉回到大厅,他已经吃上了早饭,和昨天晚上一样坐在桌边,一样淡色的、皱巴巴的衣服,额头几乎埋在盘子里,大口地吞咽麦片粥,诺拉只好等他把自己盘子里的食物吃完,吃完后他突然仰起头,就像付出了很大努力之后,气喘吁吁,大声地叹了口气,这时诺拉才得空直视他的眼睛,问道:

"现在说说看,发生了什么事?"

今天早晨,父亲的目光比往常更加躲闪。

是不是因为他知道诺拉在凤凰木上看到了他?

但是即便这样,他又有什么尴尬的呢?就这个病态的男人而言,面对什么样不体面的处境,他不是从来没眨过眼睛吗?

"玛塞克!"他用嘶哑的嗓音喊道。

接着,他转向诺拉问:

"你喝什么?茶还是咖啡?"

诺拉的拳头轻轻搁在桌上,她陷入了沉思,心不在焉,心思完全在别的地方,她在想此刻应该是露茜和格蕾特起床上学的时候,雅各布也许自己就没醒,这会让整个一天都陷入将就、失败之中,但是,是不是她自己过分规矩,过分准时,过分认真了呢?也许她本质上就是个令人厌烦的女人,而她还总是指责雅各布要她唱白脸?

"咖啡吗?"玛塞克一边问一边给她倒了一满杯。

"说吧,到底为什么要我来?"她平静地问,视线一直没有离开父亲。

玛塞克匆匆离开了。

父亲开始大口呼吸,仿佛很困难,以至于诺拉一下子从椅子上弹起来,走近他。

她站在那里,非常笨拙,如果可能,她很想再问他一遍。

"得让你先见见索尼。"他勉强低声道。

"索尼在哪里?"

"在勒伯兹。"

"勒伯兹是什么地方?"

他没有回答。

此时他的呼吸已经平缓下来,他坐在椅子上,精疲力竭,挺着肚子,一切都被盛开的凤凰木花那浓烈的气味包裹着。

接着,她看见眼泪在父亲青灰色的脸颊上流了下来,她感到非常不安。

"是监狱。"

她后退了一步,几乎惊得跳了起来。

她叫道:

"你都对索尼做了什么?你应该照顾他的!"

"是他自己犯了事,不是我。"他嘟哝道,声音小得简直听不见。

"什么事?他做了什么?哦,我的上帝啊,你应该照顾他,给他应有的教育!"

她回到自己的椅子前，听凭自己陷在椅子里面。

她一下子喝干了杯子里的咖啡，咖啡酸酸的，温温的，很乏味。

手抖得厉害，以至于杯子从手中落在玻璃桌上。

"又打碎了一只杯子，"父亲说，"我的时间尽用来重新添置家里的碗盘上了。"

"他究竟做了什么？"

他站起身，摇摇头，脸色憔悴，一副说不出话来的样子。

他叫道：

"玛塞克会开车送你去勒伯兹的。"

他慢慢地后退着往走廊门的方向退去，仿佛打算趁她不注意时立刻逃跑。

父亲脚上的指甲又长又黄。

"就是因为这个，"她平静地问，"人都不见了，大家都离开了？"

父亲的背撞在走廊的门上，他摸索着打开了，然后一路小跑进了走廊。

以前在诺曼底的草地上，诺拉见过一头被抛弃的驴子，上了年纪，蹄子因为没有经过修剪，几乎走不了路。

而父亲，只要他愿意，竟然还跑得动！

巨大的仇恨让她的思维格外敏捷。

不管出于什么原因，不管是谁都不能原谅父亲，因为他没有把索尼带上一条规矩、严肃的道路。

因为三十年前由于不满足于在办公室里做一个普通的小职员，他决定离开法国，离开诺拉的母亲，他是突然间走的，带走了当时只有五岁的索尼，实际上，那几乎算得上是绑架，因为他知道，孩子的母亲绝对不会同意他带走索尼，就这样，他将诺拉姐妹与母亲置于绝望的境地，母亲甚至从来没有真正从这场打击中恢复过来，当时，他留了一封信在厨房的桌子上，承诺他将好好看顾索尼，一定比对待自己的生活、生意和野心更精心，而沉浸在悲伤中的母亲如同抓住救命稻草一般，无比看重这个承诺，她想也许跟着父亲，索尼可以有更加灿烂的前途，有她这个做发型师的母亲无法给予的机会。

每每想起那天从学校回来，看到父亲那封信，诺拉就有透不过气的感觉。

那时她八岁，姐姐九岁，她们和索尼住在一间卧室，突然之间，索尼的东西就不见了——矮柜抽屉里的衣服，乐高的包包，还有他的小熊。

掠过诺拉脑海的第一个念头是藏起信，藏起——通过某种魔力——索尼和父亲离开的事实，这样母亲就会对此毫无察觉。

可是她知道在这件事上自己根本无能为力，于是她在阴暗的公寓里转过身，带着满满的痛苦、恐惧和惊愕望着已经成为事实的这一切，她明白，这痛苦已经完成并将永远成为痛苦，她明白，没有任何东西可以阻止这件可怕的事情发生。

接着她乘地铁来到母亲工作的美发厅。

三十年以来，她始终没有力量准确地回忆起那个时刻，她将一切，将父亲所做的一切，将可能是她们一辈子都要承受的痛苦告诉母亲的那个时刻。

最多最多，她只能小心翼翼地在记忆中接近母亲坐在索尼床上时那张惊慌的面孔,手掌发狂地抚过淡蓝色绒布床罩,用尖细的、铃铛般的声音重复道:他太小了,不能离开我,五岁,太小了。

父亲在到达后的第二天来了电话,得意洋洋,煞是欢乐,母亲于是尽量用一种妥协,甚至平静的口吻和他说话,她最害怕的是这个讨厌公开战争的男人觉得她要求太多之后,会切断一切联系。

他把电话给索尼,让他和母亲说话,但是索尼听到母亲的声音哭了起来,他于是又拿过了话筒。

时光流逝,生活的日常琐碎已经冲淡,甚至融化了当初那个令人无法接受的、苦涩而痛苦的场景,索尼一到时间就会来信,言辞稚拙,公函一般,而诺拉和姐姐也必须用同样正式的口吻回信,因为母亲总是小心翼翼地计算,唯恐超出他的尺度后他不再允许彼此联系。

而母亲,这个温和的、迟钝的女人,在悲伤之中表现得是多么随和啊,她的那一点点心计简直令人感到心酸。

她继续为索尼买衣服,小心地折好,放进矮柜的抽屉,那个属于过她的小男孩的抽屉。

"等他回来可以有的穿。"她总是说。

但是,索尼永远也不会回来了,诺拉和姐姐从一开始就知道,她们知道父亲有一颗冷漠、无所谓的心,他喜欢让周围的人服从于他那冷冰冰的意愿。

既然他觉得索尼理所当然地属于他,他就会忘记一切限制他欲望的东西,将唯一的儿子带在身边的欲望。

索尼遭遇到的这场流放里是否含有暴力的意味,他根本不在乎，母亲的痛苦当然不可避免，但痛苦只是一时。

因为他们的父亲就是这样的一个人，一个无情、可怕的男人。

那时，看到母亲仍然在等待索尼回来，诺拉和姐姐都知道，她对于父亲的不事通融完全不了解。

父亲会一直拒绝让孩子在假期的时候回到法国来。

因为他就是这样的一个人，一个无情、可怕的男人。

很多年过去了，母亲不无痛苦的妥协却没有得到任何补偿，除了有一次，父亲让诺拉和姐姐去他那里看弟弟。

"为什么你就不能让他回来看看我们？让他回来？"母亲在电话里叫道，她的脸都哭得变了形。

"因为我知道你不会让他再回到我身边的。"也许父亲在电话那头这么回答，平静、自信，而且还有点厌烦，因为他既不喜欢眼泪也不喜欢叫喊。

"不会的，我向你发誓！"

但是他知道她在说谎，她也知道，然而除此之外，她根本说不出任何其他的话，只是哽咽着。

父亲从来不愿意拥抱两个女儿，他是绝对不会把她们俩留在身边的，这一点很明显，所以母亲也就允许她们去看望索尼，诺拉和姐姐，她们是她巨大悲恸的密使，是她对于这个小男孩的爱的密使，这份爱在某种意义上说甚至欠缺具体的对象，因为父亲只是隔三岔五地寄张照片来，拍得很差，总是非常模糊，照片上的索尼从来都是微笑着，这可以证明他身体健康，他面容俊朗，衣着华丽。

因为父亲在修建期间重新买下的度假村已经完全变样了，

非常豪华，他正变得富有起来。

在巴黎，一切却正在往完全相反的方向发展，就好像母亲必须用她的彻底崩溃来偿赎自己的不幸一般，她陷入了经济危机，债务，与信用机构没完没了的商谈。

父亲会寄一点钱来，不定期，每次的数量也不一样，仿佛是为了让她们相信自己已经尽了力。

她们的父亲就是这样的一个人，无情、可怕。

他从来不知道同情、后悔是什么，在他童年时代，每天都受到饥饿的折磨，而现在他下定决心大口吃饭，下定决心要充分运用自己不同凡响的智慧，这不就是为了自己舒服吗？为了自己变得强大？他不觉得有必要天天对自己重复"这是我应该得到的吗"，因为他根本不会有一丝犹豫，不会质疑自己缘何拥有这样的特权，也不会质疑自己在如此短的时间里集聚起财富的合法性。

母亲是个很小心的人，犹豫、绝望，经济上总是陷入困境，尽管她希望能够算得准确，不出现赤字，可是那一点菲薄的收入根本不足以维持收支平衡。

她不得不换房子，她们生活在比利牛斯街一套朝向院子的两居室公寓里，而索尼的抽屉里也渐渐不再有新的衣服添加进去。

两个小姑娘，一个十二岁，一个十三岁，第一次来到父亲那座巨大的屋子里，她们热得发昏，激动得几乎动弹不了，带着生活中一贯的悲伤、克制、适度、压抑的悲伤，这一切透过她们的外表一览无余：毫无发型可言的短发，有些过于肥大的牛仔裙——这样穿的时间可以长一点——传教士一般粗糙的凉鞋,父亲对此只有嫌恶,尤其是姐妹俩都不怎么漂亮,一脸青春痘,而且还有些胖,虽然随着时光的流逝,她们渐渐苗条下来,但是在父亲的眼里,她们仍和过去一样。

因为她们的父亲就是这样的一个人,容不下一点点不美好,并且会深深嫌恶。

这就是为什么,诺拉想,他尽自己所能喜欢过索尼。

她们的弟弟出现在门口,没有从那株当时还很小,不怎么高的凤凰木树上掉下来,而是从一匹小马上下来,刚才,他才骑着马在花园里兜了一圈。

他站在那里,一只脚跨在前面,穿着白色亚麻的骑装,脚上蹬的是一双真正的马靴,胳膊下面夹着骑手戴的那种半圆形硬鸭舌帽。

他柔软、优雅,没有腐烂的凤凰木花的气味,而从这个九岁孩子小小胸腔里也没有散发出一丁点傲慢的光芒。

他只是站在那里,向两个姐姐张开了双臂,微笑着,很幸福,很灿烂,神采奕奕,轻盈矫捷,更衬托出了她们的乏味与沉重。

在她们逗留期间,她们享受到了——惊慌失措、不无自责地——从未曾想象过的奢华,而索尼表现得极为友善、简单。

对于她们说的每一句话,提的每一个问题,他都报以温柔的微笑或是动听的话语,接着,他就开起玩笑来,以至于她们忘记了他并没有针对她们的话题或问题给出准确的回答。

提到母亲的时候,他总是保持沉默。

他的眼神不知道停留在什么地方,下嘴唇微微地颤抖着。

但是不久,他就又变回了那个快活、平静、谦和的小男孩，一个满足的小男孩，简直是太温和了，父亲总是忍不住用一种骄傲的眼神看着他，很明显，诺拉想，倘若和两个沉郁的、有着焦虑眼神的女儿相比较，他一定暗自庆幸没有把索尼留下不管，让他躲过了来自母亲的忧郁性格的影响，两个可爱的女儿不都被养成了胖墩墩的小修女吗？更何况他一直没有孩子，尤其和那个长着傲慢的双唇，总是惊恐地瞪大眼睛的漂亮女人结婚之后也没有再生孩子，这个女人是他在两三年前娶回家来的，在家里总是带着一副厌倦的或是不悦的神情，有一种叫人害怕的忧伤，一句话也不说。

三个星期后，诺拉和姐姐回到家里，她们很是松了一口气，对母亲的忠诚让她们必须排斥父亲那里的生活方式。（"妈妈经济上有麻烦。"得知索尼进了一所非常好的私立学校之后，她们终于鼓起勇气悄悄地对父亲说，而父亲微笑着叹道："谁在经济上没有麻烦呢，我可怜的女儿们！"）然而同时，她们又因为抛弃了索尼感到非常难过。

站在大门口，一只脚在门外，索尼这一次身着篮球服，腋下夹着篮球，他微笑着，努力对她们说再见，他还是那么可爱、温和、顺从、捉摸不透，尽管下嘴唇有一阵微微的颤栗。

她们的父亲也在，优雅、端正、消瘦而略微有些变形的髋骨，他站在还没有完全长成的凤凰木稀薄的枝叶下。

他的手搭在索尼肩上，索尼似乎因此缩了起来，想要躲避似的，诺拉感到非常惊讶，就在钻进由芒苏尔驾驶的汽车之前，她想过：他害怕我们的父亲，但是她接着放弃了这个念头，觉得和之前在父亲家里看到的一切并不吻合。

因为他们的父亲，这个可怕的、难以对付的男人对索尼表现出极为关切的样子。

他甚至可以对索尼做出一点温柔的举动。

不过诺拉曾经想象过，弟弟五岁时来到这片陌生的土地，和父亲住在饭店里的恐慌，接着他们又住进了匆匆忙忙租来的，由一群亲戚共同出资在极短的时间里买下的房子里，自信应该是在他开始新生活之后才渐渐恢复了的吧，不再可能回到母亲和姐姐们身边，回到十二区那间到离开为止就是他全部世界的小公寓里。

她非常同情他，不再羡慕弟弟可以拥有父亲的爱，也不再羡慕他在花园里的那匹小马。

突然之间，仿佛是在目睹了索尼这个拥有父亲疼爱的小囚犯的生活之后，和母亲姐姐在一起的三人生活，艰难、灰暗、粗茶淡饭却值得称赞的生活在她眼里变得无比自由，无比让人向往。

她们的母亲迫不及待地想要知道一切关于索尼的消息，在静默之中捕捉着两个女儿小心翼翼的讲述，讲她们观察到的细节。

然后，她哭成了个泪人，不断重复道：我失去了他，失去了！仿佛索尼所拥有的教育和舒适在他们之间竖起一道无法逾越的高墙，即便她能够再见到儿子也无法逾越的高墙。

就是从那个时候开始，母亲的态度起了变化。

她离开辛苦工作二十多年的美发厅，开始晚上出门，尽管那时诺拉和姐姐从来不曾怀疑过什么，但是若干年后，她们还是明白过来，母亲应该是去做了妓女，从那时开始，尽管她装出高兴的样子，但那是她表达悲伤的一种特殊形式。

后来的假期，诺拉和姐姐还去过一两次父亲家。

但母亲再也不想知道她们在那里看见了些什么。

她的脸变得生硬、坚决，打了粉底后显得非常光滑，嘴边有一道颇具讽刺意味的褶纹，她什么都说，一边说，手一边在空中飞舞："哦，我真是很有兴趣！"

正是这张崭新的脸，这份坚定让母亲遇到了她要找的人，她于是嫁了一个银行分行行长，如今依然是她的丈夫，他也离过婚，为人热情，没有什么心眼，而且收入不菲，对诺拉姐妹俩也很好，甚至在接到她们父亲的邀请之后，还陪她们母女仨平生第一次一起去看索尼。

自从索尼走后，母亲还没有见过儿子。

索尼已经十六岁了。

几乎一得知母亲再婚，父亲就向他们发出了邀请，邀请她和她的新任丈夫，而且还自己出钱替他们订了城里最好的饭店，留他们住了好几晚。诺拉想，仿佛他等的就是这个，母亲能够开始新生活，这样一来，他就不再需要害怕她会带走索尼。

就这样他们重逢了，就像重新组合后的和谐大家庭，诺拉和姐姐，母亲和继父，索尼和父亲，在饭店的餐厅里，他们围坐在一起，面前是精致的菜肴，尽管有些尴尬，父亲和母亲的新丈夫还是从容不迫地谈论着国际形势，而儿子和母亲则彼此挨着坐在一起，眼神闪烁，不知怎样才好。

和往常一样，索尼盛装华服，他穿着一套亚麻的深色西装，肤色细腻、柔和，一头非洲鬈发。

他们的母亲，顶着一张全新的脸僵在那里，嘴唇歪着，顶着一头染过的、金色和白色相间的头发，诺拉看到她小心翼翼地和索尼说话，问他学校的情况，问他喜欢一点什么，她非常注意句法和语法，因为她觉得索尼比她受的教育要多，觉得他比她更为精致，这让她觉得很没面子，很不幸。

他们的父亲则松了一口气似的，带着一种满足的神情看着母子俩，仿佛他终于说服长期敌对的两个敌人达成了和解。

诺拉感到吃惊，她不无恼怒地想，他现在难道真的是这么想的吗？

他怎么可以真的认为，这些年来，是索尼和母亲彼此拒绝见面？

很久以前，被悲伤压倒的母亲在电话里对他说，既然他不同意让索尼到她这里来度假，她可以借钱买机票去他那里看儿子，而他回答说：如果我看到你来，我就在你的眼皮底下割断他的喉咙，然后再割断我自己的喉咙。

但是他真的是一个会割断自己喉咙的男人吗？

而他现在就在这里，主持大家进餐，风度迷人，无可挑剔，温文尔雅，当他的目光扫过索尼天使般的面孔，那双原本阴郁、冰冷的眼睛却散发着慈爱与骄傲的光芒。

诺拉注意到，她的弟弟从来不与人正视。

他的眼神亲切、客观，从一张脸扫到另一张脸，但是从不停留，人们和他说话的时候，他的眼神总是定定地望着不知道什么地方，这样就能保持微笑，而且对于别人谈论的所有事情显示出一种礼节性的专注。

诺拉在想，他是竭力在避免被父亲的目光惊吓到，捕捉到。

即便是在这样一种情况下，即便是在父亲用欣赏的目光看着他的时候，他也在看着别的地方，他似乎躲了起来，在灵魂深处盘作一团，以此来逃避任何与他相关的判断和情感。

他和母亲的丈夫交谈了几句，接着又和母亲说了几句，谈话非常困难，因为母亲已经把敢问的都问了。

午饭结束后大家就分开了，虽然离回去还有几天，但索尼和母亲再也没有见过，自此之后，母亲再也没有提起索尼。

父亲事先精心安排了豪华游的日程，为母亲和她的丈夫聘了导游和司机，甚至免费让他们在自己位于达拉·萨拉姆的度假村多住了几晚。

但是她们的母亲拒绝了这一切，辞谢了导游和汽车，将回国日期提前。

她不再离开饭店，仅仅在房间和饭店的游泳池之间打发剩下的几天，她用索尼的方式微笑着，机械、茫然，非常安静，诺拉和姐姐负责带母亲的丈夫到处逛逛，他倒是对什么都很感兴趣，一点也没有抱怨，离开前的最后一晚上，因为不知道还有什么地方可去，姐妹俩带他去父亲那里吃晚饭，两个男人聊到凌晨两点钟，很依依不舍地道了别，还说以后一定要再见。

对此诺拉感到非常愤怒。

"他是在嘲笑你。"在回饭店的路上，她对母亲的丈夫说，并且冷笑了一声。

"为什么？根本就没有，你的父亲非常热情！"

诺拉立刻就对自己的恶念感到了自责，她想，的确，很可能父亲是真的欣赏他能够陪母亲来看儿子，而她之所以对两个人心存怨愤，仅仅是因为他们对母亲的巨大悲伤置若罔闻，她在想，带母亲的丈夫去父亲家吃饭也许是不太明智的，她暗暗期待着会上演一场闹剧，造成父亲的混乱情绪，让他的残忍得以暴露，亲口承认他的残忍，索尼和母亲可以借此雪耻，但是，她应该明白，这个理想的丈夫根本不可能出演这么一场闹剧。

直至今天，他们的母亲没有再见过索尼，她不再给他写信，也不再打电话，甚至再也没有提起他的名字。

她和丈夫在郊区的别墅里安顿下来，诺拉有时会带露茜一起去看她，但诺拉觉得她们的母亲自那次旅行之后脸上就经常挂着微笑，懈怠的微笑，仿佛与自己的脸庞有段距离，在她面前飘荡着，这是从索尼那里抢来的微笑，能够保护她的痛苦。

诺拉继续传递她陆陆续续从索尼或是父亲那里得来的消息：索尼在伦敦上学，几年后又回到父亲身边。但是她觉得母亲一直微笑着，摇着头，努力不想去听。

于是诺拉越来越少提到索尼，尤其是索尼在伦敦出色地完成学业之后，在父亲身边窝着，过着一种让人无法理解的生活，游手好闲，消极孤单，她就再也没有和母亲提起他。

哦，当然，很多次，想到索尼的时候，她还是觉得心揪紧了。她是不是应该经常去看看他，或者强迫他来法国？

也许，虽然他有钱，也很能干，但实际上却是一个可怜的小男孩？

诺拉全靠自己奋斗成为一名律师，她终日奔波，艰难度日。

没有人给予她任何帮助，父亲也好，母亲也好，从来没有表示过以她为骄傲。

然而她却不再对此心存怨恨，还指责自己没有用这样或者那样的方式帮助索尼。

可她能做些什么呢？

魔鬼坐在了五岁男孩的肚子上，从此再也没有离开。

她又能做些什么呢？

如今她再一次问自己，坐在玛塞克驾驶的黑色梅赛德斯车的后排，她仍然盯着车内的反光镜，车子慢慢地离开空旷的街道，父亲一动不动地站在栅栏门附近，他也许在等人都走光的时刻，笨重地跳过去，站在凤凰木的树荫下，凤凰木粗树枝上的树皮都掉光了，被他的夹趾凉鞋磨得十分光滑——如今她再一次问自己，手里搓揉着父亲刚刚交给她的那堆纸，一堆散发着印章味道的行政文件：她是不是真的疏忽了索尼呢？

梅赛德斯很脏，满是灰尘，座位上还有面包屑。

若是在以前，父亲根本不可能这样听之任之。

诺拉凑近玛塞克，问他索尼为什么会进监狱。

他的舌头似乎嘟哝了一下，接着是一声轻笑，诺拉知道自己的问题让他感到很是不快，也知道他根本不会回答她。

她也勉强笑了一下，很尴尬。

她怎么能够这样做呢？

当然，这事不该由他和我谈。

她觉得自己很混乱，理不出个头绪。

就在上车之前，她给雅各布打过电话，可是没人接，公寓的电话也在空茫中兀自响着。

她觉得，不太可能是因为孩子们已经上学了，同样，也不太可能是因为三个人都睡得太沉，如此执着的铃声竟然没有让他们当中的任何一个醒过来。

那么究竟是怎么回事呢？

她的腿神经质地抖了起来。

这会儿，她真希望自己能够躲在那株凤凰木散发着芳香的树荫中。

她理顺了脑后的头发，重新挽好颈背上小小的发髻，她伸长脖子，望着反光镜中的自己，她想也许索尼很难认出她来，因为上次他们见面已经是八九年前了，那时她的嘴边还没有这样深深的两道纹路，而且现在她已经有点小小的双下巴，稍微年轻一点的时候，她还为此充满激情地斗争过，因为模模糊糊，却又不乏罪恶感地觉得，这样的赘肉会引起父亲的反感，但接着她就听之任之了，毫无悔意，甚至带有一种挑衅性的满足，因为想到这样的一个下巴会冒犯那个一直以来都喜欢苗条，而自身也很消瘦的男人，从此以后她决定要过自由的生活，完全不再想着讨好从来没有喜欢过她的父亲。

可是，瞧，他自己又成了什么样子呢，他竟然听凭自己发胖！

她摇摇头，茫然，惊惶。

汽车穿过市中心，玛塞克在大饭店门口放慢了速度，用一种骄傲的口吻——将饭店的名字告诉她。

诺拉认出了母亲和她的丈夫下榻过的那个饭店，那时索尼还是一个成绩优异的中学生，似乎做好了投身大事业的准备。

她从来没有往深里想过，究竟是什么原因，索尼在伦敦完成政治学的学业之后回到父亲家里，尤其是究竟是什么原因让他放弃了自己的生活和天赋。

那是因为她当时觉得索尼比自己更幸运，而她一边上学还得一边在快餐店当服务员,她还觉得,弟弟的心理平衡不该是她来负责,这个被过于溺爱的年轻男子。

魔鬼坐到了他的肚子上,从此再也没有离开。

他也许深深地沉浸在沮丧之中,为之痛苦——可怜的,可怜的孩子,她想。

就在此时她却瞥见了雅各布,格蕾特和露茜,就在一家人曾经一起吃过中饭的饭店露台上。

她闭上眼睛,背上一阵发凉。

等她睁开眼睛,玛塞克已经拐上了另一条街道。

他们的车沿着峭壁边的公路盘旋,大海的味道钻进了车里。

玛塞克再也没有开口说过话,诺拉能从侧面看到他的脸,一副固执的表情,眉头深锁,就好像让他去勒伯兹是对他个人的一种侵犯,他因此受到了伤害一般。

他在监狱灰色高墙的对面把车泊好。

她排进等候的队伍中,队伍里大多是女人,天气很热,也很干,但风很大,看到别人都把随身带来的包裹和草篓放在走廊上,诺拉迟疑了一下,也把玛塞克默默交给她的塑料包放了过去,包裹里是给索尼的食物和咖啡,玛塞克交给她的时候竟然带着一种不乏侮辱的蔑视。

接着,因为要等她,他坐进了车里,他不得不开着车门,否则真的会给闷死,他坐得很巧妙,别人看不见他的脸。

也不至于如此羞愧吧,她差点对他说。

但她还是忍住了,心里在想:的确不至于吗?

她不禁一阵恶心。

在大饭店露台上看到的那三个人究竟是谁？

是她自己吗，诺拉和她的姐姐？她们还很小，有个陌生的男人陪着她们？

哦，不，她敢肯定，是她的女儿，还有雅各布和格蕾特，两个孩子穿着条纹的小裙子，戴着与之相配的阔边太阳帽，这是去年夏天她给她们买的，一出商店门她就后悔了，因为对于小女孩来说，这样的穿戴显然过于优雅，这可是她和姐姐从来没有穿过的。

是怎样的魔鬼坐在姐姐的肚子上？

在外面等了很长时间后，她将护照以及父亲交给她的文件递进办公室里，文件表明她有权探访索尼。

她还把食物包递了进去。

"您是律师？"身着褴褛制服的看守问她道。

他的双眼通红，闪闪发光，眼皮跳个不停。

"不，不。"她说，"我是他姐姐。"

"可这上面说您是律师。"

她谨慎地回答道："我是律师，但今天我只是来看我弟弟的。"

看守犹豫了一下，仔细打量着诺拉绿色连衣裙上的小黄花。

接着她被领进了一间大房间里，墙被漆成蓝兮兮的颜色，一道铁丝网将房间一分为二，已经挤满了刚才和她一起在外面走廊排队的女人。

她走近铁丝网，看见弟弟索尼从房间的另一头走过来。

和他一起进来的男人冲向了铁丝网，房间里立刻响起了一片嗡嗡的交谈声,以至于索尼和她打招呼她都没有听见。

"索尼,索尼!"她叫道。

她一阵晕眩,抓住了铁丝网。

她尽量靠近满是灰尘的、生锈的铁丝网,想要尽量看清这个三十五岁的男人,她的弟弟,虽然肤色暗淡,长满了痘痘,她还是认出了他那张英俊的脸庞,温和的眼神,有点茫然,而他微笑的时候,却总是那么灿烂和遥远,那是她熟悉的微笑,这微笑总是令她感到喉咙发紧,因为她已经预感到,而且现在也的确明白过来这微笑就只是为了保守一个无法解释的悲苦秘密,不让人看破它。

他长满了络腮胡子,头发一撮一撮地竖在脑袋上,长短不齐。

也许索尼朝一边睡,所以把那侧的头发都压了下去。

他的脸上挂着微笑,一直在微笑,他和她说了些什么,但是旁边其他人的噪音实在太大,她什么也没有听见。

"索尼!你在说什么?说大声点!"她叫道。

他用力地擦着两鬓和被痘痕弄成白花花一片的额头。

"你是需要药膏吗?你是不是在和我说这个?"

他没有明确的表示,接着他摇摇头,好像她是否误解一点也不重要,只要有回答,药膏就药膏吧。

他拼命喊,只有一个词。

这次诺拉听得清清楚楚,是他们姐姐的名字。

她突然间感到恐慌,以至于脑子一片空白。

因为在姐姐的肚子上也坐着一个魔鬼。

现在似乎根本不可能和索尼描述姐姐的状况,就这样喊叫着，告诉他，照姐姐自己的说法，她现在有酒精中毒的问题，而解决这个问题，她只能躲进某个神秘的团体，她有时会从那里给诺拉寄信，文采斐然，充满激情和平庸至极的信，有时她还会给诺拉寄照片，照片上的她瘦得让人害怕，留着灰色的长发，下嘴唇陷进嘴巴里，坐在一块脏兮兮的青苔上忙着念叨些什么。

她难道能冲着索尼大声叫：这一切，都是因为我们的父亲在你五岁的时候把你给劫走了！

不，她不能，冲着这张惊恐不安的脸，冲着这双空洞、绝望的眼睛，冲着他卸去了微笑的干裂的双唇，她不能。

探监结束。

看守领回了犯人。

诺拉看了看表，从她进接待室开始算起，只有几分钟的时间。

她冲索尼挥挥手，叫道："我还会再来的！"而他正拖着滞重，仿佛没有吃饱一般的脚步渐渐远去，他穿着一条剪到膝盖的旧裤子，一件脏兮兮的T恤。

他转过头，做了一个将勺子送往嘴边的手势。

"是的，是的。"她还在叫，"给你带了吃的，还有咖啡！"

难以承受的炎热。

诺拉紧紧抓住铁丝网，生怕自己一松手就会昏过去。

她突然感到自己尿裤子了，然而她根本没有一丁点的意识，也就是说，她感到有一阵热流顺着她的屁股，小腿流了下去，以至流到她的凉鞋里，但是她无法自控，甚至根本没有要排尿的感觉。

她觉得万分恐怖，赶紧离开地上那摊水。

人群混乱地拥向出口，似乎没有人注意到她。

对父亲的怨愤如潮水般涌了上来，她不禁咬紧牙关。

他究竟对索尼做了什么？

他对所有人都做了些什么？

在他家里，他无处不在，他附着在他们每个人身上，但他并不因此遭受任何惩罚，即便他死了，他还能继续伤害他们，折磨他们。

她让玛塞克把她带到大饭店门口。

"然后你就可以回去了。"她说，"我会自己想办法，叫辆车子。"

令她极为尴尬的是，尿骚味很快就充斥着梅赛德斯的车内空间。

玛塞克一言不发，降下前排车窗。

她发现饭店的露台已经空了，不禁松了口气。

然而两个小女孩儿和雅各布的影子仍然挥之不去，他们的存在散发着一种阴谋性的、活泼的味道，虽然并不张扬，却非常容易感觉得到，以至于只要有一点气息拂过，诺拉就要抬起眼睛张望，但是逆着阳光，她只看到露台上一只巨大的飞鸟的侧影，浅色的羽毛，笨拙而别扭地飞过，用它扫过时产生的致命的、不正常的阴影为露台带来了一阵凉意。

诺拉再一次被愤怒的感觉抓住，接着，就在鸟儿经过的时候，这种感觉也消失了。

她走进饭店大厅，目光向酒吧投去。

"我和雅各布·冈泽尔有约。"她对前台的服务生说。

服务生摇摇头,诺拉走向酒吧,凉鞋在金色图案的绿地毯上拖出两行湿漉漉的印子,地毯仍然是二十年前的样式。

她要了一杯茶,接着她往卫生间走去,想清洗一下腿和脚。

她脱下短裤,在盥洗盆中冲洗,然后拧干,在电动烘手机下吹了好一会儿。

她有些担心,酒吧里等待她的还不知道会是怎样的情景,刚才在酒吧,她注意到那里有一台联上网的电脑。

她慢慢地喝着茶,想要尽量推迟自己不得不寻找某个答案的时间,她茫然地望着酒吧的服务生,他正盯着账台上放的大屏幕看足球赛,诺拉在想,作为父亲这样一个危险男人的孩子,没有比被他宠爱更糟糕的命运了。

因为索尼就是证明,因为这样一个男人,他付出了最为昂贵的代价。

至于她,噢,当然,一切都还没有结束,很可能她现在还没有弄清楚自己和露茜还会遭遇什么,很可能她自己肚子上的那个魔鬼,她还没有意识到它的存在,坐在她的肚子上,等待着属于自己的时刻。

她买了三十分钟的上网时间,在《太阳报》的档案里,她看到了一篇有关索尼的长篇报道。

她读完了之后又开始重读,随着目光重新扫过那些词语,她内心的恐惧在逐渐扩大。

她将头埋入自己的双手,喏嚅着:我的上帝啊,索尼,我的上帝,索尼,起先她根本无法将自己的弟弟和这样一件可怕的事情对上号，接着她还是不由自主地盯着文章中的细节想要加以确定，出生日期，外貌的描写，这一切都断送了她隐隐的、希望事关另一个同名男子的希望。

别的什么人怎么可能有文章当中提到的这样一个父亲呢？

别的什么人怎么可能身处如此可怕的事件中还表现出这样一种彬彬有礼的态度，文章中提及了这种彬彬有礼的态度，而且是当作一种无耻的特质加以描写。

哀叹不自禁涌到她的唇边：我可怜的，可怜的索尼，但是她旋即将这句哀叹吞了下去，如同吞下一口浓痰一般，因为事件中有个女人死了，在有女性死亡的事件中，诺拉已经习惯于不对造成死亡的刽子手产生任何同情之心，无论刽子手怎样微笑盈盈，温柔有加，无论他们是不是五岁的时候就被魔鬼附身的可怜男孩。

她小心翼翼地关掉报纸的网站，离开电脑。现在她想尽快地找到父亲的房子，问个清楚，她害怕如果她再拖延一会儿，那个人就会永远地消失。

她穿过露台，就在和刚才看到的同一个位置，她看到了——雅各布，格蕾特，露茜，他们叫了朱槿果汁。

他们都还没有看见她。

两个小女孩穿着红白条纹的泡泡短袖连衣裙，胸部还有刺绣的花案，诺拉买完就后悔了（她是不是觉得父亲就喜欢这样的衣服，这种隐隐约约的，想要将小女孩打扮成昂贵的布娃娃的愿望？），她们头上戴着与衣服相配的阔边太阳帽，叽叽喳喳地聊着天，有时她们会和雅各布说上一句，雅各布则用同样平静的、轻飘飘的语调回答她们。

这是诺拉开始看到的一幕,在她心头激起了一种奇怪的波澜:关于他们打趣的平静而活泼的画面。

也许她怀疑雅各布制造和维持的那种不正常的兴奋是由她本人的存在挑起的,她,诺拉,而实际上,她不在的时候,一切都很好,比她在的时候还要好?

她觉得自己从来不曾为孩子们制造过她刚才所看到的这样一种平静氛围,让一个小团体沉浸在安宁之中。

太阳伞投下的粉色阴影为孩子们的皮肤也染上一层新鲜、纯洁的粉色的光泽。

哦,她在想,这种不太健康的兴奋,也许是她自己编造的?

她走近桌子,抽出一张椅子,在格蕾特和露茜之间坐下来。

"瞧,你好,妈妈。"露茜踮起脚,凑上来吻她。

格蕾特则在一边说:

"你好,诺拉。"

她们继续自己的谈话,关于早晨她们俩在房间里一起看的动画片中的一个人物。

"尝尝这个,很好喝。"雅各布把朱槿果汁推到她面前。

诺拉觉得雅各布已经晒黑了,而且,似乎阳光连他长至颈间或拖在额头上的头发也照到了,淡色的头发更亮了。

"上楼去整理一下你们的东西。"他对两个小姑娘说。

她们离开了桌子,肩并肩走进饭店,两个小姑娘一个金发,一个棕发,显得非常一致,然而诺拉从来不相信她们之间能够真的达成一致,因为尽管相处得很好,但是她们都暗暗为争取诺拉和雅各布的爱而竞争。

"你知道我的弟弟索尼?"诺拉急着说道。

"是的,怎么了?"

她突然深吸一口气,可还是控制不住地泪如雨下,大滴大滴的泪水,她的手都擦不过来。

雅各布用餐巾纸替她抹去脸上的泪水,揽过她,轻轻拍着她的背。

她突然间在想,为什么她总是有那样一种无法描述的感觉,每次他们做爱的时候,她总觉得他有点勉强,他是在偿还债务,向她和她的女儿偿还她们所提供的衣食住行。

因为此刻,她感受到了来自他的深深的柔情。

她用力抱住他。

"索尼进了监狱。"她匆匆地,急促地说道。

她扫了一眼,确认两个小姑娘还没有回来,她讲述起了索尼的事情,四个月前,索尼勒死了他的继母,那是他们的父亲在事发前几年娶回家的女人,诺拉从来没有见过她。

她想起索尼告诉过她父亲再婚的消息,接着好像也说过双胞胎的出生,因为父亲觉得没有必要告诉诺拉。

但是索尼没有告诉她,自己和这个继母发生了关系,据《太阳报》上的文章说,两个人计划一起走,他从来没有告诉过诺拉,他疯狂地爱上了和自己差不多同龄的继母,也没有告诉过她,这个女人事后又反悔了,希望他离开家。

他在她的卧室等她,她是一个人睡的。

"我知道父亲为什么不在,"诺拉说,"我知道他那天夜里去了哪里。"

他躲在暗处等她，趁她在另一个房间哄孩子睡觉时站在她卧室的门边。

她进来了，他从后面扑向她，用一团塑料绳绕住她的脖子，用力勒，直至她窒息而亡。

接着他小心翼翼地把她弄到床上，回到自己的房间，一觉睡到天亮。

这一切都是他自己讲述的，优雅，非常和气，而这也是报纸上的文章对他有所指责的地方。

雅各布一边仔细听，一边轻轻搅动着残留在杯中的冰块。

他穿着牛仔裤和一件淡蓝色的衬衫，衬衫散发出淡淡的洗衣液的味道。

诺拉停了下来，她怀疑自己又不知不觉失禁了。

当时读到文章时那种耻辱的感觉，那种不甚明了的愤怒重新涌上心头，炽热的、令人窒息的愤怒，却顽固地绕开了索尼的那张脸——难道他们的父亲就没有罪吗？不是他习惯于走马灯似的换女人，不是他用某种方式买来了一个过于年轻的妻子来陪伴他日渐衰老的身体，满足他贪婪的灵魂吗？

他究竟凭什么剥夺三十岁男人的爱情？凭什么令这条炽热的爱情之河干涸？这个因为想待在凤凰木树上就用自己的夹趾凉鞋将最粗的树枝磨得发光的男人？

格蕾特和露茜从饭店里出来，每个人背着一个小包。

她们在桌子附近荡来荡去，做好了离开的准备。

诺拉目不转睛地盯着露茜的小脸，非常痛苦，她突然觉得这张曾经是她最为亲爱的小脸如今对她而言没有任何意义。

是这张脸，精致的线条，光滑的皮肤，小小的鼻子，额上的小鬈发，但是她的爱却不复存在。

她觉得自己作为母亲，一方面感到激动，另一方面却是心不在焉的，心思不知飘向了哪里。

可是她充满激情地爱过女儿，究竟爱的是什么？

难道仅仅因为她发现自己背转身去，趁自己不在，雅各布和孩子们竟然相处得那么好，这发现让她觉得自己受到了侮辱？

"好了。"雅各布说，"我们可以走了，我已经结过账。"

"走到哪里去？"诺拉问。

"我们不能待在饭店，太贵了。"

"那当然。"

"我们可以去你父亲家，不是吗？"

"是的。"诺拉用一种漫不经心的语调回答道。

他问两个小姑娘，是不是把东西都放好在各自的背包里，没有落下什么，让诺拉不得不注意到，如今他已经可以用这样一种她所期待的、温和的不容置疑来和两个小姑娘谈话。

"她们不上学了？"她问道，好像是顺便提起的口气。

"复活节假已经开始了。"雅各布有点惊诧。

"我没想起来。"

诺拉抖了一下，非常混乱。

这些事情一直是在她的掌控之内的。

雅各布是在骗她吗？

"我父亲，"她说，"从来没有喜欢过女孩儿。可现在一下又多了两个！"

看到他们严肃的面容，她不无尴尬地轻轻笑了一下，为自己有这样一个父亲，并且拿这个话题来开玩笑而感到羞辱。

因为来自那个家的一切就只有灾害和可耻。

在出租车里，她有点讲不清父亲家究竟住在什么地方。

她只知道大概的地址，街区的名字，E区，但二十年来那里建起了那么多幢别墅，她又没怎么去过，由于她又一次让出租车司机迷失了方向，在这一刻她想，雅各布和孩子们也许会认为，房子和父亲的产业根本是她编造出来的。

她抓过露茜的手，紧紧地握着，一遍遍地抚摸。

她感觉到非常混乱，真正的母爱似乎不见了——她不再意识到它的存在，她浑身冰凉，神经紧张，完全处于分裂状态。

待到他们终于在父亲家前停下来，诺拉冲出了出租车，一直跑到屋子门口，父亲才站出来，依旧穿着昨天的旧衣服，同样的棕色夹趾凉鞋，露出了又长又黄的脚趾甲。

他的视线越过诺拉，用怀疑的目光望着忙于将旅行包从后备厢中拽出来的雅各布和两个小姑娘。

她有些被激怒，问父亲是否可以允许他们在家里待几天。

"那个棕发的是我的女儿。"她说。

"啊，你有个女儿？"

"是的，她出生的时候我写信告诉过你。"

"那个呢，是你的丈夫？"

"是的。"

"你们真的结婚了？"

"是的。"

诺拉愤怒地撒了谎，她知道父亲有多在乎这些事关礼节的问题。

于是他露出了微笑,放下心来,向雅各布殷勤地伸出手,接着他又和格蕾特、露茜一一握手,称赞她们的裙子很漂亮,用那种社交性的、哄骗性的缓慢语调,过去他接待最为重要的客人,陪他们参观自己的度假村就用类似的语调。

午饭时父亲又投身于他的饕餮之中,时不时将身子向后仰去,闭上眼睛,喘上一口气。饭后,诺拉将他拖进了索尼的房间。

看得出来,他在进去的时候很不情愿,但是塞了一肚子的食物,他不得不在床上一屁股坐下来。

他仿若一头垂死挣扎的动物喘个不停。

诺拉没有坐下,她靠在门上。

父亲指了指衣柜的一只抽屉,诺拉打开来,在索尼的T恤衫上她看见一个相框,里面是个很年轻的女人,圆润的双颊,笑盈盈的,一双非常漂亮的腿,一条质地轻柔的白裙子,裙裾飘扬。

诺拉叫了起来,声音中充满了苦涩,对这个女人有着无限同情:"为什么你要再婚?你还需要什么呢?"

他抬起一只手,动作疲倦而缓慢,他轻声说所有道德说教他一概不感兴趣。

接着,他慢慢调整好了呼吸:

"我叫你来,因为你必须为索尼辩护。他没有律师。我没钱付律师费,我。"

"他还没有律师。"

"没有,我告诉你了。我没有足够的钱请好律师。"

"没有钱,那达拉·萨拉姆的度假村呢?"

连诺拉都不喜欢自己的声音，暴躁、恶毒，还有她仿佛正在和父亲发脾气的样子，对于这个只能让人感到沮丧的父亲，她一直努力想要做到从此之后只和他保持平淡的关系。

"我知道，"她换了一种更为从容的口气，"我知道你在哪里过夜的。"

他定定地看着她，用他那双生硬的圆眼睛，充满敌意和威胁的眼睛微微斜视她。

"达拉·萨拉姆破产了，"他说，"我在那里已经一无所有。你必须操心索尼的事情。"

"但是这行不通，我是他姐姐。我怎么能替他辩护？"

"可这并没有明文禁止，不是吗？"

"不，但是事情是不能这样做的。"

"那怎么办呢？索尼需要一位律师，这才是最重要的。"

"你还爱索尼吗？"她叫道，她简直弄不明白这一切。

他蜷作一团，将脸埋入手中。

"这个男孩，"他轻声咕哝，"他是我的全部生命。"

他就在那里，臃肿、衰老，膝盖几乎抵着自己的腹部，诺拉突然意识到，有一天他也会死的，这个她经常会觉得没有一点人性的男人。

他坐在床边，然后艰难地起身。

他的视线从屋角的那堆篮球扫到了诺拉仍然拿着的那张照片上。

"这个女人很坏，是她引诱了他。否则他根本不敢看上他爸爸的女人。"

"等等，"诺拉反对道，"现在死的人是她。"

"索尼会判多少年？你怎么想？"他用一种惶恐至极的语调问道，"总不至于会在监牢里待上十年吧？有这个可能吗？"

"她死了，他勒死了她，她一定很痛苦。"诺拉轻声说，"那两个小女孩，你对她们怎么说的？"

"我什么也没说，我从来不和她们说话。她们已经不在了。"

他的脸上显现出一种顽固的表情，很不高兴。

"怎么呢，怎么就不在了？"

"今天早晨，我送她们去了北方，回她家了。"他边说边用下巴点了点他老婆的照片。

突然之间，诺拉再也看不得他的样子。

他似乎是别无他法，似乎事实上他很重视她，很重视所有人，可自从他劫走了索尼，他就在他们的存在中烙上了他的残忍。

她完全凭借自己的力量站了起来，在律师事务所找到一席之地，她生下了露茜，买了房子，但是她情愿用一切来换取索尼，宁可索尼在五岁的时候没有被夺走。

"我还记得，你曾经说过你永远不会扔下索尼不管的。"父亲宣告道。

几朵小黄花弄脏了床单，是从父亲肩头掉下来的凤凰木花，花儿在他沉重的身体下被碾碎了。

今天，诺拉想，今天那个坐在索尼肚子上的魔鬼有多么沉重啊。

这天晚上，在吃晚饭的时候，雅各布和父亲正融洽地交谈着，诺拉竟然从父亲的嘴巴里听到了这样的话：

"我女儿诺拉住在这里的时候……"

"你说什么？我从来没在这屋子住过！"她惊叹道。

他正切下一块烤鸡腿肉，用手指夹住，接着他把时间都花在了咀嚼、吞咽上，最后才从容地说道：

"不，我很清楚。我是说，你在这座城市，在格朗约夫。"

诺拉觉得好像她的喉咙和耳朵被一团棉布塞住了，耳朵开始发出嗡嗡的声音。

雅各布、父亲和小姑娘们用一种夸张的沉着在交谈，然而他们的声音似乎在渐渐离她而去，变得低沉，几乎无法分辨。

"算了吧，"她咕哝道，"我根本没怎么在格朗约夫待过，这个国家的任何地方我都没有怎么待过。"

但是她也不能确定自己是否讲了这句话，还是她说了，但没有人听见。

她清了清嗓子，大声说："我从来没有在格朗约夫生活过。"

她的父亲挑了挑眉毛，似乎颇为诧异，但又觉得很有趣。

雅各布的眼神中没有态度，他看了看诺拉，又转向父亲，两个小姑娘也停了下来，以至于诺拉不得不再说一遍，对自己所表现出来的似乎请求他们相信的神情，她也感到颇为惊诧。

"我只在法国生活过，你应该知道的。"

"玛塞克！"父亲叫道。

他和玛塞克说了几句话，玛塞克离开后拿了个鞋盒出来，放在桌子上，诺拉的父亲迫不及待地在鞋盒里翻腾起来。

他拿出了一张小小的，镶着相框的照片，转向诺拉。

和父亲拍的所有照片一样——也不知道是否出于他的故意——影像总是有些模糊。

他故意将一切弄得模模糊糊，好随时为自己提供佐证。

一个圆乎乎的年轻女人站在一座小房子前，立得笔直，房子是粉色的墙面，蓝色的瓦顶。

她穿着一件椴树绿色的裙子，上面有黄色的小花。

"这不是我。"诺拉松了口气说道，"这是姐姐。你总是把我们俩搞混，而她比我大几岁。"

父亲没有回答，他把照片拿给雅各布看，接着又让格蕾特和露茜看。两个小姑娘感到很尴尬，只是态度暧昧地看了她一眼。

"换了我也以为是你呢。"雅各布有些混乱地轻笑道，"你们俩很像。"

"哦，可没像到这个程度。"诺拉嘟哝道，"只是相片不清楚而已。"

父亲在露茜微微低下的、有些红的小脸前晃了晃相片：

"小姑娘！相片上的人是妈妈吗？"

露茜用力地点头。

"瞧，"父亲对诺拉说，"你女儿都认出你了。"

接着他用他从不妥协却偷偷摸摸的小眼睛瞥了她一眼。

"你不知道你姐姐在格朗约夫生活过吗？"雅各布想要帮帮她。但是她不需要，诺拉想，在这个话题上她不需要任何帮助。

多么荒唐的事情！

现在她感到很疲倦。

"不，我不知道。姐姐很少对我说她的事情，包括她为了宣传那个团体都去了些什么地方。她来这里做什么？"诺拉问父亲，但没有与他正视。

"相片上的是你，不是你姐姐。你应该知道你来这里做什么。我还是分得清自己的孩子的。"

晚上，等雅各布睡着以后，诺拉离开了令人喘不过气来的屋子，她很清楚在外面同样找不到安宁，因为他在，在凤凰木的高处窥伺着。

她并没有看见他，但是听见了他的响动。在这深夜，她听见他的喉咙发出的响声，或是他的夹趾凉鞋在树枝上移动时发出的轻微响声，非常轻微的响声，可她还是听见了，而且就在她的脑袋上方越来越响，简直震得她有些发昏。

她站在那里，门口，一动不动，赤着双脚站在温热、粗糙的水泥地上，她意识到，她的双臂、双腿和脸都没有夜色黑，应该发出一种近似于奶油色的光芒，也许，正如她看见他一般，他也看见了她，他穿着淡色的衣服蹲在那里，脸却因为深色的皮肤藏于黑暗之中。

在她的内心深处，她既因为发现他感到满足，又因为同这个男人保有同一个秘密感到恐怖，两种情绪一直在交战。

现在她感觉到，她参与到这个秘密中来，他可能会因此一直恨她，之前他根本没有想过要告诉她。

是出于这个原因，他故意用那张在格朗约夫拍的照片来搅乱她的神志吗？

她甚至不记得自己曾经去过这个街区。

唯一令人混乱的细节，而且她也非常容易地认出来了，是她的姐姐的裙子和她的裙子非常像，因为身上这条绿色黄花的裙子，是诺拉的母亲定做的，用的是诺拉在波查拉[1]找到的一张衣料券。

母亲不可能用这样的布剪出两条裙子。

诺拉回到家里，沿着走廊一直走到双胞胎的房间，玛塞克让格蕾特和露茜住在这间房子里。

她轻轻推开门，孩子头发散发出的那股温热的味道一下子又将远离的母爱召唤回来了。

然而紧接着浪潮便退去，远离了，她重新感到自己陷入心不在焉的状态，生硬，难以接近，仿佛是为另一件事完全占据而不得旁顾，那件事静静的，甚至不需要任何论证是否合理，就让她整个人陷了进去。

"露茜，我亲爱的，我的小心肝。"她轻轻地呢喃，然而自己飘忽不定的声音让她想起了索尼或是母亲的微笑，因为这声音不是出自她的身体，而是在她的唇间飘荡，是单纯的空气的产物，虽然是她经常说的词语，然而不再具有任何触动心弦的意义。

她再一次与索尼面对面站着，铁丝网将他们隔在两边，要想听见对方的话，两个人都必须将嘴唇贴上去。

她对他说，为他带了一管治痘痘的药膏，药膏已经交给医务室，要检查后才会给他，索尼噗嗤一声笑了出来，说他一定

---

1. Bouchara，法国品牌，成立于1899年，主营纺织品、家居装饰等商品。

看不到药膏原本的颜色了，他的声音仍然那么和气，不管讲什么都是那么和气。

现在，她认出了弟弟的脸，尽管这张脸瘦得不成样子，尽管上面都是痂盖，尽管胡子拉碴，她努力想在这张原本代表着善良的脸——这原本就是一张圣人的脸——上读出震惊、忏悔和痛苦。

但没有。

"索尼，我简直不能相信。"她对他说。

她不无苦涩地想，她经常听到罪犯的父母这么说，毫无用处，令人同情。

索尼曾经真的是个恬静的孩子。

他一边抓痒一边摇头。

"我会为你辩护。我将是你的律师。我有权利多来这里看望你。"

他一直在摇头，轻轻地，但是手在拼命地抓痒。

"不是我，你知道的。"他平静地说，"我不可能做伤害她的事情。"

"你说什么？"

"不是我。"

"不是你杀的她？我的上帝啊，索尼。"

她的牙齿撞上了铁丝网，唇间立刻弥漫着一股铁锈的味道。

"那是谁杀了她，索尼？"

他耸了耸瘦骨嶙峋的肩膀。

他一直都很饿，他对她说，因为在一百来号和他同住一个大房间的囚犯中,有人每天都在偷他的食物配给。

他微笑着对她说,他除了关于食物的梦,什么都不想了。

"是他。"他说。

"我们的父亲?"

他默认了,舌头在干裂的嘴唇上舔来舔去。

接着,直到探视的时间就要到了,他快速地说:

"你还记得吗,诺拉,我小的时候,我们还住在一起,我们俩玩过一个游戏,你用手臂把我举起来,摇晃着,数一二三,数到第三声你就把我扔到床上,你说这是海洋,我必须游泳才能上岸,你还记得吗?"

他幸福地笑着,头向后仰去,诺拉在这瞬间认出了那个张大嘴巴的小男孩,她把他扔到铺着蓝色线毯的床上。

"那对双胞胎怎么样了?"他接着问道。

"他把她们送到孩子母亲的家里去了,我想。"

她艰难地回答道,下颚发紧,舌头好像也有点大。

他跟在其他犯人后面离开接待室,就在转身的时候,他神情凝重地扔下一句话:"那两个小姑娘是我的女儿,不是他的。他知道,你也明白。"

在正午的酷阳下,她来来回回地在监狱的走廊里踱了很久,她觉得自己没有力量回到车里,玛塞克在车里等她。

一切恢复了秩序,终于,她冷冷地想,有一种激扬的情绪。

她似乎终于看到了坐在弟弟肚子上的魔鬼,她想:我要让他吐出已经吃下去的一切,但是究竟是怎么回事呢,谁又能释放出经年累月被囚禁的东西？

究竟是怎么回事呢？

回去的时候玛塞克走的路和来的时候不一样，她发现，但是没有太在意，但是在一幢粉墙蓝顶的小房子前，他将车子停了下来，熄火之后把手放在自己的双膝上，诺拉决定不开口问他任何问题，不能向可能的陷阱迈出哪怕是一小步。

现在，无论是对索尼而言，还是对自己而言，她必须要强势，而且手腕巧妙。

那个没受怀疑的人从此之后不再能战胜我。

"他让我带你来看看这座屋子。"玛塞克宣布，"因为你以前住的就是这里。"

"他弄错了，是我姐姐。"诺拉说。

为什么她要拒绝仔细瞅瞅这屋子呢？

她对于自己也感到非常不解，瞥了一眼颜色已经发暗的粉墙，房子前方窄窄的门廊，门廊连接着周边其他的小房子，还有孩子在房屋前玩耍。

因为她看过照片，很自然的她就有一种辨识的欲望。

但是记忆应该来自更远的地方吧。

是不是在这粉墙后面，还有两间铺着深蓝色地砖的房间，后面，是一间小到不能再小，总是散发着咖喱味的厨房？

晚饭的时候，她注意到父亲和雅各布在愉快地交谈，如果说父亲无法假装出对孩子们的兴趣，他却甚至有时还会对格蕾特和露茜做个鬼脸，同时嘴里发出可笑的声音，应该是为了逗她们。

他放松了下来，甚至有些活泼，诺拉想，就好像她已经接过了索尼入狱的这个可怕的包袱，他从此之后只需等她解决好问题，就好像道德的重负也已经由她背负在肩，他从此得到了完全的解放。

看到父亲对两个小姑娘的态度，诺拉觉得他有些讨好的意思。

"玛塞克带你去看那房子了吗？"他出其不意地问。

"是的。"她说，"他带我去了姐姐待过的房子。"

他冷笑一声，表示理解，却又充满傲慢。

"我知道，"他接着说，"你在格朗约夫做什么，我想了一下，已经想起来了。"

她觉得一阵头晕，推开椅子，逃到了花园。

在花园里她恢复了平静，想起索尼，她抑制住恐惧、怀疑、苦恼和失望。

随他说什么吧，因为她会让他把咽下去的都吐出来。

"你来是想要接近我，是的。那个时候，我记得很清楚，你大概二十八九岁的样子。"

他尽量用中性的语调说。

他似乎想要化解两个人之间的表面冲突。

雅各布和两个孩子认真地听着，诺拉觉得，父亲和蔼的态度，他的年龄所带来的权威感，以及他残余的自如为他在这三个人面前确保了一份可信度，而这，是她所不具备的。

现在三个人都趋向于相信他，怀疑她。

也许他们有道理？

难道，受到质疑的不是她的教育准则吗？一直以来，她的这些准则都是那么严明、绝对、不事通融。

因为只要他们想到她也撒了谎，或是出于掩饰，或是出于某种奇怪的忘却，那么，她越是严厉，越是在他们共同的生活中显示出这样一种是非分明，那她就越是有罪。

但是也许他们有道理？

湿漉漉的热气在她的臀部滑落，在屁股和椅座间蜿蜒成溪。

很快她的裙子就湿了。

诺拉觉得非常绝望，用餐巾擦拭着湿漉漉的手指。

"你想要知道在索尼和我身边生活会是什么样。"父亲接着用和蔼的声调继续道，"于是你租下了格朗约夫的那座屋子，我以为你希望过独立的生活，当然，我肯定不会拒绝你来家里住的。你在这里的时间不是很长，是吗？我不知道，也许你期待着某种家庭氛围，就像你现在的家庭这样，大家能够坐下来聊些琐事，能彼此倾听，倾诉，能够制造一些问题，能够动不动就'我爱你'，但是当时我在达拉·萨拉姆那里有自己的工作，再说这不是我所擅长的，这类的倾诉。不，你没有待很长时间，你失望了。我也不是很清楚。索尼那时候也不是最好的状态，也许他也让你感到了失望。"

她一动不动，不想让别人猜到她现在的窘境。

她抬起双脚，以免踏在椅子下那小摊水上。

她满脸通红，脊背也在燃烧。

但她什么也没说，只是半闭着双眼，坐在椅子上，直到每个人都离开了自己的座位，然后她去厨房里找了个拖把。

这天晚上，在夜幕彻底降临之前，她走出了屋子，她知道在门口会遇见父亲，他会站在那里，一动不动地，耐心地坚持等待她的出现。

穿着那件脏得恶心的衬衫，他依旧散发着耀眼的光芒。

他注意到她已经迅速换了件米色的连衣裙，于是撇了撇嘴，用一种几近和善的语调说：

"刚才你失禁了。这没什么，你知道的。"

"索尼对我说是你勒死了你的老婆。"诺拉说，根本没在意父亲刚才说了什么。

他没有哆嗦，甚至都没有斜着看她一眼，他已经有些心不在焉，也许沉浸在即将来到的夜色之中，已经迫不及待要躲到凤凰木树上他那个藏身之处里去了。

"索尼承认是他。"他终于说，仿佛是被恼人的现实召了回来，"他从来没有说过别的，也永远不会说。我了解他。我也相信他。"

"但是为什么会这样？"她喑哑着嗓子叫道。

"我已经老了，我的女儿。你要来勒伯兹看我？好了，好了。再说，我很清楚，你又不在场。你知道是谁，又做了什么？你什么也不知道。索尼被起诉了，他们已经结束调查，就这样。"

他的声音越来越小，细细的，仿佛梦呓。

"我可怜的，亲爱的小男孩。"他嘟哝着。

在改造成临时办公室的卧室里，她将索尼的预审卷宗反反复复读了 N 次。

雅各布和小姑娘回到了巴黎，而她和事务所的同事商量之后，则留下来搬进了那幢粉墙蓝顶的小房子，准备为索尼辩护。

有时她会从卷宗中抬起头，愉快地望着小小的、刷成白色的房间，她现在能够接受，也许十年前，她真的在这间房里住过，因为现在她的心灵更加开放，更能够接受这样一种可能性，而不是满怀恐惧和愤怒地一味拒绝，以至于她甚至能够毫无畏惧地听凭自己接受这种"似曾相识"的感觉，实际上，也许"似曾相识"仅仅是因为眼下的一切进入过她的梦境。

她在那里，独自一人，清楚地知道自己是在一座陌生的屋子里，坐在坚硬、清凉而光滑的金属椅上，她的身体得到了安宁，精神同样也得到了安宁。

她知道在父亲家里所发生的一切，她知道这屋子里的每一个人，就好像是她坐在他们每个人的肚子上。

因为索尼曾经对法官说："我藏在继母的房间里，躲在衣柜和墙面构成的那个角落，我的手插在口袋里，握着一团在厨房水槽下面的柜子里找来的细短绳，那是在花园里拉的晾衣绳剩下的。我知道继母在哄孩子睡着后会独自一人回到卧室，因为每天晚上都是如此，我也知道父亲不会进来，因为他早已不在这间卧室睡觉，我不能说他在哪里睡，我知道，但是我不能说。这说明我事前对自己所做的行为完全有所考虑，我知道我的继母会向衣橱走来，对于我来说，将绳子套在她脖子上易如反掌。她很高，但是比较纤弱，没什么力气，胳膊又细，她根本动弹不了，我知道。就在同一间房里，我经常紧紧抱她，我知道我的力气比她的力气要大得多，我经常用双臂把她抱在怀里。她那么纤细，把她抱在怀里的时候，我的肩膀几乎都能够围起来。一切如同我所预料的一般。她进来了，关上身后的门，她走向衣橱，我向她张开双臂，然后我就做了。她的喉咙发出汩汩的声音，她试图抓住脖子上的细绳，但是她已然没有什么力气了。她半瘫在地，我把她扶起来，放到床上。我走出她的卧室，关上门，回到我的卧室。我把我的篮球打好气，因为我想，在很长一段时间里都不会有人替我的篮球打气的，打好气之后我感觉好多了。我躺下，睡得很好，一直到早晨六点。两个小女孩儿在叫，我醒了。她们去看自己的母亲，是她们的叫声让我醒过来的。又过了一会儿，警察来了，我向他们讲述了一切，内容和我今天所讲的一样。我的理由：我的继母和我，我们已经有了三年的感情。她和我年龄一样，这是我第一次爱上一个人。我爱她胜过一切，胜过这世界上的所有人。父亲结婚，把她领到家时，我就已经爱上了她。这非常艰难，我觉得自己非常罪恶，非常脏。但是她也爱我，我们发生了关系。这是我的第一次，我一直到那时从来都没有过，我不敢。我觉得她美丽、活泼，我感觉非常幸福。她怀孕了，我能够肯定是我的孩子，我很珍爱两个小家伙，对眼前的一切我觉得很幸福，因为我的父亲不会感到痛苦，我也不再害怕他，他也不会再管我的事情。但是她开始厌烦我了。她不能继续再像我爱她那样爱我。她不高兴，她开始讨厌我。她对我说，我应该离开家，应该到别处维持生计。但是我能够去哪里呢，做什么，和谁相爱？我在自己家里，在我父亲家里，我以一种无可挽回的方式与父亲的老婆生活在一起，父亲的孩子是我的。突然之间，父亲的秘密也成了我的秘密，这就是我为什么不能谈论他，尽管对于他的一切，我知道得一清二楚。"

而年轻的嘉蒂·丹巴，十八岁，她的陈述是这样的："我在厨房里，听见两个小姑娘在拼命叫。我离开厨房，来到了卧室，两个小姑娘就在卧室里。她们站在床边，她们的母亲躺在床上，我看见她睁着眼睛，她的脸色和平时不一样。"

他们的父亲说："我是一个白手起家的男人，我完全有权利为此自豪。我的父母一无所有，我周围的人都一无所有，我们凭借自己的聪明和灵巧应对每天的生活，但是日渐展露的智慧并没有为我们带来相应的利益。我去法国完成了学业，因为我非常出色，然后，我带着儿子索尼回来了，他当时五岁，而我一头扎进了自己生意上的事。我买下了达拉·萨拉姆一个建到一半的度假村，在我的努力下，它的生意很好，有了盈利，但是我不是一直那么好运，我不得不离开达拉·萨拉姆，以我目前的状态，稍微一点点东西就应该让我感到很满足，所以这些对我来说都无所谓，我已经不再那么骄傲了。我进了家门，迎接我的就是这样的尖叫。如果我的儿子索尼说他是这个事件的始作俑者，我同意，我原谅他，因为我一直爱着他，因为他是我儿子，也因为他这个人，尽管有时会有人对我说：你儿子白白浪费了他的聪明才智，但是他的聪明才智，他做了他能够做的，愿意做的，这不关我的事。我承认他所说的一切，没有异议。我的妻子背叛了我，而不是他。这是我的儿子，我接受，也理解他所做的一切，因为在他的身上我看到了我自己。我的儿子索尼比我要优秀，他灵魂的高度要超出我所认识的所有人，但是我在他身上看到了自己，我原谅他。对于他所说的一切，我没有异议，我也没有什么别的东西好说，没有其他意见，如果他改变了他的证词，我会用同样的方式表示同意。他是我的儿子，我养大了他，就是这样。我的妻子不是我养大的。我不认识她，我也不能原谅她，我对于这个女人的仇恨永远不会结束，因为她在我的家里嘲弄了我，根本不顾及我的感受。"

傍晚，阴沉的天色覆没街道的时候，诺拉就出门去探视索尼。

每天她都在同一时刻出门，计算自己脚步的节奏，这样可以避免出太多的汗。

她在脑子里将要问索尼的问题都过一遍，她很清楚，索尼的回答就只是他那一贯不变的微笑，也知道他既然已经决定保护他们的父亲，就不会回头，但是她要告诉他，她也下定决心要救他，她决定正大光明地面对这一切。

她步履轻快，走在熟悉的街道上，她的精神得到了安宁，街道上的一切都不再让她感到吃惊。

她和坐在门口的邻居打过招呼，她想：我这里的邻居多好啊，如果有人，例如那个黎巴嫩的面包师或是在街上卖果汁汽水的老妇说，他们十年前就认识她，她是不会感到不安的。

对这件事情，她表示同意，谦逊的，有悖常理的，仿佛置身于某种神秘之中。

同样，她也不再问自己，为什么她不怀疑，待到她为索尼做了她所能做的一切之后，对于孩子的爱会得到重生，她不怀疑，自此之后她能够让索尼和自己得到解脱，不再为肚子上的魔鬼所困扰，在她八岁、索尼五岁的时候，魔鬼坐到了他们的肚子上。

因为一切原本就是这样。

她能够内心充满平静和感激地想起雅各布，他用自己的方式照顾两个孩子，也许与她的方式相当，她想起露茜的时候能够不再那么焦虑了。

她能够想起以前，当她和索尼在一起游戏时，她将弟弟抛到床上，索尼那张光彩熠熠的脸，她能够想起这一切，而内心不再有那种被劫掠一空的感觉。

因为一切原本就是这样。

她会看好索尼，她会带他回家。

就是这样。

对位

他察觉到，就在他的身边，在树枝间，有另一种气息，有另一个存在。几个星期以来，他就已经知道，他不是一个人在自己的巢穴中，他在等那个陌生人现身，但是他并不着急，也不愤怒，他已经知道是谁，因为不可能是别人。他没有觉得愤怒，因为栖于凤凰木阴郁的安宁之中，他的心跳放缓了，浑身有点懒洋洋的。但是他不觉得愤怒：他的女儿诺拉在，就在他身边，居于花儿已经落光的树枝间，在花儿真真切切的香味中，她就在那里，身着椴树绿的裙子，不太显眼，与闪耀着光芒的父亲保持一段安全距离，而如果不是为了建立最终的和谐，她还为什么要来到凤凰木树下？他的心跳放缓了，浑身有点懒洋洋的。他听见了女儿的呼吸，他不觉得愤怒。

二

整个早晨，仿佛仍然没有从沉重的、模模糊糊的、充满羞辱的梦中醒来一般，他一直在想，他真的不应该这么和她说话，只站在自己的立场，这个想法在他的焦虑之中绕来绕去，变成了确凿无疑的事实，以至于他都想不起来争吵究竟是为了什么——这个沉重的、模模糊糊的、充满羞辱的梦只为他留下了苦涩的回味。

他真的永远不应该这么和她说话——现在，对于这场争吵，他唯一知道的就是这一点，也就是因为这个，如果不是希望待会儿回到家里，重新见到她的时候，能从另一个方面得到益处，他根本无法集中精力去想这件事。

因为，他混乱地想，如果从这些有关他们争执的、连不起来的记忆碎片中就只能得出他自己的罪恶，他如何让自己的良心得到安宁呢？总是这样，就如同在这些沉重的、充满羞辱的梦中一样，不管说什么，做出什么样的决定，都是一样的错，无法挽回的错。

而如果，他接着又想，他不能让自己的良心得到安宁，他又如何能够平静下来，成为一个举止得当的一家之主？他又如何能够重新赢得爱情呢？

当然，他不应该和她这样说话，任何一个男人都没有权力和她这样说话。

但是出于什么原因，这些词就脱口而出了呢？和以前一样，他仍然是一个强烈渴望被爱的男人，可怎么就让这些词脱口而出了呢？他不知道，仿佛这些可怕的话（然而他究竟说了什么？）在他的脑中爆炸，摧毁了其余的一切。

可他真的应该感到自责吗？

他想，在内心的道德法庭上，如果他能够证明自己发这么大的火的确事出有因，那他就不再会为自己的愤怒感到如此自责，而他的脾气也会因此缓和很多。

然而倘若是羞愧，夸张、混乱、不知所以的羞愧，那只能让他感到更加愤怒。

哦，他是多么向往平静和清晰啊！

为什么时光流逝、青春渐远之后，他觉得周围男人的生活都走上了一条轻松自如的道路，生命最终散发出温暖柔和的光，于是他们都放下了戒备，对于自身的存在能够采取一种放松的态度，有微微的刻薄，但是能够非常谨慎地意识到，他们已经获取了对于本质的认识，虽然这是用平整、柔软的腹部、浓密均匀的头发和完全的健康换取的。唯独我充满了哀伤，因为我濒临崩溃。

他，鲁迪，能够感觉到这种认识是什么意义上的，虽然，他在这条道路上寸步难行，虽然道路上布满了未能被最终的生命之光照亮的乱蓬蓬的荆棘。

他认为自己能够理解到，他混乱也罢，脆弱也罢，说到底，他为之感到痛苦的东西，对他而言起不到任何作用的直觉根本无足轻重，他一如既往地迷失在真实生活的边缘，而每个人都有权力作用于真实生活啊。

就这样，他想，他，鲁迪·德卡斯还没有能够进入这样一种漫不经心的、时髦的平衡状态，没有能够进入这样一种平和的嘲讽态度，尽管他已经度过了四十三个年头，他发现，别的男人就不一样了，即便是最为简单的、平常的行为举止或交谈中都透露着这么一种平衡和嘲讽，在他看来，所有人都知道如何平静、自然地和自己的孩子说话，带着嘲弄却兴趣盎然地阅读报纸杂志，满怀愉悦地想到下个星期天中午的朋友聚餐，他们可以竭尽全力、高高兴兴地办好餐会，而且轻轻松松就掩饰了过去，他们不也才出了那沉重的，充满羞辱的梦么。因为我濒临崩溃。

而这一切，他都没有能够做到，从来没有做到过。

为什么，他问自己，为什么？

就算他在需要达到戏剧化的或是快乐的高潮时表现不佳，就算他同意这个说法，但是在他与家人共同度过的简单生活中，这份戏剧化、这份快乐又究竟在哪里呢？他没有以一个成熟男人的姿态去应对的具体问题究竟是什么呢？

他觉得自己很清楚，巨大的疲倦感（当然，他的愤怒也不比疲倦感小，芳达可能会冷笑地说，他总是冲自己的亲人发火，让他们感到精疲力竭，不也借口说是因为自己累坏了吗？）是因为他总是想把那沉甸甸的、充满羞辱的梦转上好的方向。

他只是一心想要做得更好，但从来没有一丁点的安慰。

没有，甚至他的愿望从来没有得到过祝福、尊重或者承认。

芳达似乎总是把失败啦、运气不好啦归咎在他的头上，他必须承认，而为了不让芳达承担这份责任，他总是急匆匆地抢在这一类的判断之前，内心也的确隐约觉得自己对所有落在他们头上的不幸负有责任。

至于罕见的好运,他也习惯于带着这样一种怀疑迎接它们,他那张多疑的脸完美诠释着一个道理,那就是他和短暂落在他们家头上的好运完全无关,也绝对不会有人想到因此要感谢他。

哦,对于这一切,鲁迪并非不知。

例如说,当他向芳达或者迪布里提议说去饭店吃饭,或者到独木舟俱乐部去逛逛的时候,他就能感觉到自己的脸上呈现出这种怀疑的神情,作为回应,他看到的是焦虑或是轻微的忧惧(孩子总是转过头,找寻母亲的目光,因为他无法弄明白父亲究竟是出于什么目的)呈现在两张美丽的脸庞上,妻子和儿子的,此时他就抑制不住对他们的愤恨,怒气冲冲地对他们嚷嚷道:怎么,你们从来都不感到满意吗?然后,在这世界上他唯一爱着的两张美丽的脸庞立刻变得默然起来,没有一丁点儿表示,对他所提议的或是他有可能提议的,一心只想讨他们欢心的地方毫无兴趣,就这样让他远离他们的生活、他们的想法和情感,这是个脾气暴躁的男人,也就是他们命运不济,所以现在不得不忍受他,仿佛一个沉重的、充满羞辱的梦的残留。一切要来临的都是事出偶然。

他把车子停在小路一侧的人行道上,每天,就是这条小路在绕过环岛之后径直抵达玛尼耶,如今,环岛的中央竖起了一个奇怪的白色石雕,是个裸体男人,弓着背,低着头,伸出双臂,似乎带着畏惧和顺从在等定点喷射的喷泉,好得到夏初时分的润泽。

喷泉建设的每一个阶段,鲁迪都看在眼里,当他开着自己那辆老内华达车在斜插入玛尼耶办公楼之前慢慢绕过环岛时,他都会看见这个雕像，而开始时那份漫不经心的好奇却在不知不觉中转化成了尴尬，接着又变成了不安，因为他觉得自己的面孔和这雕塑很像（一样宽阔、方正的额头，笔直的却是微微有点嫌短的鼻子，凸出的下巴，大嘴，棱角分明的下巴——这倒是那类骄傲男人的下巴，明确地知道坚定的脚步将把自己带向何方，对于一个即将奔向玛尼耶忙忙碌碌的男人来说，与其说是痛苦，还不如说是讽刺，不是吗，鲁迪·德卡斯？），而再看到住在城市一隅的艺术家，那个叫 R. 高科兰的人在主人公的两腿之间完成了那个可怕的生殖器，鲁迪更加感到心烦意乱了，因为鲁迪简直感觉自己成了大家残忍嘲讽的对象，正是因为在雕像懦弱、无能的态度与巨大的阴囊之间形成的强烈反差，这座雕像才显得尤其可怜。

于是再开着破旧的内华达绕过环岛的时候，他尽量不再向雕塑投去习惯性的一瞥。

但是，出于某种并不健康的条件反射，他还是会不自禁地将目光投向那张毫无表情的脸——那就是他的脸——这张清澈的、宽阔的、表面上充满阳刚之气的脸，然而带着畏惧侧在一边，接下来就是不成比例的睾丸，他对高科兰不由有些怨愤，甚至可以称得上是仇恨，鲁迪在地方报纸上读到过，城市花十来万欧元买了他的雕塑。

这条新闻让他陷入了极大的沮丧之中。

这就好像，他想，高科兰趁他打瞌睡或是其他不备的时候，给他拍了张色情照片，而这张照片让高科兰更加富有，德卡斯更加贫穷，更加滑稽——就好像高科兰将他从沉重的梦中拽出来，只是为了让他陷入另一个充满羞辱的梦。

"十万欧元，我不能相信。"他对芳达说，还冷笑了一声以掩饰自己的悲伤，"不，真的，我不能相信。"

"这和我们有什么关系呢。"芳达应该是这样回答他的，"别人好了，又不会因此剥夺你什么东西。"也不知道从什么时候起，芳达养成了这样一种让人愤恨的习惯，总是从一种高高在上、慈悲为怀、事不关己的角度观察事情，任凭鲁迪陷入狭隘、善妒的想法之中，因为这个也好，或是其余的什么，她现在都不想和他交流分担。

但是她的态度却不能阻止他回忆起，甚至是用一种近乎恳求的方式让他回忆起，就在还不是那么遥远的前几年，他们最喜欢的游戏之一就是躲在昏暗的房间里，彼此挨着坐在床上，像两个同志一样，点一支烟，轮流一人抽上一口，不存一丝宽容之心地剖析朋友或邻居的性格，严厉之中带一点滑稽效果的恶意，这是他们俩共同的特点，而他们从来没有敢和其他人尝试着分享过，因此，除了夫妻，他们还有这样独特的一面，还是两个正直的、志同道合的同伴。

他希望能够让她也回忆起这一切，而她还装作从来没有和他玩过类似的游戏——不，但这不是最好的主意，用一种不由自主的哀求的口气，被迫祈求她接受这样的事实，不管他怎么做，曾经的一切如今不再，甚至他这个过去的可爱伴侣也许永远都不会回到从前，而且是因为他自己的错。

他总是不断地回到事情让人难以容忍的这一面，让他喉咙一阵发紧的默默的控诉——他永远的错——而他越是竭尽全力想要摆脱让他窒息、要夺去他生命的这一切，他越是摇动他那沉重的脑袋，他就越发神经质，然后他的罪恶就越发深重。

事实上，很久以来，他们早就没有朋友了，而他们的邻居对他也非常冷淡。

鲁迪·德卡斯才不在乎，他觉得自己也已经够烦恼的了，尽量不去在乎自己态度中不够讨人喜欢的一面，但是他不再能和芳达一起嘲笑任何人了，即使她还有这样的性质。

他们很孤单，很孤单，这是他必须承认的。

似乎朋友们（可他们是谁呢？他们叫什么名字，他们是在哪里一并消失的？）是在芳达疏远他之后远离的，仿佛她对他的爱，如同他们俩之间一个闪闪发光的见证，是朋友们对他们的唯一关心所在，是朋友们唯一爱他们的理由，而一旦这个美丽的见证不见了，芳达和他，尤其是他，最终在所有朋友的眼里显得如此平庸，如此贫瘠。

但是鲁迪才不在乎。

他只需要他的妻子和儿子——并且，他不无尴尬地承认，比起儿子，他更需要妻子，而且，倘若不是作为妻子神秘而令人着迷、奇迹一般的延续，或许他对儿子的需要还要更少，儿子发展了芳达的个性和美貌。

而在这些如同无形幽灵一般的朋友的存在中，最让他感到遗憾的只是亲切而热诚的目光，仿佛保证鲁迪·德卡斯是一个热情、值得交往的人，那是妻子的目光，她来自遥远的地方，爱他，而且没有任何目的地爱他——这才是他，是他自己眼中的、出现在这个世界中的鲁迪·德卡斯，而不是一张可怜的、总是失衡的脸，来自一个沉重的、充满羞辱的梦，每天早晨，他都为这样的梦所缠绕。我的朋友们究竟怎么了，他们曾经离我如此之近，而且我曾经那么爱他们？

他看了看表。

离玛尼耶公司的上班时间只有五分钟了。

他停在这个区域唯一的电话亭前,在那条活泼地、果断地通往大片葡萄园的小路尽头。

太阳已经开始烤得人发烫。

没有一丝风,没有一点阴凉,直到一排高大的冬青,远处的葡萄庄园在冬青环抱之下,非常素朴庄严的一幢房子,百叶窗紧闭。

他把自己出生的这片土地介绍给芳达的时候是多么骄傲啊,他们即将在这里生活,成功,尤其是这个庄园,他母亲还和庄园的主人们有点交情,庄园产上好的葡萄酒,而现在,鲁迪可没钱喝。

他很清楚,暗地里,在所有理性的希望之外,当他径直往前,一直到那排冬青树,几乎将芳达拽上了直抵栅栏门的小路时,当把那座小小的庄园指给她看的时候,他还有一种骄傲的愉悦,他借口说妈妈和庄园的主人有点交情(实际上,她只是暂时顶替过这个家庭的女佣做过几个星期,在庄园里打扫卫生),颇为夸张地走近了那房子,或许那时他认为总有一天庄园会属于他们,属于芳达和他,在某种程度上房子一定会回到他们手上,虽然他还不知道是以怎样的方式。

虽然从房子后面冒出来三只体形巨大的狗冲向了他们,虽然那会儿他是真的害怕,单纯的害怕,但这也丝毫不能改变他的信心。

哦,鲁迪·德卡斯并不是一个如此勇敢的男人。这些朋友背弃了我。

这三只挣脱了锁链的德国牧羊犬难道不是因为他的自以为是和荒诞不经的欲望而惩罚他的吗？因为他在想象中对这份产业伸出了充满占有欲的利爪？

不知从什么地方，主人吹了一声口哨，三只狗停下了，但是鲁迪已经在缓缓后退，他的胳膊挡在芳达前面，仿佛是为了劝阻她扑过去掐住三个魔鬼的喉咙。

在这个春天闷热的早晨，他觉得自己真的是一点用处都没有，随着三只狗退回去，而他们也往车子的方向走回去，周围又重新回到了一片安宁和寂静中，他在芳达身边，觉得自己已经脸色苍白，双腿打颤，而芳达连抖都没有抖一下。

她没有因为我让她陷于危险之境而恨我，不是因为她善良，尽管她的确是善良的，但她之所以不恨我，是因为她根本没有意识到自己身处险境，他想，这大概才是大无畏吧，而我充其量不过是胆大而已？因为，当上帝向我发起袭击的时候，我的身边从来都是一个人也没有。

他从角落里瞥了一眼妻子波澜不惊的脸，她大大的、褐色的眼睛转向了小径的葡萄，她正用树枝拨弄着，那是牧羊犬突然窜出来的时候，她随手从地上拾起来的一根榛树枝。

她的身上有种拒绝理解的东西，他几乎是带着欣赏在想，尽管他有点为此不安——在她的天性中有一种平静，一种首先是作为女性知识分子的平静，而且关键在于她对自己的冷漠一无所知，尽管她能够明白一切。

他望着她平整的面颊，宽宽的，高高的，望着她黑色而浓密的眉毛，不是那么突出的鼻子，他对这个神秘女人的感情让自己感到害怕。

因为她有些特别，也许对他而言过于特别了，他总是在努力证明自己并不是像表面上看起来那样，毫无价值的人，他不仅仅是个简单的、回到自己的家乡的前中学教师，而是命运注定要完成一项特殊使命的人。

对于他，鲁迪·德卡斯来说，他只需爱芳达足矣，满怀感激之情地爱她，他就能够得到满足，他不需要再承担任何其他的责任。

但是他有一种感觉，觉得自己的爱对她来说远远不够，即使她自己并没有意识到这一点，是这份爱让她远离自己的家庭，他欠她的很多，不是现在这一幢小小的、粗糙的、地处郊区的房子所能够偿还的，况且这座小房子还是贷款买来的，把一生都搭了进去，正是这份窘迫让他不再能够做他自己。

而他现在就站在同一条活泼的小道上，距离两个人差点被狗撕碎的时刻已经过去了好几年（但也许是芳达的平静才让他们没有立即跳开？牧羊犬叫嚷着和她保持一定的距离，也许是觉得芳达和别人不太一样，因而有点害怕？），那是一个五月的早晨，温和、甜美，和今天早晨一模一样，区别只在于，他的崩溃代替了当时对于未来、成功，对于耀眼的好运的自信，而现在，他知道什么都不会取得成功。

他们乘坐着这辆旧内华达离开，就是他现在费了半天劲才从里面爬出来的这辆，因为这辆车太过时了，简直让人嫌恶，颜色是很符合鲁迪母亲谨慎性格的那种蓝灰色，鲁迪给她买了这辆，后来她又买了一辆克里奥，那时候的鲁迪丝毫不怀疑自己不久后一定能买辆更好的（奥迪或是丰田），他甚至灌输给芳达说，这辆旧车仿佛一只有些狡诈、可笑、肮脏的野兽，但是它很疲倦，需要他们耐心地陪它度过这最后的日子，开它出去就只是为了维修。

他带着一种蔑视的漫不经心对待这辆旧内华达，但是如今，恰恰是它的结实耐用，这类结构不太复杂的旧车子历经考验后显示出的无畏，还有正直、忘我让他感到了怨恨？

再也没有比痛恨自己的车子更让人蔑视的了，他想，我究竟成了什么样子啊，我是不是还会更惨——哦，一定的，因为这一切和他对芳达所说的相比根本微不足道，就在今天早晨出发去玛尼耶公司，走上这条相同的、活泼地切开葡萄园的道路之前，他对芳达说的话。

他究竟说了些什么？门前起了一阵风，带来了这些话。

他听凭门开在那里，双腿发颤。刚才出于草率所说的那番话的杀伤力，令他自己都感到一阵发昏。

你从哪里来，给我回哪里去。

他怎么能说出这样的话？

他挤出一丝勉强的笑容，心烦意乱地苦笑——不，鲁迪·德卡斯不会这样和妻子说话的，而且他是那么热烈地希望能够重新得到她的爱情。

他睁开眼睛，手挡在额头上方，汗水已经湿透了他的额头以及额头上的那缕金发。

在这样一个温和、干净的早晨，他周围的一切也都是金色的，小城堡的墙是金色的——城堡据说已经被几个外国人买下，进行了修复（美国人或是澳大利亚人，他相信妈妈一直非常关注和城堡相关的信息，这样可以为她不无性感的哀叹源源不断地提供素材）——随着他眨眼的节奏，金色的阳光也在他的眼皮上舞动，而他感觉到愤怒的泪水已经在他的眼眶里打转，这泪水会流下来吗？

但是他的面颊干干的，下巴也紧缩了起来。

他听到身后的一辆车正轰鸣地向他驶来，他立刻在车门后缩成一团，不想和那辆车的驾驶者打招呼，因为他很可能认识，但是他很快就摇摇头，凄凉地大笑起来，因为在这块地方，他是唯一开着这种蓝灰色内华达的人，或许这辆车比他本人更能够证明鲁迪·德卡斯的存在，远远望去，倒是他的背影很可能和其他什么人弄混。

因为似乎所有人都有钱买一辆开了十年，最多是十二年的二手车，只有他不能，他不明白是为什么。

等他重新站起身，他想起来，现在已经迟到了，再到玛尼耶上班，他就必须经过玛尼耶的办公室，而且脸上还挂着某种程度上从未有过的抱歉表情。

他暗暗感到自得。

他知道玛尼耶已经对他厌烦了，他经常迟到，脾气也坏，坏脾气，像玛尼耶这样一个天性比较随和的商人都会这么说吧，而鲁迪却认为，作为一个待遇不公的职员，拼命捍卫应有的矜持也属于基本权利项之一，尽管他本人从另一个角度上来说还算是比较欣赏玛尼耶的，但他觉得还是不要为玛尼耶欣赏为妙，玛尼耶属于典型的实用主义者，很善于耍手腕，智力有限，但是尽管优点不多，他倒是个很有天赋，几乎可以称得上是天才的人。

鲁迪很清楚，如果他在厨房橱柜销售上业绩出众，玛尼耶也会喜欢他、尊敬他，甚至可以原谅他的挑剔性格，他也知道玛尼耶并不是只重视为公司挣钱的能力,他也可以看中在某一个具体领域简单而美妙的能力,他还知道,在玛尼耶的眼里,他既不合格,也不灵巧,而且不投入,甚至他还不与人为善,这就无法弥补他在价值上的缺失。

玛尼耶之所以还留着他,只是因为他某种特殊形式的宽容,鲁迪想,一种复杂的同情——为什么玛尼耶会同情他呢?

对于鲁迪的确切处境,他知道些什么?

哦,他知道得很少。鲁迪从来不对他人吐露心事,但是他应该能够感觉到吧,这个粗鲁、殷勤、狡猾的男人,他应该能够感觉到鲁迪失去了原有的社会地位,除非到了实在不能够忍受的那一天,否则保护他就应该是玛尼耶这类人的责任。

鲁迪能够理解玛尼耶的推理过程,尽管他并没有表达出来。

尽管心存感激,他却因此受到了侮辱。

滚开,我不需要您,毫无价值的小企业主,粗俗的配套厨房销售商。

但是如果玛尼耶一脸难过的表情,虽然厌烦但还是勉强说自己已经尽力了,走到这一步他也不愿意,然后把你赶出门去,你又会如何呢?

这份工作应该归功于妈妈,尽管她从来没有承认过和玛尼耶谈及此事(她肯定求过他,她垂下的眼皮一角一定是红红的、湿湿的,长长的鼻子因为这样的行为而变得通红),鲁迪不得不找工作的理由实在是个太让人觉得痛苦的话题,所以他也几乎没有勇气和妈妈谈这个问题。

我才不在乎玛尼耶呢,这一点是肯定的。

他怎么能把时间浪费在玛尼耶身上呢？他连今天早晨究竟对芳达说过些什么都想不起来，而且他无论在什么情况下都不应该对她说这样的话，因为如果她想，她真的抓住机会反击了，那他所说的一切都会以更为可怕的方式反噬到他自己身上，这与他很长时间以来努力想要达到的结果正好背道而驰。

你从哪里来，给我回哪里去。

他想给她打个电话，问她刚才自己在吵架的时候究竟说了些什么，究竟是什么东西挑起了他这番话。

他根本不可能和她说这些。

他相信自己没有说过，因为他有一种癖好，总觉得相比于真实发生的一切，自己更应该遭到指责，在她的面前，他喜欢把自己往最坏的地方控诉，她是一个不会有什么恶念的人啊，甚至连一点模糊的目标也没有，她根本一无所有，而且，她是那么失望——那么失望！

一想到她有可能屈从于这些可怕的话语，他的脸上和脖子上便全是汗水。

接着，几乎是同时，他不禁战栗了一下。

带着一种孩子般的绝望，他是多么希望自己能够挣脱这个永远也无法结束的梦魇，这个单调、冰冷的梦，在梦中，芳达就要离开他了，仿佛是出于他的命令，虽然他不记得是用什么方式命令的，而从此之后，再也没有更坏的事情会降临到他身上——他知道，不是吗，因为她已经做过，做过这样的尝试，不是吗，鲁迪·德卡斯？

他匆匆驱散了这个念头，有关芳达出逃的记忆令他感到难以容忍（在自己的内心深处他是如此定义的，这样好让事情限制在"背叛"的范围内),他宁愿回到这个已经成为他人生的、永远也无法结束的梦魇,令他吃惊的是,这真成了他的人生,他可怜的人生。

他推开电话亭的门,闪进刻满涂鸦的板壁之间。

如同他不得不停止使用超期服役的内华达一样,最近,他还不得不取消了自己的手机账户,当然,这算是明智之举,因为每个月他的手头都不那么宽裕,然而这个决定对于他来说还是有些无法解释,非常奇怪,而且不公平,仿佛是命运强加在他身上的残酷,因为他从来没有听说谁不得不放弃这个随身之物的,只有他。

甚至包括那些在小路下面安营扎寨的吉普赛人都有手机,他们就住在小山丘侧面的葡萄园那边,鲁迪机械地想着,估计小城堡的新主人,美国人或澳大利亚人能够望见他们被青苔染成绿色的帐篷顶,就连那些吉普赛人,那些竖在玛尼耶橱窗前,用尖锐和厌恶的眼神扫过厨房橱柜展厅的吉普赛人,就连他们也有手机。

所有的这些人,他在想,凭什么他们竟然活得比他好那么多?

既然他不笨,是什么妨碍他,让他没有其他人那么机灵呢?

很长时间以来,他一直认为,他,鲁迪·德卡斯,尽管不够奸诈、不够狡猾,可是他具有特别的敏锐,也有足够的野心——那是一种智性的、理想的、浪漫的,当然也是模糊的野心,而现在他开始问自己,这种特别之处真的有价值吗,是不是有些可笑呢?或是不知出于什么原因,有些可鄙?就好像一个强大的男人承认自己对失败和毫无价值的小玩意有特殊癖好一样。

当他第三次拿起电话，拨自己家的号码时，他不禁颤抖起来。

他听凭电话铃响了很长时间。

透过电话亭的玻璃板，他望见那个小小的、阴凉的、金色的城堡，静静地躲在周围枝繁叶茂、修剪整齐的冬青树阴下，避开了热浪，接着他的目光往下看去，定定地落在玻璃板上，他在玻璃的反光中看到了自己，一个身陷板壁之中的囚徒，他看见了自己透明的、满是汗水的脸，眼睛惊惶不安，瞳仁的蓝色因为惶恐都变暗了。而此时他脑子里清清楚楚地浮现出他们的房子，电话铃声响个不停的房间，他们的小家那永远也没有完工——并且永远也没有希望完工——的客厅，没有勾缝的石膏薄板，难看的棕色地砖，还有他们那一点可怜的家具：从妈妈一个雇主那里捡来的一组碎花布料的扶手椅和沙发，铺着塑料桌布的花园桌，一只松木碗柜，堆满了书的小书橱，总之，一切都是那么悲伤和丑陋，根本无法让他做到视而不见，也无法体现家中主人的生机勃勃，因为鲁迪讨厌这份丑陋，原本这一切和别的一样，都应该是暂时的，为此他每时每刻都感到痛苦，就像此时，在这间电话亭里，除了想到这一切以外，根本没有别的东西可想——他为此感到痛苦，而且恼火，深陷在这个永远也结束不了的梦魇中，永远摆脱不了的困窘，单调，冰冷。

但是这会儿她能在哪里呢？

她应该和每天早晨一样，会把迪布里送到校车停靠站，但是她早就应该回到家里了——那她能在哪里呢，为什么她不接电话呢？

他挂了电话，背靠在电话亭上。

淡蓝色的短袖衬衫已经湿透，靠着电话亭的玻璃板，他感觉到衬衫贴在身上，湿漉漉、热烘烘的。

哦，这一切是多么沉重，令人不安和难堪，一旦愤怒过去，他简直想偷偷地大哭一场。

她会不会，她会不会……脑子里把那些话一个字一个字地过了一遍，他甚至不能够确定是不是真的说过那些话，至少他可以肯定自己从来没有真的这么想过……

他再一次取下话筒，动作很猛，以至于话筒从他手上滑落，被电话线拴着，差点撞在玻璃板壁上。

他从牛仔裤口袋中拿出已经卷了角的电话簿，找寻普勒迈尔夫人的电话号码，尽管他完全能够记得，因为他已经打过很多次这个老女人的电话，他应该能够凭记忆拨出她的号码。

再说她也没那么老，不过是妈妈的年纪，但是她举手投足却是老女人的样子，自从他们做了邻居以来，面对他复杂和略微有点让人讨厌的请求，她总是那么一副纡尊降贵的态度，因为她自己从不求他们做些什么。

和他所预料的一样，她很快就接了电话。

"我是鲁迪·德卡斯，普勒迈尔夫人。"

"哦。"

"我只是想……能不能请您去我家看看，是不是一切正常。"

他感觉到自己的心怦怦直跳，尽管他尽量装出很放松的声音，他也知道根本瞒不住普勒迈尔夫人，他几乎在呻吟，乞求妈妈祷告的神，似乎多少听到了妈妈声音的神，相反，他屏住呼吸，电话亭里闷热异常，但他仿佛凝固在了汗水之中，仿佛时间也凝固了（周围的一切也都凝固了，冬青葱茏的枝叶，葡萄园里的叶子，还有一动不动的蓝天上那一团团的云朵），只有芳达在家一切都好的消息才能让这一切恢复运动状态——或者，还要听到她说，她很幸福，她爱他，从来没有停止过对他的爱？

不，这些，普勒迈尔夫人不会转达的，不是吗？

她假装出温柔的语调，轻声对他说：

"出了什么事吗，鲁迪？有什么问题吗？"

"不，没什么特别的，我只是想……因为我联系不上我的妻子……"

"您在哪里打的电话，鲁迪？"

她知道自己没什么好求他的，她也知道除非她愿意移动她这堆毫无用处的、高贵的肥肉，鲁迪根本不敢打发她去他家看看，透过没安窗帘的窗子，或是按响他们家的门铃，确认他那个奇怪的妻子，那个叫芳达的，而且确确实实出走过一次的女人在家里，既没有逃跑，也没有倒在他们家——悲伤的，修了一半的小家——的哪个角落，啊，他真是懒得把普勒迈尔这种人搞得那么明白，对于这类关系，他简直感到耻辱。

"我在电话亭里打的电话。"

"您没上班吗，鲁迪？"

"没有！"他叫道，"那又怎么样呢？普勒迈尔夫人？"

很长时间的沉默，但既非震惊也没被吓着，上了年纪的普勒迈尔才不会有这样的幼稚情感，但是如果鲁迪还有一点人与人之间应有的尊重，他自己强烈的自尊会令他感到懊悔的。

他听见自己在电话亭里喘着粗气。

他感觉到怒火再次在心头升起，就像今天早晨，芳达用言语或是沉默——他也不知道（但是，他在想，为了继续维持一个男人的尊严，一个父亲、丈夫和儿子的尊严，他旷日持久地斗争着，每天都在努力阻止自己所建立的一切灰飞烟灭，他究竟能够忍受多少时间呢，尤其是每天他都在面临同样的指责，有的时候是语言的指责，有的时候就只是探询的、苦涩的、毫无同情心的一瞥，他能够忍受多长时间呢？他是否能够面色平静，嘴角挂着微笑，仿佛圣洁也是他的责任，最终他想，他，被朋友抛弃的他，他能够怎么样呢？）——冒犯他的时候，热乎乎的怒火，几乎可以称得上是温和、友好的怒火，他也知道自己应该克制，但是他很快就放弃了，不再压制这怒火，而且颇觉安慰——以至于他有时候都在想：这种司空见惯的怒火不是我唯一剩下的东西了吗？除了她，我不是已经失去了一切吗？

他将嘴贴在潮湿的塑料话筒上。

"现在，"他吼道，"请您抬起您的大屁股，照我说的去做！"

普勒迈尔立刻挂了电话，一句话也没说，甚至没有叹一声气。

他撤下电话座，用力地揿了两三下，然后又重新拨了家里的号码。

他现在学会了这么想，尽管这种想法和以往一样令他感到恼火，也令他感到受伤，但是为了迎合芳达的想法——至少从她的态度可以看得出来——他还是得这样想，那就是，他们小小的、摇晃的破房子不是他们的家，而是他自己的家，不是因为房子破旧得无可救药，实际上对此芳达也是毫无办法可言，而是因为他选择了这个家，是他给这个家命名，在某种程度上，也是他创造了这个家。

是他决定，用这幢建筑来保护他们的幸福。

现在，她带走了孩子，七岁的小迪布里——对于迪布里的存在，鲁迪从来没有感到自在过（因为他明白，虽然这无助于他做出任何改变，但是他明白，他令小家伙感到害怕？）——芳达离开了家。

她确实在这家待过，因为她别无选择——但是，鲁迪想，她冷淡地对待这个家，她拒绝为丈夫的这个家付出感情、悉心照料，拒绝为丈夫的这个家倾注她母性的、焦虑的关怀。

于是孩子也效仿她，像一个小小的游魂一般住在家里，轻盈的脚步掠过地砖，有时甚至像是在地面上飘荡，仿佛他害怕触到父亲的家，同样，鲁迪想，他也总是小心翼翼地和父亲本人保持一定的距离。

哦，他沉浸在极大的痛苦中思忖着，然而耳边电话铃声响起的时候，所有的愤怒都消失了，透过电话亭的玻璃板，葡萄园、冬青，还有形状拙稚的云朵，在微风中又重新获得了生机，他们三人之间究竟发生了什么，让他的妻子和儿子，他在这世界上唯一的最爱（因为对于母亲，他只有一种模模糊糊的柔情，形式上的，没有任何结果的）竟然视他为仇人？

"谁？"芳达的声音很轻，而且听上去很不高兴，他甚至以为自己拨错了号码，再一次拨了那个普勒迈尔家的号码。

他非常激动，嗓子一阵发紧。

瞧，即便芳达是一个人在家，即便不知道是在和他说话，她就是用这样的方式在说话，声音中充满了怨恨，而且有一种让声音发抖的生硬——瞧，芳达就是这样说话的一个人，和他没有任何关系的时候也是这样——这声音是多么悲伤，多么绝望，多么闷闷不乐，多么悲凉，以至于带上了自己的口音。

因为，在他的记忆中，她一直是在努力地掩饰自己的口音，尽管这口音在他听来非常悦耳，尽管他并不赞同她这种想要表现自己并不是来自别处的想法，甚至他觉得这样做有点荒唐（因为她的脸已经表明了她是个外国人），不过他总是把她的这种做法归结为芳达的活力，远远要超过他的生命力，从她小时候开始，她就勇敢地斗争，尽力成为一个受到良好教育的人，尽力在摆脱贫困似乎永远也看不到尽头的现实，如此冰冷、单调的现实。

这真是一个残忍的讽刺啊，她独自一人，勇敢斗争才成功离开的，他却令她重新陷入进去，而他原本应该拯救她，更甚应该帮助她圆满地取得成功，彻底摆脱出生于科罗巴纳区的不幸，他不应该将她活埋，因为她还年轻漂亮，而且那么孤独、勇敢，他原本应该……

"是我，鲁迪。"

"等一下，有人按门铃。"现在，知道自己是在和谁说话以后，她的声音没有那么阴郁了，就好像是出于一种条件反射，她立刻变得警觉、当心起来，不想让他抓住一点口实，避免为他在接下来的争吵中所利用，尽管，他想，其实芳达从来不会和人吵架，她满足于在他的攻击面前执拗地沉默，一脸漠然，有点微微赌气的样子，嘟着嘴，垂着下巴，而他，鲁迪，他很清楚，她总是小心翼翼地少说话，唯恐说了点什么，唯恐自己的一句话会挑起他的怒火——可他还很清楚，正是在这张刻意的、冷漠的面孔前，他才止不住勃然大怒，他越是发火，芳达脸上的线条就越是刀枪不入，而他就越是陷入狂怒之中，直到仿佛要向这张表面上无所畏惧的面孔啐上一口唾沫一般地说出那些话来，事后，他是那么绝望，后悔自己的口无遮拦，但紧接着，就像今天早晨一样，他又会怀疑自己究竟有没有说过那些话。

这一切是多么无谓，他想，她难道就不能了解吗，他只需要她说几句话而已，没什么实际意义，普通的话，但是带着必要的热情说出来，他就能够重新变成那个善良、平静和热情的鲁迪·德卡斯，当然，仍旧不重实际，但是充满活力和好奇心，他觉得自己在两三年前仍旧是这样一个人，难道她就不能了解吗……

我爱你，鲁迪，我一直都爱你，或者是，对于他来说同样适用，我很在乎你，鲁迪。

他觉得自己的脸红了，思维一片混乱。

她当然了解。

但是乞求也罢，愤怒也罢（这两者不是在他身上混在了一起吗？），都不能强迫她说出这样的话来。

他觉得，就算把她痛打一顿，把她的脸踩在生硬的地砖上，她仍然能够保持平静，不会为了求生伪装出什么情感。

通过话筒，他听见了芳达的脚步声，有点拖沓，划过地面走向大门，接着他听见了普勒迈尔那尖利、恼火的声音，然后是芳达嗫嚅的声音——即便是隔着这样的距离，他似乎仍然能够分辨出妻子声音中所透出的那种无穷无尽的疲倦，或者，这只是因为他自己离得远，他自己有愧？

他听见大门砰的一声关上，接着又是芳达缓慢的脚步声，她赤着双脚，步履疲惫，精力耗尽的样子，从早晨一起床她便如此，仿佛即将在这个家——她固执不愿意照料的家（为什么所有的事情都要我操心？他经常火冒三丈地叫道）度过的新的一天让她纤细的脚踝仿佛挂上了铅砣子，然而同样是这双干瘦、发光的脚踝穿着脏兮兮的轻便鞋或网球鞋，曾经在科罗巴纳的小街小巷上奔跑着，奔向她教书的学校，正是在那所学校里，鲁迪第一次见到了她。

那时，这双脚踝仿佛插上了翅膀，因为它们那么瘦，那么干瘪，就是两根笔直的木棍包上一层闪闪发光的皮，可它们怎么可能承载着芳达年轻、苗条、瘦长却很有质感的身体，而且还跑得那么快，那么轻盈，如果不是插上了无形的翅膀又怎么能做到，他曾经快乐地思忖着，她V领羊毛衫下的肩胛骨之间也一定有同样一对翅膀，让她的肌肤微微地轻颤，那个时候，他就站在麦尔默兹中学的餐厅里，和其他老师一起排队，他站在她身后，脑子里寻思着这个问题，他望着她毫无遮挡的颈项，肤色深暗、结实的双肩，微颤的，细腻的皮肤……

"是邻居。"她懒洋洋地说。

"啊。"

由于她没再往下说，没有用她现在这种略带嘲讽的悲伤语调说清楚为什么普勒迈尔会来，他猜想那个老女人应该是为他隐瞒了点什么,没有提起他的电话,也许是随便找了个家常的借口,他觉得松了口气,但又有些混乱和恼火,在某种程度上,他背着芳达和这个普勒迈尔共同策划了个阴谋。

他于是对芳达产生了一种深刻的同情——因为这个双脚插上翅膀的,野心勃勃的芳达不再能够在科罗巴纳红兮兮的泥泞小路上飞翔,而且不是因为她自己的错误,是因为他。当然即便没有他,她也许依旧贫穷,因为家庭的羁绊而喘不上气来,但是无论如何,她却能够跑向那所中学,继续当她的文学老师——可都是因为他的错,因为他这张充满爱意,被晒得黝黑的脸,他那淡金色的,总是有一缕掉出来搭在额际的头发,他一点也不显得油腔滑调的甜言蜜语,他对于一种更为舒适,更为精神性的,更为高贵和诱人的生活,她才抛弃了自己的街区、城市和国家(红兮兮,干燥而灼热的国家),从此后她没了工作(他应该明白的,在这里她不会有教授文学的资格,他应该早就打听好,了解这个事实,并且为她分析好后果),来到一个安静的外省最为偏僻的角落,拖着她灌了铅一般的脚步,或许她现在住的地方比她离开的要稍微好上一点点,但是她拒绝投入一点点精力,哪怕是看上一眼,有一个关注的姿态(可他却看到过她长久地、耐心地望着她在科罗巴纳的那两间破房子,水绿色的墙,她和一个舅舅、一个姨妈以及好几个表兄妹住在一起,可她却如此长久、如此耐心地望着这破房子!),即便不是由于他的错误,可至少是因为他,现在她迷失在一个永远的、单调而冰冷的梦中,没有出路。

他用一张晒得黝黑的脸,用爱所产生的强大动力来说服她,用他温柔甜蜜的举止以及在那里显得罕见的金黄色的、有一种特殊光芒的头发……

"你不想知道我为什么打电话给你吗？"他终于问道。

沉默了一会儿，她说："不是很想。"她的声音里不再有那样一种曾经打动过鲁迪的完全的放松和透彻，几乎完全相反，现在她的声音生硬，有一种控制，因为极力避免法语的口音而显出金属般的质感。

"我想要你告诉我，我们今天早晨为什么争吵，听着，我真的不知道是怎么开始的，这一切……"

一种特殊的噼啪声，他在接下来的沉默中想，沉默，有轻微的呼吸声，就好像他拨通的是一个很远的国度，极为简单的交流，但他的话语需要一点时间才能够到达，当然，这只是芳达忧虑的呼吸声，而这说明她在思考，她在思考怎么回答他才是最好的，才能在未来保护好她的什么权益，他不知道，他也无法想象（突然之间，他觉得愤怒突然上了脑，没有他，她有什么未来可言），是的，他一边想，一边用目光扫射着已经长出淡绿色小果子的绿色葡萄园，还有城堡那头的绿色冬青，城堡，令美国人或者澳大利亚人深深着迷的城堡，然而他们的存在却让母亲不那么高兴，她觉得葡萄园应该留在法国人手中，但这些外国人却极为严格地修剪了树枝，让它们看起来显得谦虚，仿佛做了错事一般地低下头，因为它们胆敢厚颜无耻地听凭光闪闪的、浓密的、永远不变的树叶恣意生长，直到遮没房子原来灰不溜秋——现在它成了一种新鲜的金色——的外立石面，其实那算什么城堡，不过是一幢大房子罢了，真配不上"城堡"这个令人肃然起敬的叫法，是的，鲁迪想起了当时在那里，他自己的金发，他自己的朝气所散发出的那样一种特殊的光芒……

"我不知道。"她的声音低沉、冷淡。

但是他早已料到她会用最不会把自己卷进去的方式回答他，那种事不关己的方式，她和他之间，不管他采用什么样的方式，即便只是就某一问题的简单交流，从来都是如此，这已经成了她坦诚的唯一标准。

再说，如果他对自己说真话，但是他真的愿意这样吗，他一边想，一边抬起双眼向远处金色的、影影绰绰的城堡望去，与其说是看见了城堡，还不如说是在他的印象里，他太熟悉了，以至于经常梦到，单调的、没有色彩的、灰色的梦，他经常做的梦，所有的细节都是从——尽管他记不清楚——妈妈的嘴里听来的，她应该是替人去城堡原来的主人家做过一两天的家政服务（保姆，因为她什么都做，做饭，端饭上菜，吸尘，熨烫），而且她一直都是那样，保留着一种并不是很光彩的习惯，假装对自己描述的一切（数不过来的，没人住的房间，间间都摆满了家具，细致的餐具，银器）心存蔑视，而且她小小的眼睛总是垂着，因为感情受到压制而发出淡淡红光的小眼睛——但此时，他那双明亮清澈的眼睛望着远处城堡的轮廓，仿佛在那里，就是这座单调的、阴凉的、不再像原来那般灰不溜秋的，但……城堡可以给予他某种响亮的、明确的回答，但是，除了弄明白这座房子永远也不会是他的，也不会是芳达的，迪布里的，他还能弄明白什么呢？如果他决定对自己说真话……

"另外，"他说，"我今天晚上去接迪布里放学吧？"

"如果你愿意。"她尽量让自己保持着中性、冷淡的语调，但是仍然禁不住有一点着急，这立刻让他感到十分恼火。

"我已经有很长时间没有去接他放学了，是不是？如果有一天能够不乘校车，他应该会很高兴。"

"哦，我不知道（语调很小心，有点别扭，因为害怕，同时也因为顾虑太多）。但如果你要去接他，一定要准时，否则你到的时候他已经上了校车。"

"好的，好的……"

如果对自己说真话，或者至少，他真的希望自己这么做，他就必须承认，他不相信芳达真的赞成他去接孩子，尽管他在她的语调中察觉到了过去的那种真挚与忠诚，一个步态轻盈，内心充满了明确、火热的向往的年轻姑娘，并且理性的愿望已经将她从卖小袋花生的摊子——她还是小姑娘的时候，就在科罗巴纳街上卖花生——带至麦尔默兹中学的教室，她在那里教授文学和业士文凭预科班，学生都是外交官或有钱企业家的孩子，当时她是一个瘦长、笔挺的姑娘，头发剪得短短的，贴着脑袋，当他突然产生一种冲动，他还不习惯，甚至还从未有过的冲动，他的手指掠过她背上颤动的肌肤，她就看着他，眼神中自有一种坚持，充满自由和满不在乎的神情……

"芳达，"他轻轻地说，"你好吗？"

"是的。"她的回答谨慎、机械。

而这不是真的，他知道，他能感觉到。

对于她所说的一切，他再也不能够相信。

然而他却固执地向她继续提问题，提一些在他看来要求正面回答的问题，私人的、情感的问题，仿佛这样坚持久了，问得多了，迟早有一天会让她放松警惕，让她不再像如今这般小心翼翼地不透露出任何心思。

"今晚我把迪布里送到妈妈家睡。"他突然说。

"哦,不要。"她的声调显得哀怨,几乎是在哭泣了,这让他的心立刻揪紧了,是他制造了这份悲伤,可他有什么办法呢?

就因为芳达不想离开孩子,他就可以剥夺妈妈与孙子亲近的权利吗?

他有什么办法呢?

"好长时间她没能留他玩一会儿了。"他用安慰的、殷勤的语调说,但是回音从听筒中传来,他觉得自己的声音是那么虚伪,他尴尬地将听筒拿远了一点,仿佛是另一个人在替他说话,而且他为这个人如此拙劣地遮掩自己的虚伪而感到羞愧。

"她不喜欢迪布里。"她突然抛出一句话。

"为什么?你说的根本不是事实,她非常喜欢他。"

现在,他非常有力、高兴地说,尽管他一点也不觉得有力、高兴,一点也不觉得精神焕发,充满活力,一点也不觉得已经走出了这个悲伤的,令他受到伤害、愁绪万千的梦(但是非常奇怪,这个梦却并不是让人觉得毫无希望),而此时此刻和芳达的谈话就好像是这个梦里一般。

过去他们谈话时的活泼氛围,仿佛不停地唧唧喳喳的影子正围绕在他们身边。

他能够听见影子唧唧喳喳的声音,他立刻感到一种怀念,他在想,脑子发烫,电话亭的闷热空气让他的头发全部贴在额头上,他在想,就好像是怀念那些已经逝去的老朋友,非常要好、非常亲切的老朋友时,偶然听见了他们的录音一般。

哦，妈妈的神啊，善良的神啊，如果能相信妈妈，他的确为妈妈做过很多，神啊，让芳达……

而如果说，对于妈妈那些虔诚的举动，他几乎不太注意，他不太注意妈妈关于这方面的一些言论，看到她小心翼翼地画十字的动作，听她祈祷时叽咕的内容，他甚至还带着那样一种半讽刺半恼火的笑容，但他却不由自主地记住了这个重要真理，即祈祷即便不是心想事成的充足条件，也至少是必要条件。

真话，真话在哪里？在他所问的问题中，真话究竟在哪里呢？

妈妈的神啊，富有同情心的神啊，我求求你……

他的真话究竟在哪里，一旦他知道（或者哪怕有一秒钟，附着在他身上的鲁迪知道了，一个更加年轻，更加严格，还没有饱受失望和不理解的折磨，还没有遭到过度的同情，还不需要自己拼拼凑凑理由和借口的鲁迪）——真相究竟在哪里，他内心的真相，一旦他知道自己提出要把迪布里送到妈妈那里住一夜的时候，他要照顾的根本不是妈妈的心情，根本不是妈妈的快乐或者幸福，他所在意的仅仅是自己在精神上的安宁，这样就能够阻止芳达……

因为，她永远也不会丢下孩子自己跑掉的，不是吗？——或者这也是可能的？

他只能通过她以往的行为做出判断，但是如果说第一次，她带走了迪布里，是不是因为玛尼耶要求她这么做的？

但是如果芳达有可能将孩子扔给自己的丈夫，玛尼耶又有什么必要带着孩子，受到孩子的纠缠呢？

不，不，她不会丢下迪布里一个人走的，再说孩子害怕鲁迪，反过来鲁迪也害怕孩子，因为孩子，他自己的孩子并不喜欢他，尽管孩子幼小的心灵并不知道，不仅仅是不喜欢他，而且还不喜欢他的家，父亲的家……

一簇新的怒火在他心头燃起，简直要淹没了他的理智，他差点在电话亭里叫起来：你对我做的事情，我永远也不会原谅的！

他也可以叫：我那么爱你，一生中我只爱你一个，一切都应该回到从前！

"好，晚上见。"他说。

他挂上电话，精疲力竭，垂头丧气，简直有点疯了，就好像才走出漫长的、悲伤而伤人的梦，他需要重新调整自己的意识，适应周围的现实，而且对于他来说，他想，现实本身就像是一个永远结束不了的、一成不变的、冰冷的梦，他就仿佛从一个梦坠入另一个梦，永远没有清醒过来的可能，实际上，在他的想象中，清醒过来的可能也不过是将自己人生的碎片整理好，纳入应有的秩序。

他走出电话亭。

此刻已经是大上午了，开始变得炎热。

他机械地扫了一眼手表，知道这一次他不仅会迟到，而且是从来没有这样迟——到过。

又有什么关系呢，他想，但是，想到待会儿要面对玛尼耶，他还是有微微的焦虑，为此他很是生自己的气。

如果玛尼耶对于他，对于鲁迪·德卡斯就只有愤怒和不耐烦，没有隐隐的同情，一切都会变得更为简单。

而他，鲁迪，他不是应该恨玛尼耶吗？

在老板的眼里，他读出的是仁慈、怜悯，当然不管怎么说，也有一丝很难让人捕捉到的傲慢，这真是令人遗憾和愤怒，不是吗？因为正是这仁慈、这怜悯，让他恨不起来，作为一个正常男人应有的恨，对于……

他轻轻地摇了摇头，仍然对这个算起来已经是两年以前的故事感到十分惊讶。恨，或者是作为一个正常男人应该做出的审判——哦，但是他很清楚，自己并不是在玛尼耶那里等着属于自己的时刻，他根本不会伺机向玛尼耶伸出报复的拳头，而玛尼耶也清楚得很，所以他不怕鲁迪，从来没有怕过他。

这样好吗？鲁迪在想。

是值得赞赏还是令人鄙视，又如何能知道呢？

他轻轻地摇了摇头，在逐渐变得让人窒息的暑气中，空气不再流动，散发着一种香味。

他觉得自己闻到了远处冬青树的香味。

也许这香味只是来自记忆深处，冬青那光滑如缎的小叶子散发出来的微微有些酸的味道，但是，他相信自己就这样，轻轻地吸气，是可以闻到冬青树的味道的，想象自己在城堡里，打开百叶窗，迎接着这个澄澈的早晨，嗅着冬青树的气味，光滑如缎的小叶子散发出来的微微有些酸的味道，而且，每片小叶子都是他的，鲁迪·德卡斯的，他觉得宽慰了很多，甚至有点幸福——但是他永远也不可能占有这些可怜的老树了，像那些美国人或是澳大利亚人一样，在妈妈看来，他们真是不自量力，以为自己已经足够法国化了，能酿出同样质量上乘的葡萄酒……

想到妈妈，想到她那张苦涩的、白白的小脸，刚才的那一点快乐顿时荡然无存。

他又重新回到电话亭中，想要再给芳达打个电话，不是为了确认她在家里（可同时他又一次感到了焦虑和不快），而是为了向她保证，一切都会安排好的。

在那里，在浸满了冬青香味的暑气里，爱情与怜悯令他感到非常兴奋。

一切都会安排好的？

相信他自己会推开城堡二楼，他们卧室的百叶窗？

这并不重要，他原本是要和她说，向她灌输他的这份信心，这会儿，他觉得自己信心满满，就好像这一次，存在的现实与他的梦想终于严丝合缝，或者至少就要进入这样的状态了。

他向身后的电话亭方向滑出了一步。

可想到要坐进那辆内华达令人窒息的车厢里，而且车子里还散发着一股狗的臭味（好像这车子上一个主人拿它来当过动物的窝，因此座位的细毡子上留下了大量的动物毛），鲁迪一下子觉得很不爽。

然而他还是没有再给芳达打电话。

他没时间了，不是吗？

而且，如果这一次她又没有接，他会得出什么样的结论？他会怎么想？

再说，他也真的是没有时间了。

但是她不会不管迪布里，独自一个人逃走吗？而且孩子目前可不在他的身边？

他为自己把这两件事情联系在一起而诅咒自己。

他几乎立刻想捍卫芳达，反对自己，反对自己那些可恶的算计。

哦，既然他爱她，他还能怎么样？

我还能怎么做，我的上帝啊，正直的神，妈妈那善良而正直的神啊？

他曾经认为，如果说他的人生，他脆弱而不稳定的人生之柱之所以勉强还竖着，那只是因为芳达在，无论如何她都还在，不管她如今是否越来越像一只折了翅膀的小母鸡，低矮的栅栏对她而言都是难以逾越的障碍，抑或她还是那个鲁迪在麦尔默兹中学遇到的独立而勇敢的人，他都能够承受，虽然很困难，虽然感觉很羞愧，仅仅因为在他眼里，这悲伤的处境都是暂时的。

不仅仅是缺钱——也许真的只是缺钱？

是在何种程度上，他一千欧元左右的工资让他与玛尼耶那样的人相比之后显得黯然失色？

是的，是的（独自一人在十点钟的太阳下，身边是滚烫的车子，他耸耸肩，很不耐烦），当然，的确在很大程度上是钱的缘故，但是，他缺的，更大程度是自信，不相信自己的天赋，不相信自己的运气，不相信自己的青春能够永远在，过去，正是这份青春让他如同母亲一般清澈的蓝眼睛闪闪发光，也是这份青春让他总是慢慢地伸出一只手，轻轻地却是漫不经心地掠过额际那簇淡色的头发，这份青春让他……

所有这一切，他都失去了，尽管他还没有步入年迈，尽管根据现代的标准，他还算年轻，可是这一切，自从他回到法国之后他就统统不再拥有,而在芳达对他的爱情中,这一切却至关重要。

只要他能够从这艰难、悲伤、沉重、耻辱的梦中挣脱出来,他想,哪怕是从一个梦到另一个梦,只要能够重新回到那个时刻,两个人,芳达和他,两个人披着一层金光,一起走在科罗巴纳的街道上,每走一步,裸露在外的胳膊就蹭在一起,他,鲁迪,他个子很高,皮肤晒得黝黑,他用一种有力、快活的声音在发表演说,当然,尽管他自己没有发觉,他已经是在试图让她坠入圈套,他的甜言蜜语颇具蛊惑的力量,而她还是个剪着短发的年轻女子,目光直视,幽默得很有分寸,她通过自己的努力进入麦尔默兹中学教授法国文学,学生都是富有企业家、外交官或军官的孩子,鲁迪一边用有力、活泼的声音在说,一边在想,这些孩子对于她的执着,对于她所需要付出的努力一点概念都没有,这个双脚插上翅膀、太阳穴边细腻的皮肤轻轻颤动着的女孩,为了能够获得教授他们的机会付出了多少努力,为了小心维护她仅有的两条裙子——一条是粉红色的,一条是白色的,她总是将它们熨得妥妥帖帖——她付出了多少时间,这些孩子们永远也不会了解,在裙子下面她总是穿一件背心,两根肩带之间的肌肤也在微微颤动,仿佛两片小小的翅膀……

而他,鲁迪·德卡斯,他曾经真真切切的是个活泼、充满魅力、能说会道的男人,芳达最终把他领回了自己家,就是那套住了那么多人、墙面漆成绿色的房子。

他还记得,跨进她家的那一瞬间,看见房间的墙上发亮的、阴森森的水渍,他的喉头一阵发紧。

他跟在她身后，走上水泥楼梯，然后沿着长廊向前走去，长廊的一边是一扇扇油漆已经斑驳的门。

芳达打开了最后一扇，房间浸润在暗绿色的光线之中，因为百叶窗，光线似乎显得格外阴暗，将她整个儿吞没了。

除了她裙子那一团白影，他什么也看不见，芳达先是自己进了门，然后又折回来请他进门，他猜想，她应该是已经核实过，房子已经收拾好，可以让他看了。

他进去了，没有羞怯，也没有尴尬，但是，突然间，他的心头充满了感激之情，以至于一句话也说不出来。

因为在显得如此凄凉的阴影中，芳达的眼神在平静地对他说："瞧，我就住在这里，这是我家。"

这是接受的眼神，接受一个外国人的评价，白色的额头（就算这会儿已经晒成褐色又有什么关系！），一缕金黄色的头发，光滑而白皙的双手，站在她还算收拾得干净却实在简朴的家中——然而她的眼神接受了这一切，并且预先就承担好一切可能的结果，所有对方可能产生的不适应或者是优越态度。

这个女人了解一切，到了什么程度啊，透彻，细腻，极度敏锐，但是在另一面，出于骄傲，她却对一个男人的意见——不论是对她家，还是对她本人的意见——毫不在意，一个额头如此白皙，双手如此白皙、光滑的男人，鲁迪能够感觉到这一点，他几乎都能够听见她的内心。

她大概把他看成是一个富裕的、被宠坏的男人，有着金黄色的头发，而且还会甜言蜜语。

但是她把他带到这里，带到她家，用一个简单的手势，几句简单的话语，把他介绍给了她的舅舅，舅妈，一个女邻居，还有其他位于房间更里面的一些人，借助一抹幽暗的光线，鲁迪勉强才能加以一一分辨，他们或是坐在椅子上，或是坐在绒面已经磨损的扶手椅中，一动不动，静静的，只是微微向鲁迪点头致意，他也感觉到自己在移动，还有自己的那双不知道干什么好的大手，那双手应该和他白皙的额头和那缕金色、光滑的长发一样，在昏暗的光线中散发出耀眼的光芒。

他本该跪倒在芳达的脚下，肯定地告诉她，他并不是像表面上看起来的那样——不是度假时被阳光晒成古铜色的肌肤，充满自信，每逢周末就出去索莫那别墅的那类人。

他是多么渴望能够把芳达纤细的双膝抱在怀里啊，他要感谢她，告诉她，他热爱她允许他看到的这一切——这间简朴的屋子，在他面前保持沉默的人，他们既没有对他绽放出微笑，也没有假装见到他很高兴的样子，还有她拥有的这份艰难的、粗茶淡饭的生活，在麦尔默兹中学，她总是踏着那样轻快的脚步来来往往，穿着白色或粉色的短裙，笔挺、干净，也许大家对她的生活一无所知，还有那些外交官或企业家的孩子，就更不可能知道她的境况了，这些孩子倒是每逢周末就会去索莫那玩水橇，他真想告诉她，对所有这一类的人，他打心眼里感到害怕，尽管他有时也会暗暗地心存羡慕。

哦，这些孩子们一定对她的生活一无所知，对这间灰绿色的、光线昏暗的房子一无所知。

中午的光线强行撬开了百叶窗帘，现在落在了舅妈的脸上，落在舅舅彼此交错的双手上，他们似乎在等鲁迪离开，好继续做他们该做的活儿。

而他，鲁迪，他把这一切瞧在眼里，他不知道如何告诉芳达。

他只是——在他自己看来的确有些愚蠢——向在场的每一个人微微俯身致意，嘴角挤出一丝颤抖而笨拙的微笑。

在一种令他感到心醉神迷的惊异之中，他在想，我爱她，非常非常地爱她。

现在，他打开了车门，屏住呼吸钻进车里。

天气更加热了，车里的空气比刚才电话亭里的还要让人喘不上气来。

刚才没有再给芳达挂电话，他做得对吗？

但是，假如芳达——倒不是企图离开——而是听到他决定把迪布里带到他妈妈那里过一夜，感到非常沮丧，决定……

不，他不能容忍自己发出这个词，哪怕只是停留在他的脑海里。

妈妈的神啊，正直的神啊，帮我看清这一切吧。

帮帮我们吧，上帝啊。

他也许可以再给她打个电话，哪怕就只有一分钟，或许她此刻也在等着他再打一个电话去？

立刻，一个嘲讽的声音在他耳边响起，直到今天晚上之前，她都不再希望听到你的声音，而且她很明白，你感觉自己很罪恶，想要通过这样或是那样的方式来修正，而你呢，更确切地说，你有这样的癖好，喜欢把所有争吵的责任都揽在自己身上，以此来结束这一切，也许她并不会因此而更加尊敬你，甚至会有点蔑视你，因为你在表现得如此可怕之后，总是在她身上寻求原谅和安慰，而你——简直难以想象——已经冒犯了她，你对她说从哪儿来就滚回哪里去，这真是难以想象。

他发动了车子，与此同时立刻摇了摇头，表示否定。

这样的话，他，鲁迪·德卡斯，他绝对不可能说出来。

不可能。

他不禁干笑一声。

也许他是想对她说，啊，啊，说她可以回玛尼耶那里去？

汗水大滴大滴地落下来。

汗水落在方向盘上，屁股上也都是汗。

他想推到一挡，但是不行，手柄推不动。

他停了下来。

在老内华达徒劳地吼了一阵之后，此刻寂静重新包围着他，他觉得自己仿佛就是这一角风景不可或缺、毫无争议、完美无缺的一部分。

他没有打扰任何事任何人，而别的事物和人也不能对他具有丝毫的控制力。

他将头靠在椅背上。

尽管他浑身是汗，他的内心已经平静下来。

但是他必须接受，玛尼耶尽管看上去还是那种有些保守的外省人的样子，但他的确是个成功的企业家，就算他从来不玩水橇，而且除了在企业大楼后面建起的一幢大别墅之外，他也没有别的房产，但是他具有男性的自信，不太张扬，甚至可以说优雅、节制，有一种特别的温柔，只有那类什么也威胁不了、什么也不能令之感到恐惧的人才会有这样的温柔，对于像如今的芳达这般不知所措、无所事事、饱受伤害的女人，对于她这般迷茫的女人来说，这样的温柔还真是具有相当的吸引力。

真是奇怪,他想,或许正是因为爱,我无法原谅她,但是对于玛尼耶,我却可以,仿佛我能够理解他。

但更奇怪的是,说到底,我真正能够理解还是她,我完全能够想象,如果我是女人,我一定会听凭自己被玛尼耶这类人诱惑,他的诱惑毫不复杂,而我也一定兴高采烈,不多思索——哦,我多么能理解她,因此我是多么恨她。

然而,他甚至都没有察觉到,他脑海中似乎在向玛尼耶家卧室走去,一种惊慌失措的、恍惚的昏昏然令他的呼吸感到困难起来,玛尼耶的别墅,大而平常的别墅,别墅里摆满了常见却昂贵的现代装饰,他轻轻地推开他一无所知的这间卧室的门,也许会看见在耀眼的光线中,在那张巨大的床上,芳达和玛尼耶在一起,玛尼耶趴在芳达身上,鲁迪·德卡斯的妻子的身上,他发出低低的呻吟,胯部有力地运动着,骑手一般的臀部保持着一种平静却自信的节奏,玛尼耶有浓密的汗毛,肌肉在运动中呈现出一个个小窝,他的脸埋在芳达的颈间,芳达,鲁迪·德卡斯的妻子,鲁迪·德卡斯一生中唯一的真爱。

或者,他在床上看到的是一个半人半马的魔鬼,和马一般强壮的人的臀部,马头,在芳达的身上喘着粗气——他应该去揍这个魔鬼吗?或者至少,他应该恨他?

她所体会到的会是怎样一种神秘的新感觉呢?他永远不会了解的新感觉?在玛尼耶那还是相当可观的重量之下?

鲁迪是一个纤细、干瘦的男人,肩膀有些窄,但是还算强壮,想到这个他倒是比较高兴,而玛尼耶——但是——他摇摇头——他不愿想这个问题。

他再一次摇摇头,独自一人,握着方向盘,车子一动不动,在这份宁静中,因为暑气一切都在摇动,而他感觉到自己又被同样一种非常不协调的恐惧慑住了,吸引撕碎了,可他又很好奇,他僵在那里,在他正造访的某一间客厅中(或许是正在一个女客户的家里?),就只是微微一笑——他也不知道是从哪张嘴巴发出的笑声(也许是普勒迈尔的嘴巴?或是妈妈的嘴巴)——透露出了芳达和玛尼耶的事情,仿佛一阵轻微的气息,这恶毒的气息也让鲁迪的嘴角绽放出一个愚蠢的浅笑,不知在哪间陌生客厅的镜子中,他看到过自己的这种笑容,他站在那里,双腿分开,眼睛此时紧紧地盯着镜子,他看到的是一个可笑、怪诞的自己,但是尽管这样,比起那个恶毒的笑容,那个洋洋自得将鲁迪·德卡斯从无知、从他因为爱而产生的信任中拖出来的笑容,比起督促他采取行动、充满蔑视地抛弃这样一个女人的怨愤、无力(应该是妈妈嘴角流露出来的笑容,因为普勒迈尔或是随便其他任何一个女客户都不会带着这样一种怨恨来看待这件事情)的语调,他情愿自己是可笑的、怪诞的。

而在愤怒之中(哦,一定是妈妈),这张理性的嘴巴能够给他什么样的建议呢?无非是说像他这么一个男人,如果还有一点点骄傲可言,就再也不能够进入那个身体,因为那个身体里还留有人马神兽的精液,神兽的体液。

他本应该冷笑一声回答说:没有这样的危险,我已经很长时间没有和芳达睡了,或者说,她已经很长时间没有和我睡了。

但是,他也可以发出一声绝望的尖叫,回答她说:是你,妈妈，是你让我到玛尼耶那里去的，是你去找他，求他雇我！如果不是这样，她根本没有机会和他认识！

但是他不记得自己张开过嘴，张开他那张软绵绵的，还带着笑容，带着无精打采的一个鬼脸的嘴。

他看见镜中是一张毫无表情的脸，就在这张脸的下方，是一个还在继续说话的小个子女人的后脑勺，小个子女人还在企图激发起他心里阴暗、恶毒的愿望，让他捍卫男性的尊严，他难道没有想过，只需一拳砸在这个染着一头金色短发的脑袋上，他就能够从痛苦中挣扎出来，难道他没有冷酷地想过，一边揍他妈妈，让她住嘴，一边在她昏过去之前冲她叫嚷：你知道什么是尊严，嗯？那我的父亲呢，他又知道点什么？

但是他不愿去想这一切。

真是耻辱，真是徒劳，仿佛是被粘在一个梦的出口，不停重复，永远也结束不了的愚蠢的梦，我们清楚梦中每一个沉重的阶段，但是同样清楚的是，这梦中的每个阶段都逃脱不了。

他不愿去想这一切。

他再次发动了车子，直接拉到二挡。

发动机在抗议，抽搭了一阵，接着，缓缓地，老内华达开始往前进，车子一边颠簸一边发出阵阵呻吟，不过，他颇为满意地想，还算争气，这辆老破车。

他不会再想这些。

他摇下车窗，一只手开车，将左臂架在车子热乎乎的侧部。有时，他能听见沥青路面在车轮底下噼啪作响的声音。

他是多么喜欢这声音啊！

他感到此时自己为一种温柔的、甜美的惬意所包围。

不，妈妈的神啊，正直的神啊，他从此之后都不再会去想屈辱的过去，他所要想的，就是怎么做才能够对得起——如果他愿意为之付出努力——芳达对他重新燃起的爱情，而如果他愿意，这天空，高高的、清澈的、灼热的天空可以为之作证，为什么，最美好的事物就不能属于鲁迪·德卡斯呢，就这一次，最美好的，最为可信的，这是今天早晨的天空，清澈的春天的天空所蕴含的承诺啊。

他突然间笑了。

听见自己的声音，他感到很高兴。

无论如何，他有些惊讶地想到，他仍然生机勃勃，他还年轻，非常健康。

现在他正在绕过高科兰那个可恶的作品（今天他终于鼓足勇气不去看这尊雕塑了），这个骗子，这个无耻的暴发户，所谓的艺术家，他也能说自己生机勃勃吗？

当然不能。

最多算是还活着吧，不过鲁迪想起在报纸上看到的照片，高科兰有一张臃肿、充满愠色的脸，光秃秃的前额，灰白的一圈头发，特别奇怪的是，他的牙齿还有一个洞，就在前面，鲁迪那时还想过，现在他不禁对他有点鄙视，像他这样用一个滑稽的雕像就能轻而易举换回十万欧元的人，他就不能在拍照之前去把牙齿上的洞补好吗？

高科兰活着，和他、和鲁迪美好的生命力相比，当然不能相提并论，他能感受到自己的每一块肌肉都在颤动，就好像一匹马一样（或是一头人马神兽），一头年轻的、绝妙的动物，所有的机能都被包含在美好的存在本身之中，对于一匹马（或是一头人马神兽）而言，没有什么没完没了的梦魇能够让你张大嘴巴，喘着粗气，没有什么没完没了的梦魇能够侵入你的精神。

妈妈可以称得上生机勃勃吗？

绕过环岛，他突然加速，并没有刻意想到要这么做。

此刻，他不愿去想妈妈，还有爸爸，爸爸确确实实已经死了，而且爸爸这个人从来不会让人想起马（或者人马神兽），想起马那种湿润的皮肤下颤抖的肌肉——此时湿润的是鲁迪的面颊，他的脖子，他的双鬓，车子里没有空调，但是，他认为这更是一种生理反应，只要一想到自己死去多年的父亲，不管是多么短暂，多么微不足道的一闪念，只要想起他，他就是这样，一想到那具名叫阿贝尔·德卡斯的白骨，想到他白花花的头骨，这里一个洞那里一个洞，他就不由感觉到恐惧，鲁迪想，此时在贝莱尔公墓热乎乎的沙地下，父亲应该是这么副模样。

他将车子停在玛尼耶办公楼前的停车场上。

在下车之前，他用车后座上备用的毛巾仔仔细细地擦拭了脸和脖子，毛巾浸满了车子的味道。

每次他都说要换一块，但他随后就会忘记，于是，当他向毛巾伸出手去，重新要拿起这块有些恶心的破布，他都感到非常恼火，因为他觉得，他不得不用这块有缺陷的毛巾擦脸，尽管只是一个细微的疏忽，却说明了他目前的生存状态，无序，满是污垢。

但是，今天早晨，他擦脸的时候却成功压抑住了自己愤怒的反应，同样成功的是，他能够用一种最为中性的目光来看待泊在周围的这些车子了，而不是像以往一样，带着一种尖酸、强烈的羡慕之情，他很是为自己会有这样的羡慕所不齿。

瞧，这就是我的同事和客户开的车子，他抱着一颗平常心想，几乎是带着一种仪式感仔细打量着一辆辆黑色或灰色的奥迪、奔驰或者宝马，它们都泊位于外省小城环线旁的厨具商店前，看上去就像是一间大饭店。

他们怎么才能这么有钱呢？

他们究竟了解什么我完全不知道的东西，才能够从辛苦的生活当中找到足够的钱来买这样的车子呢？

他们究竟有什么方法，我连猜都猜不到，他们究竟有怎样的敏锐和妙计呢？

就在他把内华达车门猛地带上的那一瞬，其他一些没有答案的问题迅速地从他的脑海里一一闪过。

但是今天早晨，他懂得如何抵抗汹涌而单调的觊觎之心。

他迈着轻盈的脚步穿过停车场，突然间有了一抹模糊的、类似感觉的记忆，在他生命的某一个阶段，他一直是这样，脚步轻盈，内心安详——是的，一直如此，这是他呈现给人们的印象：平静、善良。

然而这日子已经如此遥远，以至于他怀疑那是不是他，鲁迪·德卡斯，或许是父亲，再或是别的什么出现在他梦里的人？

这是在多久之前了呢？

他想，应该是他一个人再次回到达喀尔的那段日子，妈妈留在法国，就在他认识芳达不久之前。

他同样想起曾经，他是如此自然的充满善意，想到这一点，他不由惊异地轻颤了一下，因为他已经完全忘记了这个细节。

在洒满阳光的停车场上，他突然停下脚步。

热乎乎的沥青味充盈着他的嗅觉。

他一阵眩晕，但是他并没有去看太阳，而是盯着脚下的沥青路面。

他真的曾经是那样的人吗？怀着一颗轻松的、安宁的心，沿着高原的小道往上走，他在那里租了幢小房子，当然，从他的外表上来说，从他的金发，他可爱正常的面部轮廓来说，与街区的那些白人没什么分别，但是他没有那些奸商的野心，也不像他们一般忙忙碌碌。

他真的曾经是那样一个人吗？那个鲁迪·德卡斯？带着那样一种敏锐，希望自己表现出公平、善良的样子，更重要的是（哦，也许因为混乱和惊讶，他会脸红的），想要能够从自己身上的恶中辨出善的存在，而且从来不会倒向恶的一边，哪怕恶是以善的面目出现的，而且对于不用违法就可以口袋里装满了钱的白人来说是那么常见，而且，在这里，不需要付出太昂贵的代价就可以买到别人的辛勤劳动，买到无穷无尽的耐心和忍耐。

他开始慢慢向办公楼的双层玻璃门走去，楼上用巨大的霓虹灯管字母拼出了玛尼耶的名字。

他的双腿变得僵硬起来，仿佛突然间被剥夺了轻盈的权利。

因为他第一次问自己，如果说他说服了芳达和他一起回法国，他是不是有意地掉转目光，听凭罪恶的翅膀自由地在他心里生长，是的，他是不是享受过这样的感觉呢？做坏事，但表面上却根本看不出来。

一直到现在，他都很实际地在问这个问题：把芳达带回来，究竟是个好主意还是一个坏主意？

但是，噢，根本就不是这么回事，根本不是。

以这种方式提出的问题本身就已经是将罪恶安稳地存放在他内心的一个小诡计。

而就在他生命最为灿烂的这段时期，他每天早晨怀着一颗纯洁的心灵离开他位于普拉多的现代小寓所，他还能够辨识出有时会出现在他身上的不良行为以及虚幻的念头，用完全相反的想法将它们赶出去，他能够由此得到幸福、安慰，因为他的内心深处只要一样东西，那就是能够珍爱身边的一切。

现在，现在——他辛辣尖刻的程度已经足以令自己感到晕眩。

如果他真的曾经是那样一个男人，究竟在他身上发生了些什么，他究竟对自己做了些什么，让自己如今变成了这么一个充满嫉妒的、粗鲁的男人，让他对这个世界的普遍之爱缩减成对芳达一个人的固执的爱？

真的，他究竟对自己做了些什么，以至于现在将这份没有用武之地的、让人厌烦的爱全部加诸一个女人身上，由于他能力不够，这个女人也已经厌烦了他，在四十来岁这样一个年龄阶段，类似的缺陷（例如不能够适应长时间的工作，一种空想的倾向，相信模糊不清的计划都可以实现，等等）已经不再能够得到他人的宽容和理解？

就在他推开玻璃门的那一刹那，他瞥见了玛尼耶的身影，他和两个人在一起，也许是客人，因为玛尼耶正向他们介绍展出的厨房橱柜，而就在他推开玻璃门的一刹那，他想，不仅仅是他任由自己走向——甚至他亲手建立了这一切——谎言、堕落，不仅仅是他同意廉价出售自己在道德上的勇气，而且他还以爱的名义，将芳达关在阴暗、冰冷的爱的牢笼里——因为这就是他目前的爱情，永恒的、沉重的、仿佛一个我们不断斗争试图挣脱却挣脱不得的梦，一个微微有些可耻、毫无用处的梦，这不就是芳达所承受的一切吗？而他同样也是这样一份爱情的牺牲品，不是吗？

走进楼里，他迈着自信的步伐走向职员所在的办公室，尽管他的上唇禁不住在颤动。

他知道嘴唇的抽搐会让他看起来很不顺眼，甚至会让人觉得他不太健康，而且他明白，他这样往往是出于恐惧。

他的嘴唇如同一只狗的嘴唇一般向外翘着。

但是，他拿玛尼耶毫无办法——是真的吗？

他用眼角的余光跟随着这一小簇人慢慢地移动，在计算如何能在玛尼耶和客人看到他之前抵达办公室。

接着，他想，玛尼耶说不定会忘了看见他迟到这茬儿事。

只需躲过他的视线，让他在一两个小时内不要看见自己就万事大吉。

他还有时间仔细打量一下玛尼耶，今天早晨，他看上去风度很不错，穿着浅色的牛仔裤，剪裁合体，腰间系着一条很有分寸地饰有铆钉的皮带，黑色的 T 恤衫也烫得很平。

他的头发已经灰白，但仍然非常浓密，向后梳去，皮肤不是很白，几乎带着点金色。

鲁迪能够听到他略微有些嘶哑的声音在低声说点什么，此时玛尼耶打开接着又关上了一扇柜门，客人应该是一对夫妇，他们已经有了一定年纪，身着颜色暗淡的衣服，步履沉重，鲁迪能够确定，他们此刻一定体会到了——甚至他们自己都意识不到——玛尼耶那种执著的魅力，他那双深色的眼眸一定紧紧盯着他们，仿佛随时准备告诉对话者什么体己话，或是说点恭维话，他在抑制自己，否则就要上去拥抱他们了。

鲁迪早已注意到这点，玛尼耶从来都不给人在卖东西的感觉。

他看上去很简单的样子，只是努力在建立一种友好、亲密的关系，或许出于偶然对方会购买橱柜，但是购买橱柜只是这份友谊的由头，友谊会继续存在下去，通常，这种手法的确显得非常真诚，因为玛尼耶会继续看望自己的顾客，仅仅因为彼此喜欢这份交往，玛尼耶从来不会放弃这样的友谊，始终保留着默默的、合适的、微妙的热度，而他也正是因为这份热度事先已经获得了成功，鲁迪想，他做得如此之好，以至于用来说服顾客的音调成了玛尼耶真实的嗓音，从此之后人们唯一听到的玛尼耶的嗓音——甜美的音质，有一点微微的嘶哑，带着一种压抑的激情，一种热情，会让人们觉得，倘若不是他加以控制，他一定会讲出知心话或是溢美之词，甚至会亲热地拥抱。

鲁迪禁不住有一点欣赏玛尼耶，尽管他蔑视他的职业。

然而他，虽然也穿着同样的牛仔裤、T恤，或是短袖衬衣，同样穿一双柔软的平纹布鞋，而且他比玛尼耶还要高，还要纤细，还要年轻，但是他同样打扮却看起来总有点穷小子的味儿，他真是弄不明白怎么就会这样。

玛尼耶那种无忧无虑的优雅，他永远也不可能拥有，也不能指望——在穿过第二道玻璃门的时候，他看到自己的影子，这么对自己说，第二道门将办公室与展示厅分隔开来。

他看见一个寒酸的、衣衫皱皱巴巴、简直够得上贫穷的自己。

一个这样的男人，即便是像他一样善良，现在又能讨谁的喜欢呢？

而在他身上，有什么地方还能让人感觉到——如果他还对此加以掩盖——他对别人，对生活的爱呢？

还有什么地方能让人感觉得到？

他必须承认，像玛尼耶这样的人，尽管因为买卖已经变得足够冷酷无情，无休无止的计算、实际的策略，尽管他穿着时髦的运动休闲装，戴着尚美高级腕表，在商店后面就是他的别墅，尽管这所有将玛尼耶，一个农民的儿子变成外省新贵的一切，在他温柔、谦和的眼神中，人们还是立刻能感觉到一种彬彬有礼、殷勤客气，一种非常谨慎地传递出来的同情之心。

鲁迪·德卡斯第一次问自己，是不是正是这种品质吸引了芳达，那是他自己丢失了很久的品质……

他走进办公室，轻轻地关上门。

他觉得自己脸红了。

正是这个，就算这个词有点过于夸张，可也找不到其他合适的词——就是悲悯的天赋。

他从来没有想过，即便是在妈妈告诉他玛尼耶与芳达的关系之后，他悲伤到极点，愤怒到极点的时候，他也从来没有想过，不，不是玛尼耶的财富，或是他的权力，他所得到的尊敬诱惑了芳达。

他从来没有想过这点。

而现在，噢，是的，他明白了其中的原因，正是因为他想明白自己所不再具备的品质后，他才明白了其中的原因，因为他终于明白，他再也不具备这样的品质了，而他之前还不曾意识到，只是感到痛苦。

悲悯的天赋。

他走近自己的桌子，一屁股坐上带滑轮的座位。

在这间周围都是大玻璃的大办公室里，所有的位置都坐上了人。

"瞧，你终于来了。"

"你好，鲁迪！"

他微笑致意，做一个小小的手势。

在他满满当当的桌子上，就在电脑键盘旁边，他看到了一包宣传小册子。

"这是你母亲刚才送来的。"

从邻桌传来凯茜友好的声音，带有一点点担忧，他知道，如果他转过头，他的目光一定会遇到她的，探寻的，有点混乱。

也许她会问他，为什么今天会迟到四十五分钟，也许还会问他，为什么他不干脆简单地禁止母亲来玛尼耶的地盘。

于是他尽量嘟哝着回答，这样可以避免望着她。

在房间强烈的光线下，凯茜玫红色的衬衫散发出耀眼的光芒。

鲁迪瞥见了自己桌上映出的凯茜的倒影。

他还知道，如果他转过头，越过凯茜苍白的小脸，从另一侧的落地窗，他可以望见玛尼耶的别墅，一幢涂成粉红色的巨大建筑，屋顶是普罗旺斯风格的建筑一向采用的瓦顶，蓝色的百叶窗，与办公楼之间仅用一块简单的草坪相隔，他也许会禁不住第N遍地问，徒劳而痛苦地问，问凯茜，或是别人，多米尼克、法布里斯、纳塔莉，问他们是不是在那段时间看到过芳达进出这座梦幻般的大房子，她究竟去过多少次，为什么他，鲁迪，他没有看见，尽管在这段可怕的日子里他也一直抬起眼睛，越过凯茜抱歉的、同情的脑袋（是不是所有人都知道他的这桩倒霉事？），往那侧的落地窗看，往别墅造作的双层拱形锻铁大门看，他却从来没有看见过她，那段可怕的日子里，虽然他知道，但并不是真正意义上的清楚（因为他应该相信妈妈说的一切吗？）。

那时他是多么痛苦啊！

他多么羞愧，他觉得自己是多么暴躁啊！

现在，一切都过去了，远离了，但是他在和凯茜说话的时候，还是禁不住要扫一眼玛尼耶的房子，还是禁不住感到怒火在心头翻滚。

他突然想要用干巴巴的，或许会让她感到不快的语调回答凯茜：妈妈的生活中也只有这个寄托了，就是过来把这些愚蠢的宣传小册子放在左边或者右边，这种宣传品就是为了像妈妈一样孤单、一样无所事事的蠢货准备的，你又怎么能指望我禁止她来这里，这又碍着谁的什么事了，嗯？

但是他什么都没有说。

他瞥见了她所发出的那种海棠般的光环，对此感到颇为恼火,因为他无法忘记她的存在。

他一挥手臂,推开了用橡皮筋捆住的那包小册子。

他们就和我们在一起。

拙劣的图画,简直称得上可笑,上面画着一个成年的天使,坐在桌边,与心醉神迷的一家人坐在一起,天使的脸上浮现出一个邪恶的、调皮的微笑。

他们就和我们在一起。

这就是可以让妈妈避免沉溺于忧郁或依赖上抗抑郁药品的愚蠢事情,真的,是这种愚蠢的事情挽救了她。

就算凯茜这么一个微不足道的小女人也敢提醒他,而且是带着一种想要帮助他的神情,提醒他应该剥夺自己母亲将小册子送到玛尼耶这里来的乐趣,他觉得这严重刺伤了他。

对于母亲悲惨的一生,她又知道什么?

"唉,你倒是说说看,玛尼耶是不是希望我母亲再也不要来这里?"他突然问道。

他盯着凯茜,她的玫红色衬衫发出荒诞的强光,令他有些眩晕,他努力又努力才能让自己的双眼定定地落在凯茜的脸上,阻挡住它们企图越过凯茜脑袋望向别处的企图,以至于他觉得头剧烈地痛了起来。

但是他的肛门处一阵剧痛,仿佛万箭钻心。

"当然不是,"凯茜说,"我甚至不能确定他是不是注意到你母亲来过。"

她冲他笑了一下,很惊讶他怎么会产生这样的怀疑。

哦,不,他崩溃地想,一切又重新开始了。

他微微抬起屁股,坐在椅子的边缘上,维持着平衡,保持只有屁股的前半部分与椅子相接触。

但是希望中的那种放松并没有到来。

在突然包围他的模模糊糊的痛苦中,他听见凯茜减弱的声音。

"这不是玛尼耶的为人,不是吗?"

他不再记得自己究竟对她说了些什么,或是问了些什么——啊,妈妈,照玛尼耶的为人,他不会对妈妈表露出一点生硬的态度,也不会把这个可笑的女人赶出去的,妈妈可是真的相信,花费自己菲薄的退休工资中相当可观的一部分编好印好这些小册子,就能够说服橱柜的营业员们,身边的确有天使存在。

最多他应该……

他突然又感觉到了自己非常熟悉的那种痒痛,他开始在精神上进行抑制。

他调用了一些以前使用过,但已经很长时间不用了的抵抗机制,因为好几个月以来他都没有发病了,其中最立竿见影的一种机制就是将精力集中在与自己身体、与实实在在的身体没有任何关系的事情上,于是乎,非常自然地,他开始集中思想考虑妈妈的天使,手指也将那包小册子拨拢来。

对于天使是不是也会承受痔疮之苦的问题,妈妈会怎么回答?

看到他用一种看起来非常严肃的态度对待这个问题,哪怕只是听她说……她不会感到很幸福吗?感到受宠若惊?

等等,等等,他不无惶恐地想到,他可不应该把思想集中在这个问题上。

痛苦又来了，更加揪心，更加让人恼火。

他真想挠挠，不，是用力摩擦，把这块针刺一般、火烧火燎的肉给揪下来。

他在椅子边上蹭了蹭。

用一只颤抖的手指，他打开了电脑。

接着，他又看了一眼图画中的天使，这张笨拙的面孔，还有妈妈笔触下如此天真的装饰，突然之间，他准确无误地分辨出了其中的意义，刚才他只是扫了一眼却没有能够做出阐释的意义。

实际上刚才他也已经模模糊糊感觉到了，坐在桌边的三个家庭成员很像是迪布里、芳达和鲁迪，只是因为线条稚拙，所以别人才认不出来，但是除此之外，有人还在天使身上添上了可笑的生殖器，就在桌子底下，赫然在目，仿佛是从白色长袍精心安排的一个口袋中跳出来的。

鲁迪翻了翻那包小册子。

只有第一本小册子上的天使如此可笑。

他合上那包小册子，推到了办公桌的一角。

此刻他已经完全失去了方向，于是不再进行任何控制。

固执的痒痛感从那个点扩散到了全身，就好像，他想，他的大脑就在那个位置，在发布命令，通知鲁迪必须承受痛苦。

他看了凯茜一眼。

就在同时，她也抬起眼睛，颇为焦虑地皱起眉头。

"鲁迪，你不舒服吗？"

他苦笑了一下。

哦，他是多么痛苦，而且，这痛苦是多么让他恼火啊。

"谁把小册子放在我桌上的?"他问道。

"我告诉过你了,你妈妈今天早晨来过。"

"是她本人把小册子放我桌上的吗?她本人?"

凯茜不理解地耸耸肩,有点恼火。

"我不认为还有别人会这么做。"

"但是你有没有看到她放?"

凯茜此时冷笑了一下,强压住自己不耐烦的情绪。

"听着,鲁迪,我知道你妈妈来过,还带着……宣传小册子之类的东西,我在大堂里看到过她,但是可能她过来放下这些小册子的时候我正好不在办公桌前。"

他从自己的椅子上跳起来,突然间沉醉在愤怒和痛苦之中。

如果像一只狗一般承受着痛苦,怎么还能够做个好人?这时有一个小小的、感到抱歉的声音在对他说,宁静的、欢快的声音,在诱惑着鲁迪·德卡斯,他是那么向往新生,重建悲悯之心,悲悯地对待自己,温柔地对待他人。

他不无恐惧地注意到,他靠近凯茜的时候,坐在自己椅子上的凯茜也渐渐有了害怕的反应。

他感觉到周围人都在看他,静静地。

他成了那类让女人感到害怕的男人吗?那类其他男人不会尊重的人,或者,像玛尼耶这类善于控制自己的力量的男人从心底里蔑视的人?

他突然感到自己非常非常不幸,怯懦,无能。

他抓住那包小册子,扔在凯茜桌上。

他单脚跳跃,借助三角裤和火烧火燎的肛门的摩擦暂时缓解了痛苦。

"那这个玩笑究竟是谁干的?"他手指着天使的生殖器咆哮道。

凯茜谨慎地看了一眼图画。

"不知道。"她咕哝道。

他重新抓起小册子,回到了自己的办公桌边。

一个坐在大厅角落的同事吹了一声小小的口哨,表示谴责。

"怎么了?我操!"鲁迪叫道。

"好了,你这样做就太过分了。"凯茜干巴巴地说。

"我只是希望你们不要打搅我母亲。"

因为他放不下这个念头,即在母亲的画上用淫秽的方式涂涂抹抹是对母亲的一种侮辱,尽管他从开始就很讨厌这种所谓的宣传小册子,并且很自然地拒绝讨论这件事情,但母亲在编写、绘制小册子时所付出的热情,她竭尽全力想要展露自己那一点点可怜的天赋的方式让他不得不捍卫她。

除了他,也没有人能这么做,如同是在那些威胁性的、无法平息、没有出口的梦中,一项沉重的、不可能完成的、十分荒谬的任务落在了身上,除了他,没有人能够捍卫这个丧失理智的女人。

他混乱地回忆着,在什么时候,又是在什么样的情况下,他产生了这种义不容辞的情感,然而回忆是如此尴尬,以至于他热血上涌,面颊潮红,而且此时一阵更大的痛苦直袭肛门。

他们就和我们在一起,单纯的神灵,他们和我们交流,甚至在餐桌上,哪怕在我们要盐或者要面包的时候。

你的守护神是谁呢，鲁迪，他叫什么，他在天使中是什么级别？

鲁迪的父亲忽视了自己的天使，他更重视他的小狗，这就是为什么，按照妈妈说的，他会有这样一个悲惨的结局，因为他的天使看不见他，或者说，在冷漠和实用主义的黑暗中找寻了他太久，天使已经精疲力竭。

鲁迪的父亲在自己一切都好的时候，出于调皮或是虚荣，一直在尽力摆脱自己的天使，噢，人类有时是如此自以为是。

鲁迪曾经想过，那父亲的合伙人，他的天使在哪里，当父亲把他击昏，打翻在地时，他的天使在哪里？能在哪里？

而这个合伙人，一个厚颜无耻的男人，他难道也是过于自信，喜欢捉弄自己的天使，或者非洲人通常都是这样运气不好，不受保护，他们的天使一直苦于自己的无能为力？

捍卫妈妈的无耻工作，除了他之外，没有人能够做到，没有人能够……

"你应该安静下来，鲁迪。没有人攻击你妈妈。"凯茜在说，声音中充满了指责和失望。

"是的，是的。"

他含糊不清地说，完全沉浸在身体的痛苦中无法自拔，以至于气息都变得急促起来。

他觉得痛苦已经幻化成光线，凯茜玫红色短袖衬衫所散发出来的光芒，仿佛他的余生都要沉浸在这样一种耀眼、残酷的强光中。

"你应该安静下来，鲁迪。"她还在说，很固执地重复。

他也在重复，声音低得几乎听不见。

"是的，是的。"

"如果你不安静下来，鲁迪，你的麻烦就大了。玛尼耶先生已经受够了，你知道，我们也一样。你必须安静下来工作。"

"但究竟是谁在我母亲的画上涂抹上了这个不要脸的东西？"他喘着气说，"真是太……可恶了！"

他听见玻璃门推开的声音，几秒钟之后，玛尼耶来到了他面前，双手握拳，撑在鲁迪的办公桌上，仿佛努力克制住自己，免得自己扑到他脸上，然而他职业化的目光依旧如此殷切，甚至充满了安抚之情，只是还有一种模模糊糊的疲倦。

鲁迪感觉到他俩之间仿佛插入了一面细细的雨帘，他觉得那是他们共同的尴尬，夹杂着彼此共有的耻辱和怨恨，是的，在玛尼耶和他之间，他，因为他有继续拥有芳达的权利而略胜一筹，而玛尼耶已经失去了她。

但是他同样发现，不久以前，他们之间似乎产生了一种相同的情感，非常特别，无法形容，当然，依旧让他感到尴尬，但更加温柔，因为在同一段时间内，他们爱过同一个女人。

他看见玛尼耶盯着妈妈的图画看。

"你看到这个了吗？"鲁迪的声音焦躁、尖锐，他自己听了都感到害怕。

听到男人发出这种尖刻的声音，玛尼耶难道不会怀疑地想，芳达最后怎么还是选择了这么一个男人呢，这么一个身形细长、动作迟钝的男人，尖酸刻薄，总是一副受苦受难表情的男人，她最后怎么还是回到了他的身边，这个很久以来已经丧失了一切荣誉感的鲁迪·德卡斯？

当然，鲁迪想，如果他是玛尼耶，他一定会这么想。

为什么芳达会回到他身边，怏怏的，绝望的，仿佛是无法挣脱一个永远无法平息的、没有出路的梦，她也觉得自己义不容辞，必须承担起这份十分荒谬的责任，听任自己的生命在这个她并不喜欢的家中流逝，待在一个她要逃离的男人身边，这个男人从开始时就在骗她，让她误认为是个正直的、宽容的男人，而他实际上只是把谎言当成真相，自己也从心底相信而已。

为什么，真的，她不留在玛尼耶身边呢？

玛尼耶对着那包小册子做了一个令人厌恶的手势，意思是他看见的这一切没有任何意义。

"我很想知道这个恶作剧究竟是谁的杰作。"鲁迪有点气喘吁吁。

"这没什么。"玛尼耶说。

他的气息里有股咖啡的味道。

鲁迪于是想，现在只有来上一小杯咖啡，加了糖的黑咖啡才能让他感到有一丝的快乐。

他在椅子上扭来扭去，渐渐找到了合适的节奏，虽然不能够平复他的痛苦，但是，有节奏的摩擦还是让他感觉松了口气。

"也许是你？"就在玛尼耶准备再次开口的时候，鲁迪突然问道。

"如果有谁是我从来不会嘲笑的，那就是你母亲。"玛尼耶小声嘟哝道。

他的嘴角展现出一丝微笑。

他收回了办公桌上的拳头,两只大拇指扣在皮带上,那是一条很细的黑色皮带,上面分布着银色的装饰钉,在鲁迪的眼里,这正体现了玛尼耶所属阶层的精华,充满雄性的力量,但又有所控制。

"你也许记不得了,"玛尼耶的声音很低,希望只有鲁迪一个人听见,"你那时太小了,但我觉得你一点没变。那时候你的父母和我的父母是邻居,我们住在农村,远离一切,每个星期三我父母都会把我独自一人留在家里,他们要去工作,他们请你母亲时不时来看看我,看我是不是一切都好,你母亲总是如约来看我,她看到我一个人很孤独,很悲伤,她就把我领到你们家,给我做一顿非常丰盛的下午茶,让我度过了一个个非常美好的下午。不幸的是,之后你们去了非洲,一切就都结束了。但是,现在每次看见你母亲,我依然能够回忆起这些美好的时刻,即使在她不知道的情况下,我也绝对不会做任何伤害她的事情,永远不会。"

"我知道。"鲁迪说。

他装出一副嘲笑的口吻,但是突然之间,他几乎感受到了与当年一样的嫉妒、迷茫和痛苦,那个时候,他大概只有三四岁吧,每个星期三,他总是看见妈妈带回这个比他年纪要大,他一点也不了解,到现在他都不能确认是否真是这个玛尼耶的男孩儿,他不得不在他的巨大阴影之下,这个穿着短裤、两条腿如同两根柱子一般结实,拦住了他通向自己母亲的道路的男孩——是的,是他,是这个玛尼耶!

他认不出当年那个男孩的轮廓,但是他认得出有力的,此时正好和鲁迪的脸在差不多高度的双腿,在他的两腿之间,母亲的脸是那么模糊不清。

为什么，为什么他总有那样的感觉，只要这个男孩一来，家里的气氛就改变了，母亲变得忙碌起来，光彩照人，有一种无法形容的激动加速了她的动作和叙述，例如她仿佛灵光一现般地提议做些下午茶的馅饼时就是这样，为什么他总是有这样的感觉，觉得这个双腿结实、嗓音低沉的男孩才能够将他母亲从烦恼中释放出来，而如果只有鲁迪，他是没有办法做到的，甚至只能加剧母亲的烦恼？

鲁迪是没有办法摆脱的，而且他有时真的很缠人，而这个十来岁的小邻居却没有任何要求，妈妈解救了他，但是她没有注意到，小邻居结实的双腿总是在鲁迪的眼前晃来晃去，而且双腿移动的节奏总是和鲁迪同步，正好可以挡住他亲近自己的母亲。

哦，是他，是玛尼耶！

鲁迪彻底陷入了迷茫中，他在椅子上动得越来越厉害了。

太阳透过玻璃窗，整个儿地照在他脸上，光线浸染了凯茜衬衫的玫红色。

天气很热，热得可怕。

他觉得玛尼耶正忧心忡忡地看着他。

这不是非常奇怪的事情吗？妈妈竟然从来没有和他提起过那段时光，就是这个无法抹去的、谨慎的大男孩晃来晃去，用他星期三下午命定一般的存在占满了他家的厨房，她竟然从来没有说过这个男孩就是玛尼耶！

两个人，妈妈和玛尼耶，他们俩背着鲁迪分享这段秘密的回忆——他们是出于什么目的，我的上帝啊？

玛尼耶正在和他说话。

也许他才是妈妈希望拥有的儿子,这点鲁迪不怀疑,然而是出于这个原因……

算了吧,无论如何,这又有什么关系。

他想要努力听明白玛尼耶在说些什么,用他那低沉的、磁性的嗓音,但是一想到他一直在保护妈妈,而她,他的妈妈……他就有一种不公平的感觉,心立刻揪紧了。

天气真热啊!

玛尼耶动了一下,他现在处在阴凉的地方,而鲁迪却被阳光弄得头晕目眩。

他意识到自己正绝望地在椅子上扭动,椅子现在发出吱吱嘎嘎的响声,办公室里面一点的同事都纷纷转过头来看他。

玛尼耶说了些什么,是关于这个客户的,梅诺蒂夫人?

他自己也不明白是因为什么,这个女人的名字让他觉得很不舒服,甚至让他感到害怕,就好像他知道自己冒犯过她,却猜不出是因为什么。

他曾经以为这一切已经结束,梅诺蒂夫人和她那过度装修的厨房,厨房工程倒是他一开始就跟着的,是他画的草图,是他帮她选的木头颜色,他和她一起,为选择什么形式的抽油烟机考虑了很长时间,不过,当有天,深更半夜的时候,梅诺蒂把电话打到他家,他突然明白了为什么玛尼耶会把梅诺蒂家的整个工程交在他这双并不灵巧的双手上,她抱怨说,她因为一阵强烈的恐惧而醒来,不,比恐惧更糟,是几乎窒息,因为在这之前她还从来没有想过也许把主要的橱柜放在中间根本不适合她,为什么不回到原来的想法呢,只是把所有该有的东西沿着墙一字排开，为什么不重新考虑一下厨房的整体设计，现在她都不能够确定她是不是真的想要这个厨房，她感到很沮丧，穿着睡衣坐在如此可爱的旧厨房里，为什么不重新梳理一下这件事的来龙去脉呢，她觉得非常难过，非常难过。

鲁迪花了一个小时的时间，提醒她，她之所以会推开玛尼耶的门，就是因为她再也不能够忍受自己家厨房那些过时的橱柜，和东一摊子西一摊子的布局，接着，因为疲倦和厌烦已经昏头昏脑的他又向她保证说，她内心应该是希望通过橱柜的巧妙安放和套叠式抽油烟机来改变自己没有头绪的生活，这样的希望并不荒唐——梅诺蒂愿意相信他吗？

他精疲力竭地挂了电话，但因为神经过度紧张，他根本无法再入睡。

与梅诺蒂相反，鲁迪感到一阵恨意，不是因为她弄醒了他，而是因为她竟然想一笔勾销几个星期以来他所投入的这项乏味枯燥、令人厌烦的工作，他投入了那么多精力，希望能够迎合这个女人复杂的、轻率的愿望，而且她手上的预算也很少。

哦，他在电脑前浪费了多少时间，就是为了找到合适的美式吧台，或是自动开启的垃圾桶，在转变想法之前，这都是经过她同意的，每次，想到自己为这些自己需要全力以赴才能应对的粗俗问题，需要付出整个的智慧，所有的精力集中，所有的聪明灵巧，就是为了这些粗俗的问题，他真是感到揪心！

深更半夜安慰了梅诺蒂之后，他痛苦地掂量着，也许这是他平生第一次，自己究竟在何种程度上一落千丈。

他和自己的客户重新审核了这个厨房，他也觉得过分庞大，没太大意义（厨房的装备过多，过于复杂，仿佛是天天都准备接待数量众多的客人，而实际上梅诺蒂一个人生活，而且照她自己说的，她也不怎么喜欢下厨），既然如今这就是他的角色，他的生活，梅诺蒂当然无法想象，鲁迪原本希望做一个大学教师，也不会想到，他曾经自视为中世纪文学的专家，如今，这一切在鲁迪的身上已经踪影全无，没有人能够猜测到他曾经是那么博学，这份曾经的博学已经慢慢地淡去了，慢慢地被埋葬在烦恼的烟尘下，而他也在这烦恼中被消耗殆尽。实话说，结了婚的人就像大水塘中的鱼……

如何才能从这无尽的、无情的梦中挣脱出来，而这梦根本就是生活本身？他带着冷冷的绝望问自己……是谁在他喜欢的地方来来去去，那么多人来来去去，他觉得是个陷阱……

"她在等你，马上去。"玛尼耶说。

他是在说芳达吗？

有一件事情是鲁迪能够确定的，如果说芳达不再等他，他，她的丈夫，她同样也不会对玛尼耶有所等待，出于某些鲁迪不知道的原因，玛尼耶也同样让芳达感到了失望。

玛尼耶转过身。

"要我到梅诺蒂夫人家去，是吗？"鲁迪叫道。

玛尼耶点点头，没有看他，接着他又去了展示厅，因为和鲁迪说话，他把两个客人留在吧台的凳子上，他们粗壮的双腿笨拙地悬在地面上方。

那个男人在远处冲鲁迪挤出了一个模糊的微笑。

他把贝雷帽放在膝盖上，即便隔这么远，鲁迪也能看到他肤色黝黑的额头上方的秃顶所发出的惨淡光芒。

他们和我们在一起!

他在想,我们又怎么能知道呢,这对希望厨房采用传统的深色木纹装修,再配以少量的锻铁橱柜,还故意做上几个仿佛是被虫蛀食的洞洞的夫妻,我们怎么知道他们就不是妈妈所说的天使?妈妈认为他们会定期造访我们,如果我们的灵魂足够敏感(多亏了妈妈的小册子),我们就能够认出他们来。

由于鲁迪也报之以微笑,那个男人立刻将目光投向别处,面容也变得严肃起来……那儿有好几条鱼都上了钩,被网在里面,它们觉得诱饵很好,很香,当鱼看到了之后,它就加倍努力想要挤进去……

鲁迪站起身,一直走到凯茜的办公桌旁,装出一副已经轻松了的样子。

肛门却还是火烧火燎的。

他揿掉了凯茜的电话,后者嘟起嘴,但是什么也没说。

他是一个下级销售,所以他没有直线电话。

他拨通了自己家的号码,铃声响了十几下。

他突然间出了一身汗,手和两鬓都湿漉漉的。

芳达是没有听见还是不想听他电话,甚至,他想,也许她根本无法听电话,她不在家,或者……

他放下听筒,正好迎上凯茜尴尬而迷惑的目光。

"似乎梅诺蒂想要见我。"他用一种活泼的语调说。

但是他实在很痛苦,他感觉到习惯性的这种苦笑让他的上唇一角卷了起来。他再也无法坚持,于是用手疯狂地抓了抓。

"鲁迪,我觉得梅诺蒂夫人真的发火了。"凯茜的声音很低沉,仿佛表示惋惜似的。

"是吗，为什么？"

他对梅诺蒂隐隐约约产生了一种失职的感觉，这是以前也有过的感觉，有些混乱，倒不是故意的，而是自己不再那么上心了，他觉得有些罪恶感，这样想着，他不禁嘴唇发干。

他究竟做了什么，或者遗漏了什么？

梅诺蒂是个银行小职员，她没有很多钱。

她问银行借了大约两万欧元，想要完成厨房的改造计划，而鲁迪不得不东拼西凑，从一些降价促销的厨房器械中找零件，以满足梅诺蒂的要求，可梅诺蒂的要求很高，其实这个女人是非常实际的，也精于计算，她故意突然装出一副不解的样子，不明白预算清单为什么大大超过了她从银行借来的钱。

可以说，这个厨房真是让他烦恼不已！

在某种程度上，他也算表现很好了，一心一意，随叫随到，灵活多变。

但是，一旦订购全部完成，他就和别的东西一起成了令人不快的回忆，成了潜在的威胁……在周围走了那么久，他找到了入口，于是他进去了，想象着能够享有快乐和幸福，因为他想象别人也是如此，而他一旦进入，就不能转身……

哦，我的上帝啊，他还做了些什么？

他记不起来，在玛尼耶工作的四年（他四年的生命！）里，他从来没有真正完成过他应该完成的事情。

出于厌烦或是怨愤，他一一盘算过自己犯下的那些小错误，小过失，然而那些顾客经常都还记得清清楚楚，如果他们再次光顾玛尼耶买点东西，他们会因此宣称不要鲁迪·德卡斯服务。

但是在梅诺蒂的事情上,他却是尽力的。

"你妻子怎么样?"凯茜问他。

"很好,很好。"

"小孩呢?"

"迪布里?他很好,是的,我想是的。"

他觉得她定定地看着他,笑容也有些狡黠、遥远、谨慎,就像刚才那个拿贝雷帽的男人。

他不由一阵惶恐。

在红兮兮的光晕中,她究竟为什么笑?而他一旦进入,就不能转身。

"你真的不知道这个梅诺蒂究竟要我怎么样?"他继续带着那样一副漫不经心的神情问她。其实他也明白他再怎么问都没有用,但是在没有得到一点解释之前他就没办法下决心出发,而这解释,不仅仅是针对梅诺蒂的麻烦,也事关他生活中所经历的这些无法理解的考验,他整个儿人生。他不能转身。

凯茜盯着电脑屏幕,坚持没理他。

他却突然有种感觉,一旦离开这间屋子,他就再也不会回来了,也许别人不想让他回来,出于某个他无法知晓的原因,别人不想告知他——也许因为别人怕他?

"对于梅诺蒂,我做了我能够做的一切,你知道吗?我从来没有这样全心全意地付出过,自从我来到这里工作,推销这该死的厨房。我还加了不少班,这些我从来没有计算过。"

他很平静,他能够感受到自己脸上平静的热情,还有轻松的微笑。

肛门的针刺感已经平息了。

由于凯茜固执地当他不存在,也因为他突然想到,如果他再也不回这间办公室,他就有可能再也不会见到她了,于是他俯下身,凑近她粉红色接近半透明的、小小的耳廓。

他轻声地说,平静而温柔——他想,就像以前他曾经的那样平静而温柔:

"我应该杀了他,是不是?杀了玛尼耶?"

她把头猛地歪向一边,为了离他远点儿。

"鲁迪,走吧,现在就走。"

他抬起眼睛,又一次透过落地窗看了看玛尼耶那洒满阳光的别墅,巨型的大门,几乎不太成比例,这座矮墩墩的大房子很像是那些富有的企业主在阿尔马蒂区建的房子,因此,很像,他的内心不禁狠狠地颤动了一下,很像是他的父亲阿贝尔·德卡斯在达拉·萨拉姆建的别墅,他父亲在选择百叶窗的时候,他不喜欢现在非常流行的普罗旺斯风格的蓝色百叶窗,而是选择了一种暗红色,因为这让他能够回忆起自己的故土巴斯克地区,他可没有想到,他又怎么能想到,但是他不能转身,他怎么能想到,他的朋友,他的合伙人,他那仅仅比这红色稍微淡一点点的血还真的永远染上了他选择用来建造大型露台的石头,非常非常白的、质地疏松的石头。

是的,鲁迪想,有着结实的双腿,能够稳稳当当站在地上,膝盖从来不会有一丝略带优雅的弯曲,充满野心的男人,像玛尼耶或是父亲阿贝尔·德卡斯这类男人,他们建的房子都是一样的,因为他们是一类人,尽管鲁迪的父亲会觉得把他和一个卖厨房的商人相提并论是对他的冒犯,而且颇为滑稽,他可是很早就离开了自己所在的省,走遍了西班牙和地中海的一角，接着去了摩洛哥和毛里塔尼亚，最后将自己那辆骁勇的老福特车停在塞内加尔河边，就在那里，他很快告诉自己，这是非常适合他创立属于自己的、小小的家族传奇的地方，他会建造一座前所未有的度假村。

哦，是的，鲁迪想，这类特殊的男人，他们的欲望虽然非常实际，但仍然不乏热情——即便是精神层面的欲望也不过如此——他们可从来不会体会到日复一日与永远无法结束的、无法平息的，甚至有点无耻的梦那冷冰冰的面孔作斗争的滋味。

在离开凯茜的办公桌之前，因为他感觉到她此时真是受到了惊吓，身体僵硬，眼睛绝望地想要避开他的目光，于是他控制不住用微微颤抖的声音再次对她说：

"要知道我打心底里是个多么温柔的人啊！"

她下意识地咯咯笑了一下，声音嘶哑。

而他的父亲或是玛尼耶，尽管他们属于那类可怕的人，但并不是让女人感到可怕的男人，而他，我的上帝啊，他怎么会到了这一步……

他拾起自己桌子上的，妈妈的小册子，卷成一卷，塞进了裤子口袋。

他穿过洒满阳光的办公室，毫不怀疑同事们都在看他，他们的目光中有轻松、厌恶或是他想象不出的其他东西。

然而，就在他快要走到玻璃门那里的时候——因为直肠的刺痛，他的脚步有点受到束缚，于是两瓣屁股彼此分得很开，再说没有多余的肌肉组织能将它们聚拢在一起（因为他的腿即便称不上瘦弱，也着实很细，而他此时走路的样子还有点像父亲或是玛尼耶，他们这种屁股很大的男人走路的时候喜欢将膝盖往外撇）——他想到同事们也许在他身上找到了自己的天使，不禁感到有趣。

他向前走去，身上披着耀眼的金光，就像那时他离开普拉多的那间小公寓，沿着在暑气中摇晃的林荫大道走下去一样，他能够完全地、平静地意识到自己的内心是多么地正直，充满了骄傲。

他真想对同事们说，快乐地、热情地、充满魅力地、带着一种非常自然的善良说：我就是妈妈对你们说过的使者！

他有点不快地回忆起来，有一个时期，妈妈特别喜欢用双氧水为她的小鲁迪漂洗头发，让他原本淡亚麻色的头发更接近金色，几乎成了白色。

他想起那种让人不快的酒精味道，最终把他弄得昏昏然，接近于迟钝的酒精味道，他挤坐在家里厨房的一个小板凳上，而玛尼耶刚才却告诉他，正是在这个家里，玛尼耶度过了那么多的星期三，他应该还很小，妈妈才会产生这样的念头，要把天使形象中最富代表性的特征安在他的身上，后来，他们离开法国和远在非洲的父亲团聚时，这些场景就告一段落了。

也许，他想，妈妈是觉得，在非洲，鲁迪头发原本的那种金黄色足以坐实他六翼天使的身份，又或许是因为父亲在场，妈妈不敢干这类事情，鲁迪的父亲不信宗教，他喜欢嘲讽，很是粗俗，已经在那里培植了属于自己的守护神，他要传播自己的守护神，所以他总是奔跑，总是奔得更远，总是在暗处接近病态地算计些什么，设计着明明暗暗，或合法或不合法的手段和计划。

我是你们登上权力顶峰的使者！他想叫，但是他不愿意这么做，因为他不想冲同事们转过头。

突然之间，他觉得很高兴，因为他想象着，就在此刻，看到他经过他们面前，双腿有些奇怪地分开，步态有些僵硬，但是身披光环，有一种美妙的、光彩照人的庄严，一种太阳般的灿烂，他们应该会有一种得到神的启示的感觉。

然而他无法捍卫芳达。

他曾经说要做她在法国的守护神，因为在社会环境中她处于弱势，但是他没有做到。

他推开门，走进了展示厅。

玛尼耶的两个客人此时正在挑选美式吧台的凳子，鲁迪敢打赌，他们绝对不会在这吧台上吃一餐哪怕是最简单的饭，甚至他们都不会倚在这里喝上一杯咖啡，他们情愿待在他们到那时为止还一直在使用的、不太舒适的小桌子边，他们会找到办法，不声不响地在玛尼耶为他们装修一新的厨房里找到这小桌子的一席之地，等到孩子们来看他们的时候，孩子们会非常惊讶，甚至会说他们，因为他们还是把满是油垢、开裂的缝槽里滴满蜂蜜的旧餐桌放了进来，就在吧台的一角，正好堵住冰箱的门，而父母则会为自己辩护，说这是暂时的，说找到合适的小桌子就会换掉，因为现在他们买东西回来，这样的小桌子正好可以让他们放放购物袋或是硬纸箱。

玛尼耶让他们触摸一下那种深色木纹吧凳的棕色仿漆皮布料。

他站在他们身边，非常非常耐心，似乎一点也不着急结束。

男顾客远远地听见鲁迪的脚步声，抬起了眼睛。

他似乎看了鲁迪很久,比通常的招呼时间要久,鲁迪激动地想,用一种彬彬有礼、热诚的目光。

而且,鲁迪觉得看到他拿起贝雷帽,向他表示致意。

像这样的一种手势,还伴有这样一种专注的眼神,搁在昨天晚上,鲁迪会感到焦虑、尴尬的,他会想接下来会发生怎样不愉快的事情,但是此时,他只是高兴地想,这个家伙也许只是认出他来了。

我是统治者的化身!

是的,也许那个家伙手上也有妈妈的宣传册子,看到灿若明星的鲁迪经过,一种昭示和至福的感情油然而生。

你是那个守护我的神吗?他的目光仿佛在问。

怎么回答他呢?

鲁迪咧开嘴,给了他一个大大的笑容,通常他也会避免这样做,因为他非常清楚,和恐惧一样,狂喜也会扭曲他的双唇,让他看起来很不顺眼。

他直视着那个家伙,默默地张开嘴说:我是真理的使者!

他快步走出商店。

停车场的暑气顿时让他哑口无言,清醒了过来。

他嘟哝道,不能指责他故意将芳达拖入离开自己故土的孤独之中,至于她没有在法国教书所必须有的资质,他又不能负主要责任。

但是,有一点是他一直确认无疑的东西,是他诱惑了她,欺骗了她,把她带到这里,接着他却转过身,放弃了当时他们在那里彼此默认的、照顾她的使命。

他现在走出了这样一种侮辱!

他曾经遭遇怎样的失败，怎样的失败啊！

他有时还能感觉到当时的场景，当他举起双臂，尤其是玛尼耶停车场上灼热的沥青散发出汽油的味道时，他又分明看见了自己趴在地上，也是相似的地面，沥青已经被炎热的阳光晒化了，他的肩和腰被别人尖细的膝盖顶住，打肿的脸在挣扎，尽量想要抬起来，避免和满是尘土的、黏糊糊的沥青接触。

若干年以后，想起当时的场景，他还是会禁不住地脸红，因为羞愧，因为恐惧。

然而此时，平生第一次，他却能感觉到，他产生这种反应时的无意识的成分。

他用力吸气，浸润在一种酸臭的气味中。

他觉得不再有那种羞耻的感觉了。

是的，那是他，鲁迪·德卡斯，麦尔默兹中学的孩子们把他痛揍了一顿，然后又把他推倒在地，让他趴在沥青地面上，踩住他的肋骨，最后他们还想压扁他的脸，他一直挣扎着想要抬起来，在学校院子的地面上，在他的脸上，将会留下斑斑伤痕，还有到那时为止仍然没有承受过太多痛苦的双肩——然而，耻辱如今不再属于他，不是因为他能够或是期望将这份耻辱加诸他人，而是因为现在他觉得自己已经坦然接受，因而他也感到了解脱，仿佛从一个没完没了的、冰冷的梦中，从一个永远结束不了的可怕的梦中解脱出来，正是在忍耐中，在接受的过程中，我们能够感受到，我们已经摆脱了。

他，鲁迪·德卡斯，曾经是麦尔默兹中学的语文老师，中世纪专家，从此与耻辱彻底脱离了干系。

他曾经失去过荣誉和尊严，然后他回到法国，还带回了芳达，知道他这耻辱还是会继续，因为它已经与他成为一体，他明白，从此后他只能是这个样子，一面仇恨这耻辱，与这耻辱斗争，一面继续下去。

而现在，他默认了这一切，他觉得解脱了。

如今他能够，平静地、温和地在脑海中重温当初极具侮辱性的一幅幅画面——侮辱于是不再和他，现在的他相关，此刻的他，站在干热的空气中，他看见曾经积压在他心头的、沉重的大石块正在土崩瓦解，在远离他，而他还能够清晰地记住袭击他的三个年轻人的脸，他甚至能够感觉到后脊上，那个将他压在地面上的人微带酸味的气息（害怕？还是激动？）——这三张脸，噢，肤色黝黑，面容俊朗，因为他们无可非议的青春，就在前一天，还和班里其他的孩子一起望着他，专注地，天真地，听他说鲁特伯夫[1]。

他再次看见了这三张面孔，却不再为此感到悲伤。

他问自己：瞧，他们如今还能做些什么，这三个人？

他向自己的车子走去，每一步都踩得非常踏实，他很高兴地体味着脚粘在沥青上，然后在分离时发出小小的、有如亲吻一般的声音。

他再次看见了这一切，却不再为此感到悲伤。

天真是热啊！

肛门的针刺感却在此时复苏了。

哦，他再次看见了这一切，而……

多么幸运啊，他想。

---

1. 鲁特伯夫（Rutebeuf），法国中世纪诗人。

他挠了挠，却带着些许快意，他知道自己的瘙痒不再会令他陷入愤怒和沮丧的深渊，知道不再会将这类普通的病痛视为惩罚或是自己低下的展现。

现在，他能够……

他将手放在晒得滚烫的车门把手上。

他没有马上就将手缩回来。

很烫，摸上去也不太舒服，但是他觉得这正好可以让他体验一下对比的感觉，滚烫的把手和获得新生的精神，还有清空了一切的胸口，开阔的心——终于自由了！他在心里喊道。

怎么会呢？

这一切是怎么发生的呢？

他环视周围很久，同事灰色或黑色的大轿车，停车场前的那条小路，两边都是仓库和小楼，他抬起脑袋，迎着美好的、毒辣的阳光——终于自由了！

现在他能够做什么？

很好，他可以一直往前走，尽管在他高高扬起、面向太阳的额头上，仍然留下了尴尬的痕迹，他却能够一直向前，检验他所获得的全新的自由，平生第一次，他认识到那三个孩子没有冒犯他。

以前的那个鲁迪·德卡斯残留的部分在抗议。

但是他能够坚持，即便开始仍然是惊慌、恐惧，可现在也只能让他轻颤一下而已。

他拉开车门，一屁股坐在座位上。

车子里面的空气令人窒息。

他却在努力地大口大口呼吸着这发霉的空气，想要驱走恐惧，可怕的恐惧，因为他想到，如果说他认为那三个孩子没有攻击他，可他还是得承认，他，鲁迪·德卡斯，那时在麦尔默兹中学做老师的他扑向了三个孩子当中的一个，并且拖住了另外两个去搬救兵的。

真的吗？

是的，事情的确是这样的，不是吗？鲁迪？

酸涩的泪水涌上他的双眼。

他付出了这么多的努力想要说服自己，他不是不能确信当时的真实情况。

可他不确信。

他向后座伸出手，抓住那条旧毛巾，擦拭眼睛。

但是，对于这真相，他能够在真正领悟的同时却不为之伤害吗？

中学院子的沥青地面彻底暴露在正午的阳光下，噼啪作响。

鲁迪·德卡斯迈着灵巧的步子走出办公楼，他很幸福，是那种深受学生爱戴、优秀出众的青年教师所拥有的幸福，学生和同事都很喜欢他，妻子芳达也很喜欢他，这才是最重要的，那时，对于鲁迪来说——他这样想的时候一点也没有感到苦涩——他根本不需要在认定自己是神的使者的前提下，就能够感觉到自己是个热情、成功、满怀梦想的人。

沥青有点黏，他的便鞋微微有些陷在里面。

这种性质的接触让他的内心充满了愉悦，走过中学的栅栏门时，他在为自己微笑，而这笑容仿佛降福的手势一般传播开去，也传染到了那三个在那株幼小的芒果树下等他的孩子，他们的脸上洒满了正午的阳光。

这三个都是他的学生。

鲁迪·德卡斯认识他们。

他对他们有一种特殊的感情,因为他们都是黑人,家境贫寒,其中的一个就他所知是达拉·萨拉姆一个渔夫的儿子,那是鲁迪和父母曾经生活过的一个村子。

坐进自己的车子之后,在玛尼耶停车场上,鲁迪回忆起了自己的目光落在渔夫儿子的身上时他的感受:非同一般的、坚决的、令人恼火的友情,与这个孩子本身的品质无关,而这种友情可能突然转化为了仇恨,而鲁迪却没有意识到,他还不知道,还以为对这个孩子他始终持有的是友情。

因为这孩子的面孔会让他想起达拉·萨拉姆。

他一直在发疯般地斗争着,不想再看见达拉·萨拉姆。

而这份斗争会转化为对这孩子不成比例的亲热,也许说到底是仇恨的亲热。

但是,就在这一天,凝固的、灼热的、旱季的一天,正午,他走出中学的大门,安宁而幸福,他的笑容同样也包围着三个孩子,流向他们,这是不带有私人感情的、满足的笑容,带有宗教性质的优雅。

渔夫的儿子能够突然猜到,鲁迪·德卡斯对他的无限柔情实际上只是绝望地控制敌意的方式,因为他这张达拉·萨拉姆的脸挑起了鲁迪的敌意?

是这样吗,在中午接近白色的清澈空气中,老师表面上的笑容所驱开的仇恨终于揭开?

暑气晃动着。

没有一丝风摇动那棵瘦弱的芒果树的树叶。

鲁迪·德卡斯那时候真的觉得自己运气很好，很富有。

小迪布里于两年前出生，他是一个笑盈盈的、健谈的孩子，一点也不害怕自己的父亲，面对父亲也没有丝毫的尴尬，额头上也不似今天这般因为害怕和尴尬而刻上了一道迷茫的褶子。

那时鲁迪已经申请了国外一所大学的教师职位，他与中世纪文学系主任的面谈也进展得很顺利，他毫不怀疑自己一定能够得到这个位置，因此，出于单纯的虚荣心，他已经在电话里向妈妈宣布了这个消息。

你的儿子，你成年之后的守护神，大学教师，获得了古典文学的教师资格。

哦，生活是多么美好啊。

尽管妻子的性格不善表达，但是他能感觉到芳达爱他，通过他，她也爱着他们共同创建的这份存在，就在普拉多这间他们才租来的漂亮的公寓里。

有时他会想，妻子爱孩子胜过爱他——尽管都是差不多的爱，但她对孩子的爱更为强烈，不过他觉得这是两种不同性质的爱情，而他不会因此失去什么。

只有她似乎疏远他的时候，他才觉得自己失去了点什么。

但是这也无所谓。

他那时是那么在乎芳达是不是满足，他觉得，而且是非常开心地觉得她应该是幸福的，为能够依靠他而感到幸福。

因此，在这份完美的生活里，只有他看见这个孩子时引起的对达拉·萨拉姆的记忆，他需要斗争的记忆会投下失败的阴影。

小伙子走出了芒果树的阴影，慢慢地，费力地，仿佛他必须直面鲁迪可怕的微笑。

他用一种平静、特别、下定决心的声音说：

"杀人犯的儿子。"

鲁迪听了以后，心里想——如今在玛尼耶的停车场上，他仍然这么想——正是因为那声音中没有一丝痛苦的成分，没有一丝要辱骂他的意思，这句话的意义就越是深入他内心，令他宛若刀割一般疼痛。

通过渔夫儿子之口，真相便被告知天下，并没有预谋，因为事情就是这样，也许是老师的微笑让真相得以呈现，这个虚假的、甜美的、充满仇恨和恐惧的微笑。

鲁迪将手中的文件夹扔了出去。

在他还没有弄懂自己在做什么，要做什么之前，他已经扑上去掐住孩子的脖子。

那是一种多么令人震惊的感觉，在自己的手指之下，是一环环连接在一起的、温热的、湿漉漉的气管——相比于其他的，鲁迪对这份感觉记得尤为清楚，他记得，当他用手掐住孩子的脖子时，他想到的就只有小迪布里柔嫩的肌肉，他每天晚上都给儿子洗澡。

他机械地缩回手，望着他们。

他觉得自己的指端，在第一个指节的地方，仍然残留着这种似乎让他陶醉的抵抗的温柔，还有正在发育的喉结滑动的却是坚定的隆起，他在带有自我陶醉性质的狂怒之下按住的喉结。

平生第一次，他为这样一种狂怒所攫取，也是平生第一次，他扑向一个人，就好像他终于找到了自己的个性，找到了自己得以存在的根本，这一切让他产生了某种快感。

他听到了自己的呻吟声，用力之下发出的声音——或许是那个孩子发出的，不过他当成了自己的呻吟。

他把孩子推到中学的院子里，一直竭尽全力掐住他的脖子。

孩子还是大口喘气。

结束了，不再做好人，一个怒气冲冲、得意洋洋的声音在他脑中响起来。

这个卑鄙小人说了什么？

"你说什么，嗯？凶手的儿子，很好，让我们忠实于自己的血统，不是吗？"

这两股血是同一个性质吗？父亲合伙人的血，无可挽回地染红了露台美丽的、质地疏松的方砖的血，和阿贝尔·德卡斯自己的血，溅在勒伯兹监狱单身囚室墙面上的血，还有这孩子的血，达拉·萨拉姆一个渔夫儿子的血，如果鲁迪将他打翻在地，揪住他的脑袋撞向院子的地面，这血也会肆意喷溅出来，不是吗？

"混蛋。"他机械地嚷嚷道，在愤怒所带来的狂喜之中，他也不知道自己为什么要辱骂这个给他带来如此快感的人。

他的背部和双肩感到一阵剧痛。

他感到湿漉漉的脖子从他的双手之间滑走了。

他的膝盖和胸部接连着地，生生地撞在地面上，他觉得喘不上气来。

他试图高扬着脑袋,能扬多高就扬多高,这时一只胳膊把他的脑袋按在了地上,他的面颊受了伤,太阳穴摩擦在沥青中的碎石子上。

他听见几个男孩一边嗤嗤地喘气一边在骂他。

他们的声音很狂热,此起彼伏,没有愤怒,仿佛他们抛向他的话语都是他应该得到的教训,因为他自己的错误。

现在他们彼此商量着究竟应该拿他怎么办,他们的文学老师,他们把自己瘦骨嶙峋的膝盖插在他的腰间,鲁迪明白,他们根本不知道自己弄得他有多么痛。

他们是不是害怕,一旦松开了老师,他会重新向他们发起进攻?

他咕哝着,说一切都结束了,对他,他们不应该有什么好怕的。

结果是他被浸在了沥青中。

由于在扭动,他的嘴唇在地面上擦伤了。

鲁迪发动了车子,推上倒挡,老内华达一阵咆哮,冒出一股烟,挣脱了自己的停车位。

四年以来,对于自己,他一直小心翼翼地维持着那个解释,认为三个孩子打心底里残忍,正是这份残忍冒犯了他,接着又肆意地粗暴对待他,而现在他明白了,这种说法是欺骗性的——哦,他早就知道,但一直拒绝让自己弄清楚,而现在,他不再拒绝,他回忆起了在他们眼中所看到的善良、尴尬和惊讶,他们让他不得动弹,他们对自己给他造成的、他日后再也没有能够恢复的痛苦其实并不了解,因为他们只是希望走出这困境，想要保全自己的尊严和安全，如同想要保全老师的尊严和安全一样，在他们的眼里没有一点点报复的欲望，没有一点想要粗暴对待他的欲望，尽管刚才他所做的已经造成了来自达拉·萨拉姆的孩子的恐惧和痛苦。

根据他们在自己头上谈话的内容，听着他们神经质的、不知所措的、完全没有怨恨之情的声音，他明白，从孩子平常所能了解的常理来说，他们已经接受了老师先行爆发，尽管对于这个老师会做出这样的事情，他们很惊讶。

而鲁迪，他，他恨来自达拉·萨拉姆的孩子。

他恨过这孩子，而且一直到此时，在玛尼耶的停车场上，他仍然恨这三个孩子，一直以来，他都把他不得不回到吉伦特省，把自己的烦恼和不幸归咎于他们。

毫无疑问，一边离开停车场上路，他一边想，当时，他们所在的街区里弥漫着对他的怨恨、愤怒，再加上传来传去事情走了样——而他当时选择相信自己是这些孩子的牺牲品，而不是选择直面自己包裹在微笑与友谊的外衣下的仇恨，一切都源于达拉·萨拉姆，阿贝尔·德卡斯杀害合伙人的地方。

哦，是的，毫无疑问，他想，如今的每况愈下就是源于那里，源于他的怯懦，源于他对自己的通融。

他又重新踏上一个小时前走过的路，只是方向相反，在环岛那里，他围绕着雕像稍稍多绕了一点，因为他要转向另一条路，一条大路，两边都是高高的斜坡，梅诺蒂家就在这条大路的尽头。

就在他想，不知道梅诺蒂是否能够允许他用一下家里的电话，让他联系上芳达（她究竟在做什么啊，我的上帝啊，精神状态如何？）的时候，他看到一只鹭鸟低低地，迎着他飞来，白白的肚子，宽阔的、棕色的翅膀。

他松开了油门。

鹭鸟冲着车子的挡风玻璃飞过来。

它的爪子扒在雨刷上，腹部贴在玻璃上。

鲁迪大吃一惊，猛地踩住刹车。

鹭鸟没有动。

它的翅膀遮覆了整个挡风玻璃，脑袋歪向一侧，定定地用自己那严肃的、黄色的眼睛可怕地望着他。

鲁迪按响了喇叭。

鹭鸟的整个胸部颤抖了一下，但是它的爪子似乎抓得更牢了，而它冷冷的、控诉的目光一直没有离开鲁迪的脸，它发出一声力喝，仿佛一只发狂的猫。

鲁迪慢慢走出汽车。

他开着车门，不敢靠近鸟儿，而鸟儿为了继续审视他，轻轻地动了动脑袋，现在，它是用另一只眼睛盯着他，固执、冰冷。

鲁迪在想，因为柔情和焦虑而浑身瘫软：妈妈正直的神啊，亲爱的神啊，保佑芳达千万不要发生什么事情。

他向鹭鸟伸出一只微微颤抖的胳膊。

鸟儿离开了挡风玻璃，又一次发出震耳欲聋的叫声，仿佛是不可逆转的宣判，然后扇动着沉沉的翅膀飞走了。

由于鸟儿从鲁迪的头顶上飞过，它的一只爪子正好擦着他的额头。

他感觉到鸟儿沉沉的翅膀在他的头发上扇动。

他坐回车里，带上门。

鸟儿的叫声是如此尖厉，以至于有一会儿，鲁迪都以为这声音来自别处——然而不是，真的是从它的嘴里发出了如此尖利的声音，恐惧，惊讶，呼啸而过。

他抓起后座上的毛巾，贴在额头上。

接着他看到了毛巾上的斑斑血迹，目瞪口呆地看了很长时间。

他如何还能用自己对形势的新认识来安慰芳达？

他如何还能让她明白，无论今天早晨他说过些什么，就算那些他现在已经记不确切的奇谈怪论真的是冲口而出，他依然是一个与众不同的男人，在这个男人的心里，今后无论是愤怒还是谎言都不会再有它们的诞生之地？

他惊恐地、小心翼翼地用手指估测伤口的大小，他想：芳达根本不需要派这只鸟来惩罚我——真的，真的不需要……

他重又上了路，一只手驾驶，另一只手则是不停地摸上额头，不无后怕地摸索着这道形似逗号的抓痕。

真是不公平，他机械地重复道，这真是不公平。

过了一会儿，他停在梅诺蒂家门口。

路的两边有几块小小的农田，是住在这里的、经济较为宽裕的夫妻重新买下的，打算重新整理，这些夫妻将买来的房子内部重新装修一新，细致豪华，简直让人忘记了房子原本的寒酸模样（屋顶很短，天花板很低，窗子很小），让房子看起来也是经过费心思量的产物，和内部装修所用的摩洛哥方砖，铜质管道或嵌入式大浴缸一样。

鲁迪知道，梅诺蒂的收入不允许她在花费上向她的邻居看齐，让她支付豪华的、过分精致的装修，于是她的厨房就成了家里唯一的缩影，可以体现她突然产生的、对于舒适和排场的疯狂欲望。

他还不无愤怒，但同时也倍感焦虑地注意到，他是梅诺蒂用来补偿这种不宽裕的经济的一个方面。

对于这一点，他自己谓之为征服性的破坏。

他走下车子。

他清楚地看到，梅诺蒂那野性的、毫无章法的摧毁欲望已经给了门口的紫藤最后一击，那是一棵可能已经有五十年历史的紫藤，粗得如同树干一般。

鲁迪第一次来的时候，紫藤开了很多紫色的花，香气袭人，花儿到处都是，垂在门的上方，窗下或是水沟里，沿着房子的旧主人在屋子侧墙上悬着的一根金属线。

他曾经踮起脚，嗅着这花香，非常感动，也非常沉醉，因为周围那么多的美，那么多的香气，而且不需要你付出任何代价，接着他恭维了梅诺蒂，说她有那么华丽的紫藤，让他想起了，哦，是的，他不自禁地敞开了心扉，因为他从来不提起过去的生活，他说紫藤让他想起了达拉·萨拉姆的鸡蛋花[1]。

他看到梅诺蒂紧抿双唇，神情中有怀疑也有不悦，仿佛，他想，一个厚此薄彼的母亲听到别人在恭维她不喜欢的孩子。

然后她带着一种屈就的口吻，干巴巴地抱怨说，秋天紫藤的叶子太多了——有那么多的落叶要打扫，还有干枯的花瓣。

然后她指给鲁迪看，在靠近房子的一边，她已经清算了一

---

1. 一种类似栀子花的花种，黄色花瓣白色边，故称鸡蛋花，喜高温，多生长在热带和亚热带。

棵巨大的紫葳,因为它竟敢让它那些乱七八糟的橘色的花儿攀爬到房子灰色的涂料上。

纤细的树枝,亮闪闪的叶子,强壮有力的树根,枯死的花冠,所有这一切都横在地上,等待着被焚毁,梅诺蒂带着一种骄傲的蔑视指给他看,仿佛是才从一场战争中凯旋的女英雄。

鲁迪彻底蒙了,跟在她身后围着花园绕了一圈。

这只是一场荒唐、残忍同时也是毫无道理的斗争所留下的残迹。

梅诺蒂很激动,她是希望把家里打扫干净,整理出一块草坪,而此时她将所有的情绪都转化成了对美的仇恨,摧毁性的仇恨,她将她的情绪倾泻到了那株老胡桃木的身上,将胡桃树齐根砍掉,倾泻到了对玫瑰花的身上,将一株株玫瑰花连根拔起,接着,情绪激昂的梅诺蒂再将奄奄一息的它们移植到别的地方。

心满意足的梅诺蒂要确立她作为房主的权力,鲁迪看见她的大屁股在两堆已有百年历史、现在却被拔光的灌木丛中转来转去,不禁想,也许,她至高无上的权力的最好证明,莫过于将耐心的工作,将简单、微妙以及曾经萦绕着这幢房子的无数精灵毁于一旦,将在这里生根、播种,整齐划一的植物毁于一旦。

今天,他发现梅诺蒂又把紫藤砍了。

这并不出乎鲁迪的意料之外,他只是觉得触目惊心。

小房子此时显得光秃秃的,很简朴,很可怜,没有一点儿特别之处,以往,是繁茂的枝叶将这份平庸遮住了。

原先华丽的植物如今只剩下了地上直径大约几百厘米的

残根。

鲁迪慢慢走近房子的小门。

他看着光秃秃的侧墙，不禁满脸泪水。

梅诺蒂听到汽车声音已经开了门，正好看见他一动不动地站在小门前，满脸的泪水。

她穿着一套紫色的运动装。

她一头灰色的短发，黑色塑料宽边眼镜，正是这副眼镜让她看起来似乎总是处于愤怒之中，而鲁迪以前就已经观察到，倘若没有这副眼镜，呈现在大家面前的，就是一张茫然的、束手无策的脸。

"你没有权利这样做！"他吼道。

"做什么？"

梅诺蒂像是被激怒了。

他觉得嘴里又有了这种铁锈的味道，仿佛鲜血涌到喉咙口，每每想起梅诺蒂，想起他已经做了所有的一切，而这一切都被忽略，被遗忘，想起接下来也许不得不做的事情，他的嘴里都会有这种味道。

他现在能够想起的就只是这份忽视，而忘记了忽视的对象。

"紫藤！它不属于你！"

"不属于我？"梅诺蒂吼道。

"它属于……属于它自己，属于所有人……"

他的声音渐渐小了下去，有些尴尬，同时也意识到说什么都没有用了。

太迟了，无论如何都是太迟了。

这株可爱的紫藤,他原本应该想办法救它的,不是吗?

他怎么能幻想梅诺蒂会放过它呢?

在看到梅诺蒂对大自然的粗鲁态度之后——在她眼里,自然是敌人,是侵入的威胁——竟然能够平静地转过身置紫藤于不顾,因为梅诺蒂已经宣布了它的死刑判决,是的,她用干巴巴的声音谈到了它过于繁盛的树叶,不是吗?

他推开侧门,迈上了房前的那几级台阶。

房子如今孤独地竖立在丛草之中,太阳无情地照耀着梅诺蒂。

曾经,紫藤默默地为这块露台,为这水泥门槛遮荫蔽雨,鲁迪崩溃地想,而且,在那个角落,以前好像还有一株粗壮的月桂,在闷热的空气中静静地吐露着芬芳。

同样消失了,月桂,和其他植物一样。

他觉得,梅诺蒂的周围散发着一种可疑的、墓穴的味道。

"德卡斯先生,您是一个没有能力的人,是个魔鬼。"

他的眼睛依旧湿润,但是已经无所谓梅诺蒂会怎么想了(就好像尽管他还能隐隐约约地感受到羞耻感,但后者已经不可能真正地在他内心安身了),他迎着梅诺蒂愤怒的目光。

他明白,她已经超越了愤怒,现在她正停留在混乱中,接近绝望,又或是一种半醉的状态,稍微有一点点阻碍,在她看来都像是一种决定性的冒犯。

他同样明白,她也是绝对真诚的,只不过是以她自己的方式。

有一种模模糊糊的同情占据了他,怨恨此刻已经没有那么强烈。

他突然感觉自己彻底失败了，精疲力竭。

肛门上又感觉到一阵刺痒，想到那棵紫藤，他再也不做任何努力保全梅诺蒂和他自己的面子，他那不确定的、疲惫的面子。

隔着厚厚的牛仔裤，他疯狂地、恼恨般地挠着。

梅诺蒂似乎没有注意到他这样。

现在，她仿佛在犹豫，不知道是该请他进来看看他自己的杰作呢（他已经隐约瞥见自己所犯错误的性质了，以及她对自己的指责），还是像她本人强烈希望的那样，永远再也不要和这个人打交道。

终于她转过身，扬了扬手，用这个干巴巴的姿势让他跟着她进去。

他看见她的肩膀在颤抖，仿佛她被感动了一般。

自从几个月前他来这里测量厨房之后，这还是他第一次再踏进她家的门。

他跟着梅诺蒂穿过门口，进入餐厅往里走，艰难地辨认出一切后，他的五脏六腑便坠入了冰窖之中，他已经掂量出了自己的错误究竟有多大，一切极其粗暴的显而易见，扑面而来。

他停在厨房门口。

他感到害怕，不由歇斯底里地笑了起来。

他疯狂地挠着肛门，而梅诺蒂一屁股坐在还包着塑料纸的椅子里。

她不停地用一只无情的手指将眼镜推上去，但是没有用。

她的膝盖在痉挛性地抖动。

"我的上帝啊，我的上帝啊。"鲁迪不由念道。

现在他感觉到他的颈子发烫，面颊通红，因为羞耻。

他怎么会，真的，他花了那么多心思在这项工作上，他怎么会犯下这样大的计算错误？

他知道自己在这方面一点也不能干，但是暗地里，他还很为自己缺乏设计厨房的天赋而感到骄傲，因为他蔑视这项工作，以至于，出于他的傲慢自大，他在这方面的能力一点改善也没有。

他不愿意做好这个职业。

他似乎觉得这份坚持可以阻止他的坠落，可以维持他曾经的职业生涯中所拥有的博学，那些微妙的、罕有的学识，而很长时间以来，他再也没有力量、勇气和欲望去滋养、维护它们，如今在原来的领域也不像当初一般自信和确定了。

但是这样的错误实在太可笑了，可怜，是不会给一个精致的男人——他认为自己至少曾经是——带来任何好处的，噢，不，他想，目瞪口呆。

他谨慎地向前迈进了一步。

他的目光与梅诺蒂的目光彼此交错，他又想到了那株紫藤，于是他充满怨恨地掉转目光，尽管梅诺蒂的眼神里此时已经不再如先前一般充满屈辱的仇恨。

即便是面对灾难，我也拒绝与她在感情上有任何的沟通，如果说这是她想做的事情的话。

因为他觉得，现在她是处在一种无所指的嫉妒悲痛之中，只是在寻求帮助、依靠，仿佛他们俩此刻在共同面对一个第三者所犯下的错误。

于是他勇敢地向厨房中央走去，以至走到操作台，方方的，装备着一个巨大的灶台和一个钟形的抽油烟机，操作台是大理石面，镶有板岩，按照梅诺蒂原本对于厨房的构想，这个操作台应该是这个震慑来宾的场景的核心因素。

操作台已经就位，油烟机的管道也已经嵌进天花板。

但是灶台并没有安在油烟机下，而是完全搁置在一旁，鲁迪立刻明白过来，如果把操作台移到它本该在的位置，那厨房的通道就完全给堵住了。

鲁迪·德卡斯在计算的时候，调动了所有的智慧、精力来对付有限的投入，他却完全没有能力对油烟机和四个火头做出精准的计算。

"他们和您计算账单，和玛尼耶公司。"梅诺蒂用一种中性的声音说。

"是的，我想也是这样。"鲁迪嗫嚅道。

"明天我会喊几个朋友来，让他们看看我的厨房，我必须取消所有订单。"

"这样最好。"鲁迪说。

他的脑子一片空白，于是拉过一张包装还没有拆封的椅子，一屁股坐在上面。

他要怎么样才能够说服自己，被玛尼耶辞退对他而言并不是灾难？

他们会怎么样，他们仨？

而且，尤其让他感到荒唐的是，如果他有胆量充分地沿着自己这种混乱的、隐秘的、尴尬的感觉深思下去，一种特别的、很恶劣的、自他最初踏入梅诺蒂家就已经感觉到的想法，他实际上是有可能在工程开始之前改正自己的错误的。

但是，这种感觉，他更愿意强行让它在很远的地方，因为他不想坠入尴尬的处境，同样，他想，在达拉·萨拉姆那个孩子的事情上，在整个有关达拉·萨拉姆的故事上，他也是这样，将事情的真相推开去，推到自己所不能及的地方。

如果他没了工资，那他们一家三口怎么办？

"然而我知道，"他轻声说，"我知道我自己错了！"

"是吗？"梅诺蒂说。

"是的，是的……我本该……拿出勇气来面对这一切，我的确有弄错的可能性，但是我情愿不去想它。"

他望着梅诺蒂，后者摘下眼镜，用T恤擦拭了一会儿，他注意到她的表情非常平静，就好像一切都已经说了，事情便已经和她无关了，因而这件事也不存在了。

他还发现，这个女人的面部轮廓甚是精致，只是平常被硕大的眼镜框遮住罢了。

可他们一家三口怎么办？

每个月，他要为房子还五百欧元的贷款——他要拿他们的房子，他的生活和他的亲人怎么办？

"你要咖啡吗？"梅诺蒂问他。

他点点头，很是惊讶。

他想起玛尼耶气息中所散发出的咖啡的甜蜜香气。

"我真是很想来一杯，都想了好长时间了。"他盯着梅诺蒂的眼镜说，梅诺蒂很吃力地站起身，拿起咖啡壶，装满水，接着，一屁股坐在崭新的操作台上，将适量的咖啡放入滤网。

"可不管怎么说，"他还是禁不住说，"这株紫藤又没有碍你的事，而且它那么美。"

梅诺蒂既没有转过身,也没有回答他的问题,她始终半坐在操作台上,专注于自己的工作。

她穿着篮球鞋的脚都触碰不到地面。

突然他想起另一双悬在地面上方的脚,或是看上去微微擦着地面的脚,芳达那双灵活的、不知疲倦的脚,在达喀尔的街道上飞翔,他对自己说,是我砍断了这棵紫藤,酸涩的汗水流了下来,他在想,我砍断的是这棵紫藤,它没有碍我的事,而且它这么美,于是本想对梅诺蒂说的那些个严厉的话如今梗在喉头。

他的额头上流下了苦涩的,冰冷的汗水。

然而,在接受并且承认了是自己的责任之后,他似乎开始挣脱那个旧梦,那个无法忍受的梦,在梦中,无论他说什么,做什么……

"这是你的。"梅诺蒂向他递过一杯满满的咖啡。

然后她给自己斟了一杯,重新坐回到椅子上。

椅子上的包装纸只要动一动就会发出噼噼啪啪的声音。

他们一小口一小口地啜着咖啡,什么话也没有说,鲁迪感觉到自己平静下来,能够勇敢面对这一切,额头上苦涩的冷汗也已经干了,尽管他的客观处境从来没有如此令人痛心过。

"再找工作,我可不想在偏僻的地方。"他平静地说,仿佛在谈论另一个人。

梅诺蒂咂着嘴唇,表示自己已经喝完咖啡,而且味道很好,然后她用同样事不关己的、宁静的声音回答他说:

"的确,机会也不大,这里已经没什么工作要做了。"

"我能用一下您的电话吗?"他有些尴尬地问。

她把他引到客厅,在一个独脚小圆桌上放着电话。

她留在他身边,一动不动(只是徒劳地用手将眼镜推上鼻子),倒不是为了监督他,他想他能够理解,而是不想一个人回到那间失败的厨房。

"您没有手机吗?"

"没有,"他说,"太贵了。"

他能够感觉到羞愧,这羞愧袭击了他因为骄傲和洞悉一切还显得温和有礼的外表,但是他也能感觉到,羞愧的打击更来自一种习惯,不应该为此感到痛苦,这应该是他鲁迪的责任,不应该听任自己陷入这种熟悉的感觉所带来的、奇怪的惬意感。

"真的太贵了,"他继续说,"而且并非必需。"

"那您做得对。"梅诺蒂说。

"就像您的厨房,"他补充说,"太贵,而且并非必需。"

梅诺蒂沉默着,略显痛苦地盯着自己前方的什么地方。

他知道现在还为时过早,他还不能够说服梅诺蒂放弃对幸福、轻盈、和谐和安宁的希望,她曾经在玛尼耶厨房里寄托的希望。

可当那天晚上她深陷沮丧之中,打电话来的时候,这不正是他所暗示的吗,他觉得,正是他的坚决打动了她,他曾经向她示意说,在原来的旧厨房里,摆放着不成套家具的旧厨房里,绝不可能有一份和谐、走上正轨的生活。

他再一次拨了家里的电话。

电话响了很久,那么久,芳达可能都把电话挂掉了,而他立即陷入了焦虑之中,而不是像刚才那样松了口气。

为了让等待的时间不那么漫长,加上旁边正好有一本地区电话簿,他用一只手翻了翻,他的手下意识地直接翻到了高科兰的号码,那个雕塑家,他有些不太舒服地发现他就住在不远的地方,那是一个新区,被一些发迹了的老市民买下楼来,就像梅诺蒂的邻居们,或者至少像梅诺蒂一般,买下乡间的房子后投入大量资金改造成别墅。

后来,在台阶上,准备和梅诺蒂告别的鲁迪似乎又闻到了紫藤的香气。

他站在大太阳下,那股浓郁的、令人陶醉的紫色爬藤的味道传来,几个星期以前,他曾经充满感激地陶醉其中,而今天,他又再一次为之震撼。

这股香气也许,他想,来自房子一侧那堆紫藤的残留,这是它最后一次吐露芬芳了——它难道不是在以自己的方式说,你什么也没做,没为我做任何事情,现在一切都已经太迟,我正在死去,慢慢地在我的香气中腐烂。

一阵怨恨又让他的脸阴沉下来。

为了掩饰住这一切,他低下头,将手插入屁股后面的口袋。

他从其中的一个口袋中掏出一张妈妈的宣传小册子,然后突然递给了梅诺蒂。

"他们和我们在一起。"他高声说。

她一副不解的表情。

"谁是他们?"

"哦,天使。"鲁迪说,装出漫不经心的样子。

她发出一声冷笑,看都没看,把小册子揉成一团。

他觉得这举动伤害了母亲,一下子又觉得怒火冒了上来,于是快步走过最后几级台阶,几乎是一路小跑到车边。

他慢慢地开着车,漫无目的,想到,此刻,焦头烂额的他倘若重新踏进玛尼耶的大门,当真也没什么用。

气恼之情加深了他的失败感,因为他本该"咣"的一声把玛尼耶的大门碰上,而不是因为一次严重的计算错误被赶出来,赶到他曾经全心付出心血的那个工地上,但是,在预见了自己的未来而由然产生巨大的恐惧之后,他不再那么害怕,而是有一种一切都是命的感觉。

他不应该在玛尼耶的公司按兵不动。

头有点晕。

对于那样的生活,他如何能够忍受四年?他必须承认,这只是一个理论问题,只是假装出来的,纯粹是形式上的惊讶,实际上他很清楚人们如何能够长时间地忍受着平庸的生活。

他不知道的,只是他不再忍受令他极度失望的、可怜的这些年,他又能够怎么做,成为什么样的人,如果他不忍受这样一份平庸,又会发生些什么呢?

会是一件好事吗?或者他会比今天还要惨?

他会拿自己怎么办?

哦,不,习惯生活在对自己的厌恶之中,生活在苦涩与混乱之中,这没什么困难的。

即使是处在永远的、几乎控制不了的愤怒中,他也习惯了,甚至习惯了和芳达以及孩子之间那种紧张的、冰冷的关系,最终他都是习惯了。

想到要重新考虑自己和亲人的生活，他又感到一阵头晕，尽管他很长时间以来一直向往着能够重新找回回到法国之前的爱情和温暖，他还是暗暗地有种焦虑，他现在变成这个样子，芳达还能认出以前的他吗？现在她也许太疲倦了，不再信任他，无法和他一起努力回到他认为曾经到达的那一点上？

你来得太迟了，我正在死去。

这会儿，她究竟在哪里呢？

一方面他非常渴望能立即见到芳达，可另一方面，他又害怕回家。

他将手覆在额头上，感受那道小小的伤口。

芳达，真的没有必要派遣这个可怕的鸟儿来执行判决。

一个声音在他脑海中呱呱叫着：你来得太迟了，我正在死去，被齐根砍断，倒在你那充满敌意的屋子的地面上，你来得太迟了。

现在他感到自己很饿，在梅诺蒂家喝的咖啡还让他觉得很渴。

他开得很慢，把所有车窗都摇了下来，在安静的小路上，两边是崖柏和白色的栅栏，越过崖柏林，有时能够隐约望见游泳池幽蓝的池水。

他开过了梅诺蒂的街区，注意到他现在抵达的这个街区房子更大，看起来是最近修缮的，而且颇为豪华，他想，他也许又一次对自己撒了谎，表面上他似乎是漫无目的地在开车，可他应该承认，他想，尽管他很不高兴，很生自己的气，可他还是得承认，他是想到高科兰家附近转转，自从在梅诺蒂家的客厅里，雕塑家的家庭地址扑入他的眼帘，他就产生了这个念头，甚至，也许很早以前他就有了这个念头，当他在报纸上看到，为了环岛那里的一尊雕像，市政府就付了他大约十万欧元，他就产生了这个念头，那个和他如此相像的雕像。

啊，他又渴又热，他想，他是不是又重新绕回了这个梦，这个尖酸的、永远也不会结束的梦，这个沉重的、带有侮辱性质的梦，这个他才开始想挣脱的梦？

他是不是应该忘记这个叫高科兰的人，这个让他燃起仇恨的、不公平的、不合时宜的怒火的人？

他应该忘记，当然，而且这也是他马上就要做的事情——不再去想，在鲁迪·德卡斯的厄运中，这个家伙负有某种神秘的、象征性的使命，不再去想他是在捉弄鲁迪，利用他的无知发财，而鲁迪，他……

哦，这非常荒诞，但真的，一想到这个，他就变得阴郁、暴躁。

他又看到了地方报上的这张照片，这个叫做高科兰的家伙的照片，缺了颗牙，一副得意洋洋的神情，毫无疑问，这个男人偷走了他的什么东西，就如同那些贪婪的、病态的人一般，利用诸如鲁迪·德卡斯之类人的无能，参与分享了财富世界里的一杯羹。

高科兰，这个可怜的艺术家，他之所以成功，就是因为鲁迪生活在贫困之中，尽管这算不上是个附带条件，但是鲁迪却不能放弃这种因果关系。

有人在他的背后致富。

这个念头简直让他发疯。

再说……

他努力笑了一下，自己也感觉是丝苦笑，这笑容将他干裂的、黏糊糊的双唇拉伸开——他真是渴啊！

再说……尽管很可笑，但事实就是这样，而且这完美地揭示了某种得不到证实的真相：鲁迪那颗小小的灵魂在飘荡，没有一点怀疑，但其他人却控制了它，创作了下流的作品，一尊很像鲁迪，甚至连那种恼火、恐惧的姿态都像到了骨子里的雕塑。

是的，想到高科兰甚至都没有见过他，却利用了他，想到这些家伙把他们因为不小心流露出来的东西加以利用，利用他们的信任、软弱和无知，他就觉得要发疯。

他将车子停在一扇崭新的栅栏门前，黑色锻铁的，上面饰有金色的尖顶。

应该就是这里，他想，头有些微微的晕，高科兰应该就住在这幢房子里，原来墙面上的漆被刮掉了，又涂上了新的。

瓦顶应该是才铺的，窗户、百叶窗新漆的白色闪闪发光，有一个很大的平台，黄色的遮阳伞下放着浅木色的桌椅。

鲁迪痛苦地想，在这样的房子里生活是不可能不幸福的。

他多想和芳达，还有孩子一起住在这里啊！

而铁门只是个装饰，因为根据他觉得非常与众不同的一个细节来判断，铁门应该根本发挥不了任何作用：在每侧的两个石柱到女贞树草坪之间有个开口，可以自由地进出这幢屋子。

他下了车，轻轻地关上车门。

他溜进缺口，快速跨几步上了露台。

一片寂静。

在这幢带有几个大车库的房子里，如何能够判断出有没有人呢?

而鲁迪或是他妈妈住的房子,只要车子往房子前一停,就能够判断出主人一定在家。

他弯下腰,围着房子绕了一圈。

在房子后面有一个门,他想应该开进去是厨房。

他平静地将手放在门把上。

就像,他想,我回到了自己家。

门开了,他神态自然地走进去,关上门。

但是他还是停下来,在窥伺。

接着他放下心来,拿了瓶放在吧台上的矿泉水,仔细看了一下,确认没有打开过,便一口气喝了下去,虽然水不太凉。

一边喝,他一边打量着高科兰家的大厨房。

他很快注意到,高科兰家厨房的摆设很显然不是出自玛尼耶,因为玛尼耶没有如此奢华,这激怒了鲁迪,就好像高科兰用这种额外的方式彻底将他鲁迪打翻在地,因为他选择了另一家更为时髦的厨房供应商,他们的竞争对手。

然而作为一个行家,他很欣赏——这真的是一间非常美丽的厨房,如此复杂,他应该一辈子也设计不出来。

中央的操作台面用的都是粉色大理石,下面是一长列镶有白色木板的橱柜,优雅地向里面凹进去,正好与椭圆形的大理石相得益彰。

上面是个玻璃的立方体,也许是抽油烟机,仿佛是因为自身的优雅,出于奇迹才悬挂在空中。

地上铺着红兮兮的砂岩地砖,仿古的。

地面在光线充足的房间中闪着谨慎的光芒,也许是打过很多遍的蜡才产生的效果。

是的,多么绝妙的厨房,他愤怒地想,每天都可以接待一大家子人,共享精心准备的菜肴——他甚至觉得自己听见了豪华的炉子上正炖着的肉已经嘟嘟地沸腾,炉灶非常专业,有八个火头,是铸铁的,上了白色的、闪闪发光的釉彩。

但是这厨房似乎没有使用过。

大理石台面上有肉眼可见的一层灰,除了那瓶水以及盘子里的几根香蕉以外,没有其他的痕迹可以证明这里有人做饭,或者在这间连横梁都精心上漆的大屋子里吃过一餐便饭。

鲁迪穿过厨房,接着穿过房子入口。

他觉得自己很灵巧、轻盈,已经清凉下来的自己是不可战胜的。

屋子里开着空调,空气清凉,这更让鲁迪感到自信,因为他不再过度出汗。

他感到前胸和后背的衬衫已经干了。

哦,他颇感惊讶地想,现在我什么都不怕了。

他在客厅门口站住,客厅与厨房方向相反,在房子入口的另一侧。

他听得很清楚,有呼噜声,而且很响。

鲁迪将头探进去,他看见了一只扶手椅,上面躺着一个肥胖、苍老的男人,他认出来了,这正是照片上的高科兰。

他的一侧面颊靠在扶手椅的头枕上,他轻轻地打着呼噜。

他将双手放在屁股上,手掌朝上,一副自信、放松的神态。

有时,从他微张的双唇中会鼓出一个口水泡泡,然而,随着下一次呼气，泡泡便破了。

这不是很滑稽吗？鲁迪想，屏住呼吸。

他竟然还能这样安宁地沉浸在睡眠之中，可……

可什么？他想，因为一种恶毒的、令人惊奇的快乐而几乎喘不上气来。

可就在此时，在他毫不设防的房子里，杀手，脚步轻盈的杀手在他身边徘徊？

手臂满是仇恨的杀手？

他觉得自己的思维非常快，非常清晰。

毫无疑问，在那间完美的厨房里，有一只抽屉（抽屉可完全打开，里面有缓冲装置），抽屉里有一套切肉刀，最锋利的刀子完全可以一刀直入高科兰的心脏——穿过厚厚的皮肤，肌肉，厚实、坚硬的脂肪层，就好像那种包裹着兔子小小心脏的脂肪层，鲁迪想，他有时候会向普勒迈尔夫人买一只肥美的兔子，她把它们养在比它们大不了多少的小笼子里面，而他得自己杀兔子，剥皮，清内脏，尽管他非常害怕这类事，但这样可以省点钱。

他即将转回身，取了这把美妙的刀子，戳向高科兰的胸口。

他觉得自己是多么平静、有力、坚决啊，他是多么沉醉于这种感觉啊！

然后呢？

他是唯一一个知道原因的，知道为什么要诅咒世界上所有的高科兰们。

他想到了停在房子前面的那辆老内华达，发出一声冷笑。

他那辆可怕的车子可能会立刻提供对他不利的证据，但很可能，在这安静的街区，在这个时刻，没有一个人注意到他这辆车。

不过还是有这个可能。

现在，他不害怕任何事情。

他仔细地看着高科兰，站在客厅门口他就开始仔细打量这个熟睡中的男人，这个用无耻的方法赚了那么多钱的男人。

他的手安静地放在一边，肥大的、放松的、自信的手。

又一次，鲁迪的肛门感到一阵刺痒。

他机械地挠了挠。

他的父亲，阿贝尔·德卡斯就有睡午觉的习惯，在他们达拉·萨拉姆的房子一间阴凉的大房间里，躺在一张柳条扶手椅上，就像现在，高科兰躺在他的安乐椅中一样——放松、自信，不知道周围正在酝酿中的罪恶，更不知道有可能是因为他自身的原因，在这样一个放松的、自信的时刻所产生的罪恶。

鲁迪在他的裤子上擦了擦突然间变得湿漉漉的双手。

如果父亲的合伙人，萨里夫，如果说他也利用这样的一个下午，当阿贝尔沉浸在睡梦中，正处在一个完全放松、自信的时刻，如果他也是利用这个时刻把阿贝尔刺死，那他，萨里夫，他有可能现在还活着，而死的就是阿贝尔，再说阿贝尔这样死也不会对他本人的死亡命运产生任何影响，因为他，阿贝尔，在杀死萨里夫之后的几个星期后就自杀了。

在鲁迪的记忆里，萨里夫是一个瘦长的、干巴巴的人，步履缓慢，谨慎。

他有没有那样的时刻，也站在那间阴凉的大房间的门口，欣赏沉浸在睡梦之中的阿贝尔,想着这个人什么也不知道,完全沉浸在午后奇奇怪怪的梦里,他不知道正在周围酝酿着的罪恶?

对于鲁迪的父亲,萨里夫是不是也曾痛恨到想要杀了他的地步?尽管他手掌向上摊在屁股上?或者,他对阿贝尔怀有深情,尽管对于同样这个阿贝尔,他也有过欺骗的企图,这两种情况,深情与欺骗,它们在各自的轨道上运行,都藏在萨里夫的心里,会幻化成他的愿望,而且彼此互不干扰,一个从不会遮掩另一个。

鲁迪不了解萨里夫,父亲的合伙人,他对于父亲的感情,他不知道萨里夫是否真的试图欺骗他,还是阿贝尔误会了,但是现在,他不由自主地想起这一切,他想起父亲躺在柳条椅上的样子,而他的屁股上全是汗,黏糊糊的,现在,他是那么急切,他重新开始扭动,夹紧、松开他的屁股,混乱、愤怒、茫然。

高科兰没有动。

等他醒来,等他两只不再无聊、不再放松的手,两只已经变得焦灼不安的手搓来搓去,准备投入他那可鄙的却为他带来这么多钱的工作时,等他费力地从他的深绿色天鹅绒扶手椅中挣脱出来,睁开他狡猾、冰冷的眼睛,他会发现鲁迪·德卡斯一动不动地站在门口,他会不会明白他的死亡,突然间降临到他身上,他不能明白原因的死亡,已经在这个陌生人的脑海里上演过了,或者,他会觉得是出乎意料看到了一个朋友,他会不会把一张充满仇恨的脸看成一张热情的脸?

鲁迪不无惶恐地想,也许也有这样一个下午,他的父亲午睡醒来，才摆脱一个循环、单调和冰冷的梦醒来，他揉揉眼睛、面颊，用那双不再闲散、变得忙碌起来的手，帮助他从柳条椅上爬起来，尽管比较胖，可他的动作很灵活，他是一个肌肉很结实的男人，他从阴凉的房间里走出来，接着又出了安静的家，往萨里夫的办公室走去，那是一座简易的平房，距离他家很近，也许他还有点晕乎乎的，那种才从一个沉重的、有些耻辱的梦醒过来，脑子里依然缠绕着一些自己也不是很清楚的想法，在梦中，他的合伙人要通过做假预算来骗他的钱，就是阿贝尔正计划建造的那个度假村，也许在走向萨里夫的平房的时候，他还没有摆脱这个让他信以为真的梦，他老是做这样的梦，梦里，周围的非洲人没有别的目的，和他合作就是为了诈骗他的钱，虽然他们总是表现出一副朋友般的热情态度，虽然他们——就像萨里夫那样——对他也有一份真挚的感情，因为这两种情况，深情与欺骗彼此从不混淆在一起，而是各自独立地栖息在他们的心里，栖息在他们的愿望里。

鲁迪知道，在那个下午，父亲在萨里夫的平房前袭击他的时候，自己也在，就在房子的某一个角落，也许也是沉入了一个有些耻辱的梦。

他还知道，他大概八九岁的样子，妈妈带着他到达拉·萨拉姆和父亲团聚已经有三年，他是那么幸福，幸福到了极点，唯一冲淡这份幸福的恐惧是有一天必须回到法国去，尽管妈妈向他保证，这件事永远也不会发生，可他还是害怕回去，回到那座小房子里，每个星期三，一个长着笔直的、光滑的双腿，有如山毛榉树干的高大的男孩，他独占了妈妈的注意、妈妈的爱、妈妈的笑容，他那美妙的存在本身就可以把鲁迪五年的存在一笔勾销。

他无法分辨的,正相反……

他想也没想,向客厅里跨了一步,往高科兰的方向走去。

现在,他能够听到自己压抑的呼吸,而另一个人的呼噜声仿佛是在回应他,带着一种充满关切的谨慎,仿佛是为了鼓励他平静下来,不要这样强烈地呼吸。

他无法分辨的,是他究竟有没有看到父亲和萨里夫之间的这一幕,或者只是妈妈向他描述得太精确了,以至于他认为自己看到了一切。

但是,妈妈怎么能够把别人说的转述得如此准确呢,既然她自己并不在场?

不需要闭上眼睛,鲁迪也能看到这一切,就好像他仍然在场,或者他从未在场过,父亲冲萨里夫嚷嚷了什么,接着,萨里夫还没有来得及回应他,他就从正面击昏了他。

阿贝尔·德卡斯曾经是个强壮的男人,手掌很宽,厚实,只有在梦里才能放松、自信和温柔,这双手已经习惯了操作各种工具,牢牢抓住倔强的、不轻易上手的物质,习惯了运输水泥包,因此,只需一拳就足以掀翻萨里夫。

但是鲁迪真的看到过父亲合伙人那瘦长的身体倒在尘土之中吗?还是这只不过是他的想象,或者梦到过在这一拳的作用之下,萨里夫向后跳了一跳,几乎有些滑稽?

突然之间,不知道这个问题的答案让他觉得难以忍受。

他望着高科兰的双手,看着他肥硕的脖子,在想,如果他产生了掐死他的想法,在这么多肉以及轮胎似的皮肤下,还真是不太容易感觉到他一环环的气管。

他在想，父亲应该和他一样，有时会为自己突如其来的狂怒，热乎乎的、动人的、令人陶醉的狂怒而感到兴奋，然而，他想，在父亲慢慢地爬上那辆停在平房边的四轮驱动越野车时，阿贝尔已经不再处在狂怒之中，他更多的是一种无情的冷静，就像准备去村里逛逛一样，他指挥着四个巨大的车轮向萨里夫的身体冲过去，他的合伙人和朋友的身体，一具躺在地上、已经意识不清的身体，这个合伙人从来不混淆内心深处的热情和有可能想侵吞公款的念头，这样，即便他真的欺骗了阿贝尔，他也不会觉得是对朋友犯了罪，甚至不会觉得这事会损害友情，即便真是欺骗了阿贝尔，也不过是损害了一个简单的、不带任何感情色彩的所谓"同事"而已，这个词没有任何具体内容。

鲁迪一直盯着高科兰，然后他后退了一步，又退回客厅之外，他再一次在门口站住。

他将一只手放在唇上。

他舔了舔手掌，然后轻轻咬了一口。

他想冷笑，想高声叫喊，想破口大骂。

他要怎么做才能知道问题的答案？

会发生什么样的事情，他才能最终知道问题的答案？

我的上帝啊，我的上帝啊，他重复道，妈妈可爱温柔的神啊，如何才能够知道问题的答案，如何才能弄明白这一切？

因为妈妈本人也不在场，她怎么能知道鲁迪这天下午在不在场，在不在那平房前，阿贝尔如同往常开车去买面包一般，开车碾过了萨里夫的脑袋？

也许是妈妈曾经和鲁迪谈起过，在越野车的轮胎下，那颗脑袋发出了干脆而间断的声音，就好像碾压到一个巨大的昆虫一样，然后鲁迪就梦见了，直至认为自己听到了这声音？

妈妈真有这样的能力，能够向他描述萨里夫发出的声音和萨里夫的鲜血，他的鲜血在尘土中流淌，流到了露台上前面的石板，染红了这种质地疏松的石头。

她有这个能力，他想。

但是她真的这么做了吗？

他疯狂地挠着屁股，却没有得到任何缓解。

即便睁着眼睛，他也能够想起那个院子，在用木头和铁皮板搭成的简易平房前，铺着白色方砖的狭窄露台，还有在炎热、白晃晃的午后那厚重而令人窒息的寂静中碾过萨里夫脑袋的父亲那辆灰色的大车子，他能想起每一个细节，充满痛苦和怀疑地喘着气，想起那个颜色和声音从来没有产生过任何变化的场景，但是对于这个无法撼动的场景，他也能够在脑海中从不同角度看到它，就好像他可以同时出现在不同的地方。

在他的内心深处，他甚至能够知道父亲的真实意图是什么。

因为，毫不犹豫地碾过萨里夫之后，阿贝尔否认了这一切，他说是因为神经质和愤怒让他丧失了理智，因而才造成了这场事故，他还说他上车仅仅是想转一圈，让自己平静下来。

鲁迪知道事实根本不是这样。

他很清楚这一点，知道父亲应该是不想知道，他想说服自己，他没有想过要用这么卑鄙的方式结束他的合伙人兼朋友的生命，在他心里，从来不会混淆朋友和……

他知道，阿贝尔坐在驾驶座上，发动了车子，他要报复萨里夫，要通过碾碎地上的男人来维持那醉人的高烧的怒火，他知道这一切，比他父亲更清楚这一切，是因为他自己也体会过这样的感情，因为他不需要通过反对这样的想法而拯救自己。

但他是从哪里得到的这份自信？

他真的是在简易平房前吗？他真的看见了车轮，真的明白父亲明确的愿望，疯狂的，充满了狂热，于是车轮直冲萨里夫的脑袋而去？

鲁迪跑步穿过厨房。

他从后面的门跑了出去，一直跑到栅栏门边，奔向了缺口。

短袖衬衫挂在了草坪的荆棘上，他猛地扯开。

一直到落座在他那辆老内华达，他才喘了口气。

他抓住方向盘，将额头贴在方向盘中央。

他轻轻地呻吟着。

"这一切对我来说并不重要，并不重要。"他喃喃道，他打着嗝，努力在吞咽口水。

因为对他而言最重要的并不是这个，不是吗？

他是怎么搞的，盲目地认为那个下午他是否在场是最基本的一个问题？

因为对他而言最重要的并不是这个。

现在，他觉得，这个问题之所以会成为他首先思考的问题，只是为了让他分心，不管他是否处于痛苦之中，只是为了在他面前遮住谎言、罪恶、恶毒的快感和丧失理智那危险的进程。

他颤抖着发动了车子，在第二个路口，他转向右边，想尽快离开高科兰家。

为什么他就一定要像父亲呢，甚至是最坏的那一面？

究竟是谁期待他这么做？

他又看见了高科兰那张熟睡中的脸，双手毫无防备，而他站在门口，他可以看见，就在思考最适合一下子杀死高科兰的刀在哪个抽屉里时，自己那张假装平静的脸，他能够想起自己那会儿假装清晰的思考——他，鲁迪，他还正向往着能拥有同情、善良，可他站在这个陌生人家客厅的门口，却在一个似乎文质彬彬的、温柔而平静的外表下，正准备完成从同情和善良的角度而言根本不可能原谅的行动。

他将牙齿咬得咯咯作响。

谁在期待他成为和父亲一样粗暴、卑鄙的人？他看上去和阿贝尔·德卡斯有什么相同之处？

他曾经是一个中世纪文学专家，一个正直的老师。

靠建度假村挣钱，这种想法都让他感到恶心和尴尬。

那么（紧紧地抓住方向盘，他意识到自己开得太快了，无论如何，现在总算是在往乡间去的这条路上，已经远离了高科兰家），他究竟继承到了些什么？

为什么他必须，在高科兰将那双突然之间不再那么脆弱，那么稚嫩的手凑近自己的脸之后，阻止他从扶手椅上爬起来？

哦，鲁迪猛地转了几个弯，他在想，实际上他应该阻止的，不是让高科兰从睡梦中挣脱出来，从他那即便用手揉眼睛也赶不走的似是而非的梦挣脱出来，他要阻止的应该是他自己的父亲，在内心深处干脆地、盲目地萌生了杀人愿望的父亲，在他父亲的心中，友情与愤怒，对他人的挚爱与毁灭他人的愿望总是混杂在一起。

他真是配做那个人的儿子,在扼住达拉·萨拉姆来的那个男孩的脖子的时候,还有,刚才在窥伺那个陌生人毫无防备的睡眠的时候,他的心头不是涌起了快意吗?

他对自己感到很厌恶,他因为紫藤被砍而哭泣,而他想起,父亲有时也会表现出对动物的怜悯之心,非常诱人,有几次饭后,他说以后要做个素食者,而且,母亲在家后面杀鸡的时候,他总是公然地跑到一边去。

在进了一个村子后,他减慢了车速,然后在他光顾过的一家杂货店停了下来。

推开玻璃门,铃铛发出了响声。

冻肉的味道,面包的味道,还有在橱窗中被太阳烤焦了的甜食的味道提醒他,自己有多么饿了。

电视机里的笑声和感叹声透过塑料长条门帘传过来,店铺和店主住所就是用这道门帘隔开的,而当杂货店里的女人拨开门帘走过来的时候,电视机的声音就更大了,不过,女人尽量将门帘的缝隙保持在最小的程度,生怕苍蝇进来。

鲁迪清了清嗓子。

女人在等他,不过脑袋还是微微侧向房间里,还想时不时瞥一眼节目。

他要了一片火腿和一个长棍面包,声音嘶哑。

她举起一大块闪闪发光的火腿,放在机器上,切下一片后扔在秤上,这些动作都来自她那双灵巧、自信但是没有洗过的手,他机械地想,接着她又在直接放置于地面的纸包里抓起一个软塌塌的面包,摸了摸,最后还是换了另一根。

他看见她的心思根本不在这里，尽管熟练的动作仍然非常到位，可是耳朵仍然是转向电视那边，尽管一句台词也听不清楚，似乎她能够通过噪音和喧闹的强弱掌握节目内容一样。

"四块六。"她说，没有看他。

他突然厌烦透了这个外省的法国，他太了解不过的外省生活，真是厌烦透了，他想，厌烦透了这放在脚边的劣质面包，白糊糊的、湿嗒嗒的火腿，还有这手，就像此刻的这双手一样，又抓食物又抓钱，一会儿抓面包，一会儿抓票子。

手，他在想，对面包上的污渍视如不见，它们有的时候会放在一边，放松，脆弱，手掌向上……

接着，恶心劲儿便过去了。

但是，他的心头不禁升起了一种思乡之情，他想起在达拉·萨拉姆所度过的漫长岁月，后来是首都的普拉多，他从来没有觉得恶心过，尽管那里人也经常用手抓了肉然后又抓钱。

说实话，在那里他从来没有觉得恶心，不管是对什么，就好像他的快乐、他的舒适，他对于那些地方的感谢之心能够发出灼热的光芒，能够对日常的手势起到净化作用。

然而在这里，在他自己的家乡……

走出小杂货店的时候，他又听到身后传来塑料长条门帘发出的声音，接着是门口铃铛的声音，接着，中午时分沉沉的寂静和强烈而干燥的暑气一起包围了他。

道路两边的人行道很窄，灰蒙蒙的房子百叶窗紧闭。

他上了车子。

车子里的温度让他感到有点晕。

他感到自己的脑子里热烘烘、软绵绵的，但并非很不舒服的感觉，不像那会儿，在中学的院子里，整个脑子里仿佛有个火炉，他躺在中学的院子里，脸被压在沥青路面上，他感觉到有双谨慎的、不太灵巧的、惊慌失措的手试图将他扶起来，开始是借助腋窝的力量，接着又想用腰部的力量将他撑起来，很费力，他混乱不清地说："我又不是太重。"然后，他才弄明白，这双纤细、惊慌的手是中学校长普拉夫人的手。

于是，尽管肩头疼得厉害，他还是努力配合她站起来，他觉得两人都很尴尬，就像普拉夫人发现了他的隐私，而这是凭他们俩之间的关系根本不可能分享的隐私。

三个孩子站在那里，站得笔直，围成一圈，静静地，他们什么也没有说，似乎在等待为他们伸张正义，他们对自己的理由如此确定，所以不觉得有必要急着解释。

鲁迪的目光和达拉·萨拉姆那个男孩的目光相遇了。

孩子扶住他，面无表情，冷漠，事不关己的样子。

他还轻轻碰了碰自己的喉结，仿佛是为了告诉他，他仍然很疼。

"要我喊护士吗？"普拉问他，他拒绝了。

他脑子里太热了，以至于他都不知道自己要说什么，而那些脱口而出的话究竟是什么，他发表了混乱、炽热的演讲，旨在为孩子们开脱，说完全不是他们的责任。

普拉用怀疑和不知所措的神情望着鲁迪血迹斑斑的面颊和鬓角。

普拉还很年轻，无忧无虑，鲁迪和她相处得很好。

但是现在她带着怀疑和些微的恐惧望着他，鲁迪想到，他对于三个孩子的毫无章法的维护既让自己蒙了羞，也无益于三个孩子，他感觉到普拉开始察觉出他们之间有一种性质恶劣的、无法理解的同谋关系，或者更糟，这是鲁迪害怕的反应，因为他害怕他们报复。

此刻他已经在内心深处将所发生的一切隐藏了起来。

刚才在玛尼耶的停车场上所发现的真相，他已经不想接受了。

他也说服自己，用谎言为孩子们开脱，开脱他们先挑事的责任。

是他们先侵犯我的，他想，因为他的手指已经忘记了达拉·萨拉姆那个孩子温热的脖子——但是他对普拉说的却正相反，他觉得，表现出一个受害者的样子是很不齿、很惭愧的。

后来，在普拉的办公室，他也仍然没有改口：孩子们之所以把他打翻在地，是因为他先故意地、荒唐地冒犯了他们。

这不是真的，不是真的，他想，我对任何人都没有做过什么，血迹仍然残留在他似乎在沸腾一般的脑子上，肩疼得要死。

"但是他们为什么要这么做？您究竟对他们说了些什么？"普拉夫人问，完全没了方向。

他沉默着。

她又把问题重新问了一遍。

他继续保持沉默。

等他再次开口，他也只是强调孩子们揍他完全有理由，因为他对他们说了不可饶恕的话。

等孩子们接受询问的时候，他们什么都没有说。

没有人提到鲁迪·德卡斯老师扑向了达拉·萨拉姆的那个

孩子。

整个故事就演变成了鲁迪骂人然后引起孩子们激烈反应这个版本。

普拉劝鲁迪休个病假。

他的事情被拿到学术委员会上讨论,也不知打哪里冒出来的,人们说他骂那三个孩子的话是"你们这些下流的黑鬼!",大家就这个进行审查。

有人提到德卡斯的父亲在二十五年前,曾经侮辱并且谋杀了他的非洲合伙人。

纪律委员会于是决定暂停鲁迪的课。

他在喘息,仿佛挨了打一般。

今天,他是平生第一次能够回忆起那段时光,他能够回忆起沥青的味道,还有他的手指压在孩子气管上的感觉,但是,曾经的那种痛苦又回来了。

等待委员会决议的时候,他在普拉多的房子里待了一个月。

这是一套三居室的漂亮房子,很新,矗立在一条凤凰木掩映之下的林荫大道上,可现在,他开始恨这座房子。

他只有带孩子散步或是在附近买东西的时候才出门,而且东西都是就近买的,他觉得所有人都知道了他的耻辱,他的可笑。

应该是从那时候开始吧,他想,他对孩子产生了一种厌恶之情,虽然他从来没有承认过,而且,一想到这个,他总是猛地将这念头驱散掉。

他发动车子，一直开到村口。

他在两片玉米地之间的空地上停下车，甚至都没有下车，便开始大口吃面包和火腿，咬一口面包，再咬一口火腿。

尽管火腿没什么滋味，而且水嗒嗒的，面包也不够有嚼劲，但是终于能够吃上饭真是好啊，以至于他几乎双眼饱含热泪。

但是为什么，对于迪布里，他从来没有过那种显而易见的、强烈的、快乐的、骄傲的爱，就像别的父亲对自己的孩子所产生的爱那样？

他当然一直试图专心地爱儿子，以往他总表现出这样的愿望，再加上他陪在孩子身边的时间也不多，因而他的努力似乎还没有问题，但是，在他将自己关在房子里，在那几个漫长的星期中，他的努力就再也掩饰不了什么了。

他本想躲开所有人，可迪布里在，而且一直在，他是鲁迪枯萎、衰落的见证，是长期以来通过工作要成为一个受人尊敬和爱戴的人的努力化为乌有的见证。

哪怕孩子只有两岁，也可改变这一事实。

这个小天使成了他可怕的守护神，成了他不幸的监督，沉默、嘲笑的法官。

鲁迪将包火腿的纸揉成一团，扔在后座上。

他吞下了最后一截面包。

接着他走出车子，来到一排玉米前撒尿。

他听见头顶上方响起翅膀扑腾的声音，感觉到羽毛轻微的摩擦声和寂静中炽热的空气，于是他抬起了头。

仿佛是约定的信号，那只鹭鸟向他猛冲过来。

他伸出胳膊护着脑袋。

鹭鸟往天空飞去，擦着他而过。

它发出非常愤怒的一声尖叫。

鲁迪赶快回到车里，倒车离开，重新上了路，速度不算很快。

他觉得自己准备好了，吃好饭，准备回到家里去见芳达，现在他却故意转向相反的方向，因为害怕和怨恨而浑身冰冷。

他隐隐约约感觉到，鸟儿可能要告诉他，他应该赶快回家，但是他很快放弃了这个想法，他暗暗告诉自己，这只疯狂的鸟儿也许正相反，是禁止他重新在家里抛头露面。

他感到血涌上了两鬓。

"为什么，为什么，芳达。"他嗫嚅道。

因为，现在他在某种意义上不是比早晨更值得爱了吗？

既然她占据着高高在上的位置，既然她可以派遣鸟儿来执行她的命令，她就不能理解这一切吗？

就如同他不再会将那些荒唐和残忍的话抛向芳达一般，因为那些话都只是出于一时愤怒，控制不住自己才脱口而出的，他不再会被这让人羞愧的、软弱的、强心剂一般的愤怒所左右，可他同样，再也不会试图用虚假的甜言蜜语让芳达开心，因为在普拉多的房子里，他说的那些话并不是真话，他只是想把芳达带回法国，冒着让她失败的风险（他那会儿真没想到，甚至根本没有在意），冒着让她那些完全合理的追求功亏一篑的风险。

他还能回忆起在和迪布里单独相处了一个月之后，他试图说服她时，又用上那种很具说服力的、温柔的重音，透着一种犹豫不决的抱怨。

即使芳达晚上回来的时候，他也只说一两句话，而且让人感觉很疲惫。

芳达很小心，虽然很高兴在一天之后又见到孩子，不过还是努力控制自己的兴奋，接替鲁迪照顾孩子，仿佛是为了让他最终能够休息一下，尽管他们俩都很清楚，反正他也没有什么事情可做，她如此专心地照顾小孩，以至于鲁迪可以假装出没有机会和她说话，因为情况不允许。

他感到很解脱。

他会走出去，将手肘撑在阳台上，望着安静的林荫大道上，夜幕渐渐降临的场景。

大道上来来往往的都是灰色或黑色的大车，那些生意人或是外交官下班回来了，半路上与拎着塑料包、准备步行回自己家的女佣交错而过，有些女佣的脚步并不疲惫，也不似其他人那般缓慢，她们在人行道上轻盈地飞翔，就像芳达那样，脚与地面仿佛并不产生摩擦，地面就仅仅为她的跳跃起一个支撑点的作用。

接着，他们坐下来面对面吃饭，是鲁迪准备的晚饭，孩子这会儿已经睡了，他们就打开收音机，假装要听新闻，因为这样他们就不必说话了。

有时他会偷偷打量她——她那小小的、剪着齐根短发的脑袋，头部和谐的、圆润的线条，漫不经心的手势中所蕴含的那份优雅，她那细长的双手放下来的时候，总是和手腕保持垂直，她的手腕那么细，仿佛随时会断一样，还有她的神情，严肃、沉思、专心的神情。

对她的爱情迅速涌上心头，淹没了他。

但是他觉得自己太疲倦，太消沉了，已经没有办法表现出这份深情。

也许暗地里，他对她也有一份恨意，因为她带回了白天的热闹，带回了他已经无法洞悉的中学里发生的一切，他恨她，因为她还去那个已经把鲁迪赶出来的学校。

也许暗地里，他对她还有一份嫉妒。

才停课的时候，他觉得自己仅仅是在休病假，于是他还会带着一份忧郁听她细数学校里其他人的事情，同事、学生，她觉得可以，并且有必要告诉他的事情，后来，每到这样的时刻，他就会走出房间，毅然决然地打断她，这种立即走开的方式与抽她嘴巴一样干脆。

他走开不就是怕自己做出抽她嘴巴这样的事情吗？

但是，等他接到学校的宣判——开除，剥夺教师资格——他又开始说甜言蜜语了，用来欺骗她，他的心不再正直，而是充满了嫉妒和不幸。

他向她保证，只有回到法国，他们俩才有未来，而且他们已经结婚了，她有在法国生活的机会。

至于她在法国做什么，一点问题也没有：他会安排的，在初中或是高中给她找个职位。

他很清楚，没有任何事他有把握，但是他的语调却显得尤为具有说服力，而且怀疑越是从他脑中掠过，他的语调就越是雄辩，芳达是个本性非常正直的人，她一点也没有怀疑他，也许不是因为他又重新变成了那个非常快活的年轻男人，钟情于她，肤色黝黑，一缕淡金色的头发滑落在额际，吹口气，或是扭动一下脖子就又重新回到了它原来的位置，即便芳达了解那些个善于说谎的人的嘴脸，也不是对此毫不怀疑，但是，面对这样一张面孔，钟情的、黝黑的、开放的面孔，眼神清澈，几乎透明，她根本无法怀疑，根本不会想到这里面还会藏着点什么。

他们花了很长时间拜访芳达家的诸多亲戚。

鲁迪站在墙面漆成绿色的那间房子门口，就是几年前，他第一次上门拜见把芳达养大的舅舅、舅妈的那间房。

因为不想进门，他借口说自己有点不舒服，而事实是他觉得自己不能够承受两位老人的目光，不是因为他害怕他们揭穿自己的谎言，而是他害怕会背叛自己，在这间发出青绿色光线的房间里，在芳达身边，芳达此时正骄傲地、信心满满地、坚决地说去法国有些什么好处，他真害怕自己会忍不住放弃，会对她说：啊，到了法国，你不会有教书的位置的。他害怕自己会把阿贝尔·德卡斯所做的一切告诉她，告诉他，他是怎么死的，为什么学校的那些男孩儿会把他打翻在地，其实芳达根本就不相信他鲁迪会像人们传的那样，辱骂孩子们，她觉得他们应该是以某种方式表现出了对他缺少应有的尊重。

他站在那里，不敢跨越门槛。

他没有逃离，他只是没有进去。

他很高兴能以这样一种方式避开真实可能带来的风险，从而保全了自己的利益。

突然之间他觉得自己非常疲惫，他离开原来的公路，驶入一片杨树林。

他在一条长满杂草的小路上停下来，在这里，最后一排杨树让位于灌木。

在车里他太热了，觉得自己简直要昏厥。

火腿和柔软、乏味的面包在胃里翻腾。

他走出车子，扑到草坪上。

地上很清凉，散发着淤泥的味道。

他轻轻打了个滚，沉醉在快乐之中。

他仰面朝天，双臂交抱放在头上，为自己遮挡一点阳光，他眯起眼睛，望着白色的树干和白杨微微泛出银色的树叶，在他的睫毛之间，这一切染上了一层红色。

根本就不需要这样，芳达。

它先是远远的，和其他东西混在一起，在他头顶上那奶白色的天空上，离他还很远，接着他听到了，并且辨认出了它仇恨的、激烈的叫声，看到它向自己冲过来，他知道它也认出了他。

他跳了起来。

他跳进车里，就在关上车门的那一刹那，鸟儿落在车顶上。

他听到鸟爪摩擦金属的声音。

他猛然发动车子，向后倒去。

鸟儿飞走了，他看见它栖息在一棵白杨树半中央的树枝上。

它在侧面打量着他，坚定地迎着他，用它那只碧玉般的、恶毒的眼睛。

他打了个弯，尽快离开这条小路。

恐惧和炎热令他头晕目眩。

难道,他想,从此之后他再也出不了车子了吗?只要出了车子,这只疯狂的鸟儿就要让他为自己所犯的错误付出代价吗?

而如果今天他没有意识到自己在过去所犯下的错误,他又会怎么样?

鸟儿会出现吗?它会现身吗?

这真的太不公平了,他想,两眼含泪。

他开到小学的时候,孩子们正好放学,全都等在底楼。

面向院子的门一扇扇打开,孩子们冲了出来,就仿佛先前他们一直粘在门上,合力推开这些个门,此刻,他们蹒跚着跑了出来,有点惊慌,在傍晚金色的阳光中眨动着眼睛。

鲁迪离开车子,看了一眼天空。

他暂时放下心来,走近栅栏门。

远远看去,这些孩子像极了,根本无法辨认,就好像同一个个体繁殖出来的一大群,不过他还是在这堆孩子中间认出了自己的,虽然他和其他孩子一样都是栗色的头发,花花绿绿的T恤,运动鞋——就是这个,他认出了自己的孩子。

他喊道:

"哎,迪布里!"

孩子跑到一半,停了下来,他刚才还在笑着,此时立刻闭上了嘴巴。

鲁迪看得很清楚,当儿子看清楚栅栏门后的是父亲,所有暗地里的希望——刚才听见的声音不是父亲的希望——化为泡影,他那张变幻不定的、神经质的脸上涌上了焦虑,鲁迪觉得很痛苦，很不舒服。

鲁迪举起手，冲孩子摆了摆。

同时，他还看了看天，努力地在孩子们的吵闹声中分辨着，生怕上天的诅咒还在。

迪布里定定地看着他。

然后，他干脆转过身，往反方向跑去。

鲁迪再一次喊了他一声，但是孩子根本没理他，就好像栅栏门后的是个陌生人。

现在，孩子在院子那头玩球，那是鲁迪不太了解的一种游戏。

而事实上，他不是应该了解儿子玩的游戏吗？

鲁迪想，他也可以像别的父亲一样，走进院子里，怒气冲冲地走到儿子身边，一把抓过孩子的胳膊，把他带到车子这里。

但是，除了他害怕迪布里哭——这是他想方设法想要避免的事情——之外，他还害怕院子那无遮无挡的空间。

如果鸟儿突然出现了怎么办？那只无情的、阴暗的鸟儿，他能躲在哪里？

他重新坐回车里，握着内华达的方向盘。

他看见校车来了，孩子们在院子里排队等着上车。

就在迪布里走出院子的时候，鲁迪冲出自己的车子，疾步跑到校车前。

"来，迪布里！"他用一种快活的同时又是不容分说的声音叫道。"今天爸爸来接他。"他又对着在校车里看管孩子的女士说，他应该是认识她的，他想，至少看到过——但是这好像是他第一次来学校接迪布里吧？

孩子离开队伍，垂着脑袋跟在鲁迪后面，就好像感到羞愧似的，他装出一副漫不经心的样子，眼神空洞，既没有看任何人，也没有看任何东西。

他的两只手抓在背包的双肩背带上，在腋下的位置，鲁迪注意到他的手轻轻地颤抖着。

他上前揽住迪布里的肩膀，这是一个他不太习惯做的动作，因此在做之前他思考了一下，好让自己看起来——虽然有点矛盾——是很自然的样子，这时他从侧面捕捉到，在人行道的刺槐树间有一个棕褐色的影子。

他谨慎地转过头。

他眼角瞥到鹭鸟就停在那里，高高地栖息在树上，心平气和地在等他。

因为害怕，他都忘了拥抱迪布里，两只胳膊僵在那里，笨拙地围着孩子的肋骨。

他努力往车子走去。

然后他呻吟一声坐进了车里。

你究竟要干什么，究竟还要干什么啊？

孩子上了后座，显然是经过思考，生硬地带上车门。

"你为什么来接我？"他问道，鲁迪知道他差一点就要哭了。

他没有立刻回答他。

透过玻璃窗他望着鸟儿，不确定对方是不是能看见他。

他的心平静了一点。

他轻轻地发动车子，不想惊动鸟儿，也许它已经能够分辨他那辆内华达发动机特别的声音。

等他们完全看不见学校的时候,他侧转过身,用左手驾车。

孩子的脸上刻满了焦虑和不解。

他和芳达实在太像了,尤其是芳达毫无表情的样子,总是掩盖起对于鲁迪,对于他们在法国生活的真实想法,也就是说焦虑和不解,于是鲁迪一阵恼火,不由自主地涌起以往那种带有攻击性的、混乱的情感,这孩子仿佛除了评判自己的父亲以外,就没有别的存在的目的,被学校赶出来的那会儿,他和迪布里待了一个月,充满屈辱、悔恨和侮辱的一个月,他也是沉浸在这样的情感里。

他觉得,现在无论他做什么,儿子都会指责他,或是非常非常怕他。

"我今天想来接你。"他尽量用一种讨好的声音说。

"那妈妈呢?"孩子几乎在叫。

"什么,妈妈?"

"她好吗?"

"当然了,是的,是的。"

尽管孩子还是有点怀疑的样子,但他的小脸已经放松下来。

鲁迪彻底转过身去,望着前方,不想让孩子看到他的脸。

此刻,芳达究竟怎么样,他又如何知道呢?

"我们到奶奶家去,"他说,"你可以在那里过一夜,已经有些时候你没有见到奶奶了,是不是?行吗?"

迪布里不满地咕哝了一下。

鲁迪明白他的不满,他的喉咙口一下子发紧了,听到鲁迪说芳达都好,孩子大大地松了一口气,以至于接下来的事情,别人要拿他怎么办,对他而言已经统统不重要了。

"妈妈一切都好,你确定吗?"孩子又问了一遍。

鲁迪点点头,没有看他。

他望着反光镜中儿子的那张小脸,肤色是那种很浅的棕色,黑色的眼睛,扁平的、鼻翼就像小马驹那样会轻轻颤动的鼻子,肉嘟嘟的嘴巴,他认出了这一切,对自己说:这就是我的儿子,迪布里,尽管这种宣告在他内心激不起任何回声,尽管这种宣告就像,他想,石头掉进泥浆里一般落在他的内心,他还是能够隐约瞥见,能够掂量出在何等程度上孩子的存在和他毫无关系,独立于他之外,孩子的一切想法和愿望都和他鲁迪没有任何关系,那里是一个隐秘的、秘密的世界,鲁迪根本不得进入。

迪布里存在的意义或许能够缩减为对他父亲的审判?——是或不是?

哦,宣判死刑,让他觉得受到侮辱的宣判,一个两岁的、眼神凌厉的孩子!

但是他在反光镜里看见的只是一张小学生的脸,他沉浸在自己的思绪之中,暂时平静下来,此时,他的脑子里也许就只是一些孩子的梦幻,与鲁迪的忧虑毫不相关——这是他的儿子,迪布里,他只有七岁。

"告诉我,你饿吗?"

他不无尴尬地听到自己的声音是那么不连贯。

就像芳达一样,迪布里在回答问题之前也要花时间考虑一番。

不是因为，鲁迪想，要考虑自己到底喜欢些什么，而是努力不让自己的回答成为对方的把柄，就好像什么都有可能成为对自己不利的把柄一样。

我们怎么会走到这一步？

我究竟是怎样的人，为什么会让他们变得这样小心翼翼？

他感到很沮丧，因而他也没有再问迪布里，迪布里于是沉默着。

他的脸毫无表情，十分沉重的样子。

鲁迪觉得他们俩之间非常尴尬。

他还应该说点什么？

别的父亲对他们七岁的孩子都说些什么？

已经有很长时间，很长很长时间，他没有单独和孩子在一起过了。

是不是一定要说些什么？

别的父亲怎么想的？

"刚才你在院子里玩的是什么？"

几秒钟后孩子重复道："玩的什么？"

"是的，你知道的，就是用球玩的。我不太了解这个游戏。"

迪布里的眼睛从车子的一角转到另一角，眼神闪烁，非常焦虑。

他的嘴半张着。

他一定是在猜测我为什么突然会有这样的好奇心，这不符合常理，因为他找不到答案，所以就在想要采取什么样的策略，应该往哪个方向去怀疑。

"就是一个游戏。"孩子慢慢地答道，声音很小。

"可怎么玩呢？游戏的规则是怎样的？"

鲁迪尽量让自己的声音里带有一种让人放心的和蔼。

他耸耸肩膀，在反光镜中假笑了一下。

但是孩子此刻却仿佛更加惊慌了。

他是如此害怕，以至于所有的理性都不再发挥作用，所有思考的能力都抛弃了他。

"我不知道规则！"迪布里几乎在叫，"就是个游戏，就这样。"

"OK，没关系。无论如何，你玩得很高兴，是吗？"

孩子小声嘀咕了一句，很短，听不清楚，他还没有放松。

鲁迪觉得孩子现在看上去简直像个傻瓜，他感到很难过，同时也很不高兴。

为什么孩子不能明白，他的父亲只是想接近他而已？

为什么他就不能做一点类似的努力呢？

鲁迪一直认为他很聪明，甚至他还为此而得意，但是他真的很聪明吗？他真的聪明过吗？

又或者是，在这间乡村小学校里——鲁迪在内心深处一点也不尊敬学校里的老师，觉得他们长着一张张智力有限的面孔——孩子没有被激发出什么能力，再加上家里那种忧伤、怨恨和恐惧的气氛，孩子的智力越发平庸，日渐干枯，而聪明不再的迪布里于是和别的那些孩子一般没什么分别，毫无意趣？

就算鲁迪不会伤害平庸的孩子，他也找不到任何理由和特别的可能性爱他们。

他觉得心都碎了，满满地盛着苦涩的悲伤。

他做不到，不管儿子是什么样的人，他都能一如既往、不顾一切地爱他，这就是说，他并不爱他。

必须要有充分的理由——难道父爱是这样的吗？

他从来没有听说过，这样的爱还取决于孩子是否具备这样或那样的品质。

他再次在反光镜中望着他，目不转睛、充满热情、专注地看着他，他感到心头有一种奇特的颤动掠过。

这是他的儿子，迪布里，他一眼就能在一大群孩子中认出来。

是出于习惯吗？

他的心只是一片沼泽，所有的一切都会陷进去，挣扎不得。

妈妈住在一幢立方体的小房子里，屋顶很短，在村子和公路相接的地方，是个新区。

就在阿贝尔死后不久，她带着鲁迪回到法国，她又重新在他们乡间的房子里安下身来，而鲁迪就在离家最近的一所中学寄宿。

他去波尔多读的大学（他还记得起黑黢黢的、荒芜的街道，偏离市中心，隐没在单调的市镇里的大学校园），他依然还是时不时地回到这座地处偏僻乡间的房子里来看望妈妈。

接着，一拿到文凭，他就走了，又去了那里，在麦尔默兹中学做老师。

五年前，他不得不回来，带着芳达和孩子，他注意到，妈妈已经搬到这幢小楼里来，小楼有方方的小窗，屋顶就好像一个过于低矮的前额，让整个屋子透出一种固执、愚蠢的神气。

开始的时候，他实在是觉得很不舒服，这个街区，房子都差不多，都是一个个的长方形，光秃秃的，就算现在，也只简单地种了些圣诞节时留下的松树，作为装饰，或是蒲苇地！

他有种感觉，妈妈在这里安家，是先于他，服从命运安排给她的绝对的失败，不仅仅是服从，更多是认同，带着一种令人无法忍受的殷勤，认同自己在生活上的绝对失败。

鲁迪不由急着要问她：真的有必要将这毁灭昭示天下吗？穷乡僻壤的存在不是更为合适吗？

但是，以他平素与母亲的相处方式，他什么都没有说。

他自己的处境也让他没有这样的气魄说点什么。

再说，不久以后他就意识到，母亲喜欢这个街区，而且这里的女人多，这让她比在做天使的宣传小册子之前更容易打发时间。

她结交了很多朋友，可她的这些朋友，鲁迪只消看一眼就够愁的，而且让他觉得尴尬。

可怕，残酷的生活在她们的身上和脸上留下了斑斑伤痕（疤痕，殴打或摔伤的痕迹，因为酗酒而留下的红斑），她们当中的大多数人都没有工作，于是自然而然地向母亲敞开心扉，母亲则和她们一起决定她们灵魂的守护神，然后再试着让她们的守护神在她们身边安顿下来，这个以前从来没有出现在她们生命中的天使，以前，因为她们没有叫对他的名字，他从来没有帮助过她们。

鲁迪最终想，仍然心存怨恨，不管怎么说，妈妈在那个阴惨惨的街区里总算过得很好。

他在这里转了几个弯，每次到这里来都会迷路，他从来意识不到，他转上的都是同样的街道。

妈妈的小花园在这里是很特别的，破天荒的没有塞满塑料玩具、破桌子、烂椅子或是汽车零件。

花园里的草长得很高，有些发黄，因为妈妈说她没有时间管这些，忙着传播信仰。

迪布里很不情愿地离开了车子。

他将书包留在了座位上，鲁迪抓起来，下了车子。

在孩子惊惶的眼神中，他明白，孩子已经完全意识到，今天父亲不会带他一起走的。

可是得让孩子时不时见见他奶奶，鲁迪想，心里很难过。

这天早晨仿佛已经离得很远了，就在早晨，他通知芳达说他会去接迪布里，然后领他去妈妈家睡觉，现在他怀疑他并不是想通过这个来讨妈妈的喜欢，而是阻止芳达离家出走！

否则为什么他会急着要用这种方式来讨好妈妈呢？

如果说他不完全赞同芳达关于妈妈不喜欢迪布里的说法，那只是因为他觉得如果把妈妈简单地看成一个或爱或不爱的普通人也许是个错误，他觉得，很显然，孩子一出生，妈妈俯身望着摇篮，仔仔细细地审视着小家伙的体格特征，她觉得迪布里一点也不符合——而且也没有任何希望符合——她心目中所想象的神圣的使者的模样，以至于她没有表现出任何对孩子的爱，也正是因为这个，因为这份客气的冷漠，芳达觉得妈妈讨厌孩子。

鲁迪将手放在迪布里的肩膀上。

他能够感觉到手指下孩子那纤细、尖尖的骨骼。

迪布里顺势将头停留在父亲的腹部，鲁迪的手指探进他丝般柔滑的鬈发间，摸到了他平整、完美，奇迹一般的脑袋。

突然之间，酸楚的泪水涌上了他的眼眶。

这时他听见头顶传来一声尖叫，只有一声，愤怒的、威胁性的尖叫。

他拔出自己的手，将迪布里推向花园的栅栏门，他的动作如此突兀，小孩子不禁抖了一下。

鲁迪重新揽过迪布里，两个人一起走过房门前的枯草，来到大门前，鲁迪想，看上去他简直像是武力绑架了孩子一样。

但是，他感到恐惧、惊慌，不敢朝天空望上一眼，他根本没有精力想到要松开紧紧抓住孩子的手。

迪布里呻吟着，在挣脱。

鲁迪放开了他。

孩子用一种惊慌的、不知所措的眼神望着他。

鲁迪勉强挤出一丝微笑，用力敲门。

如果鸟儿在妈妈开门之前冲向他，那他重新恢复自己名誉的打算又将怎么办呢？

哦，那一切都会失去的！

门很快就打开了。

鲁迪将迪布里拽进屋内，关上大门。

"太好了，太好了，"妈妈高兴地说，"真是惊喜啊！"

"我把小东西给你带来了。"鲁迪低声道，他还处于惶恐之中。

因为现在已经不需要了，芳达，现在不需要了……

妈妈冲迪布里弯下身，仔细打量了他一下，然后吻了吻孩子的前额。

迪布里却感到很不自在，扭动着身子。

接着妈妈站起身，拥抱了鲁迪，鲁迪能够从她颤抖的唇间感觉到她很幸福，很激动。

他有点焦虑。

他觉得妈妈的兴奋并不是因为他们的出现，而是先于他们的什么事情，先于他和儿子，而他们的来访并没有打搅到她，因为与这兴奋的神秘源泉相比，他们的来访显得如此无足轻重，微不足道。

他仿佛感到嫉妒一般，为自己，也为迪布里。

他重重地将双手按在儿子的肩膀上。

"我想，你一定会很高兴让他在你这里过一夜。"

"啊！"

妈妈抱着双臂，轻轻摇着脑袋，眼睛重新打量着孩子的脸，仿佛在努力估算他的价值。

"你应该早告诉我的，不过没关系。"

鲁迪注意到——虽然他一点也不觉得高兴——妈妈今天显得特别年轻、优雅。

她新染了发，是一种非常漂亮的浅金色。

她涂了粉，很白，面颊上的皮肤也依然紧致。

她穿着一条牛仔裤和一件粉红色的 Polo 衫，在她转身向厨房走去的时候，他看见她的牛仔裤很紧，包着她瘦瘦的髋骨、小小的臀部和细细的膝盖。

在深木色的小厨房里，有一个小男孩坐在小小的桌子旁。

他正在吃点心。

他将一块油酥饼浸在牛奶里，鲁迪知道，这是妈妈在一些特别时刻做的点心。

小男孩和迪布里差不多的年龄。

这是一个漂亮的小男孩，明亮的双眸，一头金色鬈发。

鲁迪感到一阵恶心。

嘴巴里又涌上一股火腿和软塌塌的白面包的味道。

"好，你坐那里。"妈妈对迪布里说，手指着桌子对面的另一张椅子，"你饿不饿？"

她询问的样子仿佛在等待否定的回答，迪布里果然摇摇头，没有坐下。

"这是一个小邻居，我交了一个新朋友。"妈妈说。

金发小男孩没有看任何人。

他专心、幸福地吃着点心，嘴唇上沾满了牛奶，很自信的样子。

鲁迪可以肯定，妈妈的兴奋就来自这里，她那种带有一丝贪欲的幸福，脸上所散发出的耀眼而幸福的光芒，就来自这个厨房里的小男孩，在享受着母亲为他准备的饼干的小男孩。

是的，除了这个小男孩，没有别的原因，能够让她的肌肤和嘴唇轻轻地颤抖。

他也很清楚，他不会再把迪布里留在这里了，今天晚上不会，任何一个晚上都不会，决定一旦做出，他感觉自己大大松了口气。

他揽过孩子，在他耳边轻声说：

"我们俩一起回去，你不留在这里了，好吗？"

他觉得迪布里应该饿了，再加上虽然在妈妈家只能待一会儿时间，但毕竟还能坐下来吃点什么，鲁迪为儿子倒了一杯牛奶，然后拉过一张椅子，让他坐下。

"来，我有东西给你看。"妈妈对鲁迪说。

他跟着妈妈来到客厅，客厅里堆满了笨重而无用的家具，只剩下狭窄的、弯来弯去的走道。

"你觉得他怎么样？"妈妈问道，故意装出一种客观的声音。

鲁迪感觉得到，她的声音因为讨好、焦急和兴奋而颤抖。

"他已经给我做过模特了，他摆姿势摆得很好。我不会放开他的，这个小孩。"

她笑了，声音很大，笑声短促。

"无论如何，他家也没人管他。我的上帝啊，他真是漂亮，不是吗？"

桌上堆满了纸笔和捆好的宣传小册子，她从桌子上拿起一张硬纸板，递给鲁迪看。

是一幅草图。

妈妈的小邻居穿着白色的裙子，在一群大人的头顶上笨拙地飞翔，大人一动不动，画面应当是表现他们的恐惧或者无知。

妈妈用她那紧张、快乐、断然的声音解释道：

"他在这儿，在他们上面，他们还没有认出他来，他还没有让他们看到他的光芒，但是在下一幅画里，他们都笼罩在光芒之中，他们睁开了眼睛，天使能够在他们当中找到自己的位置。"

鲁迪觉得自己厌烦极了，倒足胃口。

她真是疯了,而且是以最愚蠢的方式,我再也不愿意,同时也不应该保护她了。我可怜的迪布里!啊,我们再也不会踏进这个家里一步。

这会儿,鲁迪觉得妈妈猜到他在想些什么,她抚摸着他的面颊,他的颈子,朝他温柔地微笑着,她的手冰冷、潮湿,让他觉得很不舒服。

由于她个子很小,从 Polo 衫的开口里,他能够瞥见她略微有些沉的乳房。

他觉得这圆滚滚的乳房里应当盛满了奶或是快乐。

他转过目光,轻轻地向后退了一步,好让她把手拿开。

除了让我厌烦和恼火的话,她就不会说别的东西,而我还需要知道的东西,她永远不会教我,因为她早就不关心这些了。

"你知道吗,"他生硬、缓慢地开口道,"是谁把武器给我爸爸的?"

她惊讶地僵在那里,尽管只是在她将硬纸放回桌上的一瞬间,接着她转向他,挤出一丝局促、尴尬的笑容,抿了抿干巴巴的嘴唇。

"都是过去的事了。"她说。

"有人知道吗?"他坚持问下去。

她叹了一口气,很做作,让人觉得厌烦。

她倒在一张扶手椅中,似乎消失在椅子不成比例的厚重之中,椅子是粉色的仿皮面料。

"当然没人知道,甚至我不确定有没有调查过,你知道那个国家,你能够想象。但是这个有什么关系呢。在监狱里什么都能弄到，只要付钱。"

他又听到了妈妈的这种声音，充满怨恨、模糊、固执的尖酸，三十年前她从法国回来以后说话就一直是这样一种腔调，直到她满怀热情地投入天使以及几近专业的宣传天使的活动中后，这腔调才慢慢消失了。

而他现在又听到了她的这种尖酸的声音，一模一样，完好无损，仿佛对于那段日子的回忆必然伴随着与之相配的声音和情感。

"你父亲有钱，这个不是问题。他在勒伯兹只待了六个星期不到，就让人给他弄了把手枪，他都懂，他认识不少人，了解那个国家，你知道的。他决定了，宁可自己打烂自己的脑袋，也好过在勒伯兹蹲监狱，还要忍受那些没完没了的诉讼，反正也没希望出来。"

"他对你说过这些吗？说他宁可死？"

"是的，多多少少，有些东西不一定非要说出来才能明白，但我那会儿从来没有想过他会走这一步，在监狱里竟然搞到一把手枪。这个我从来没有想到过。"

妈妈的声音里，一直有这样的一种阴郁甚至有些哀怨的酸楚，以前，鲁迪一直为此感到抱歉，觉得自己很有罪恶感，因为他的存在没有让妈妈得到满足，他善良，专注地守在她身边，但是，他，鲁迪的存在，这个忧郁的女人的独生子。

"那里没有单人牢房，甚至六到八个人的房间都没有，他和六十个人关在一间屋子里，天那么热，我去探望他的时候，他告诉我，一天当中，一部分时间他几乎都是在昏迷中度过的。我也是尽我所能了，我希望能够找到他的守护天使，但是，他不想，他那么恶毒，那么不诚信，我又能有什么结果呢？"

鲁迪差点儿就要问她：父亲辗过萨里夫的时候我是不是在那里？我是不是看到了这一切？

但是他感觉到一阵厌恶感，一种强烈的、灼热的仇恨，令他没有能够问出这句话。

他是多么讨厌他的父亲，是他让这些如此残酷的词在自己的脑中盘旋！

他觉得，尽管是他的脑中在一遍遍地重演萨里夫和父亲之间的那一幕，至少他父亲应该对此负有责任，因为是父亲让这些词在他的脑中扎根，哪怕是用一种疑问的方式。

但是，为厌恶感所攫取之后，他什么也没有问。

是妈妈重新谈论起了父亲，也许是因为在他的沉默中她察觉出他努力压抑的怨恨和指责。

"他独自一人做出了决定，认为一切已经无法挽回。"母亲又重新拾起那种尖酸的语调，哀怨、唠叨，"他觉得预审也罢，或者类似的程序就只能为他增加压力，而且大家早就应该能够证明那个家伙，萨里夫，他欺骗了他，我很快就弄清楚了事情的原委，而且这也是可以为你父亲辩护的一条理由，我不是说为他动手打他或是后来的事情辩护，而是说为你父亲的愤怒和口角辩护，因为这个萨里夫一直还装成你父亲在那里最好的朋友，是你父亲给了他住所，也是你父亲让他进了自己的公司，而他却做了阿贝尔唯一不能原谅，也不能理解的一件事情，那就是欺骗他，而且是如此粗俗，没有改变一丁点对你父亲的态度，他们之间没有什么问题，遇到你父亲的时候，他依然对你父亲笑盈盈的，语调之中也充满了热情。这一切，在诉讼中原本是可以谈论的。我把萨里夫的预算书重新过了一遍，瓦工、木工、水管工，我也去找了那些企业主，可他们全都不同程度地和萨里夫或萨里夫的妻子有点关系，反正我也不是很清楚，可显而易见地，这些预算都是放大了的，萨里夫可以就此狠狠捞上一笔。我不明白，你父亲怎么会如此信任这个家伙，对那里的所有人都必须持怀疑态度，那些人只想着怎么薅你背上的羊毛。友谊在那里根本不存在。他们也可能会相信上帝，但是对于天使，他们都不屑一顾，他们还拿天使打趣。而你后来打算去那里生活的时候，我非常肯定你一定是行不通的，你瞧，果然如此，我很确定。"

"如果没能行得通，"鲁迪说，"那不是因为那个国家，而是因为我父亲。"

她冷笑一声，得意洋洋，很是尖刻。

"这只是你认为的。你的肤色太白，头发太金，他们决不会放过你，他们会热衷于毁了你。甚至爱情在那里也是不存在的。你的妻子只是因为利益才和你在一起。他们根本不知道什么是爱情，他们只想着眼下的形势，想着钱。"

他离开了客厅，回到厨房，他感觉到，因为自己做出了决定，决定永远都不来探望母亲，做出了这个令人陶醉和兴奋的决定，他的怒火已经慢慢地减弱了，甚至不复存在，他想：她会来的，她，如果她高兴的话。他又想到：玛尼耶厨房，都结束了，这是多么让人高兴的事情，他觉得自己如释重负，充满了朝气，自从遇到芳达以来，这大概是他最好的状态了，遇到芳达那天，他在清晨闷热、苍白、亮闪闪的空气中沿着共和国大道走下来,他能够感受到,而且只是能够感受到自己的尊严。

挤在椅子里,迪布里没有碰那杯牛奶,也没有碰一块小酥饼。

另一个孩子则一直在吃,专心,快乐,迪布里在一旁望着他,神色阴郁而惊惶。

"你瞧,他不饿。"母亲在鲁迪背后叫道。

走出屋子,在向车子走去的时候,鲁迪用手环住鲁迪的肩膀,他在想,自己的目光是不是瞥见了什么,地上,就在内华达车头前面,一大团无法分辨的什么东西,而且刚才还不在那里。

但是这个念头一闪而过,而且还停留在表面,而他对于自己将孩子领回去交给芳达的举动感到非常骄傲和幸福,以至于他几乎还来不及想是不是看到了什么,就已经忘了这回事情。

他让迪布里上了车,将书包扔在他的脚下,孩子冲他绽放了一个大大的、完整的微笑,很长时间以来这是第一次,鲁迪混乱地想。

他自己也坐好,发动了车子。

"回家!"他充满了生气地叫道。

车子震了一下。

它似乎从一个很大的物体上辗过,很结实,很柔软,所以让它略略失去了平衡。

"是什么东西?"迪布里问。

过了几米,鲁迪停了下来。

"我的天哪,我的天哪,我的天哪。"他喃喃道。

孩子向后玻璃挡转过脑袋。

"我们轧到了一只鸟儿。"他用脆生生的声音说道。

"没关系的。"鲁迪吁了一口气,"现在已经没有关系了。"

对位

从每天的午觉中醒来,从朦胧的、颇让人满意的梦中醒来,普勒迈尔欣赏了一会儿自己那双非常幸福地安放在臀部的手,然后她的目光转向客厅扶手椅对面的那扇窗子,她看见草地的另一边,她的邻居那长长的脖子和小小的、优雅的脑袋,就好像一根从月桂树间冒出来的魔幻树枝,长着一双大眼睛,盯着普勒迈尔家的花园,她的嘴唇绽放出一个大大的、平静的微笑,这令普勒迈尔大为惊异,因为在她的记忆里,她从来没有看到这个叫芳达的女人流露过快乐的表情。普勒迈尔犹豫了一下,有点惊慌,她举起一只有点发僵的手,她那只干枯的、布满老人斑的手,从右到左慢慢晃了一下。而在草坪另一头的这个年轻女人,这个叫做芳达的,从来都只会用毫无内容的目光望向普勒迈尔的奇特的邻居,她也抬起了她的手。她在和普勒迈尔打招呼,轻轻地,但是意愿非常明确,她是在和她打招呼。

三

待到丈夫的父母和姐妹们对嘉蒂说，说他们希望她怎么做，说她必须怎么做，嘉蒂早已心中有数。

以前她只是不知道他们具体会以什么样的形式摆脱她，但是，她知道总有一天，他们会命令她离开，她早就知道，或者说她早就明白，早就感觉到了这一点（也就是说默默地察言观色和从来没有揭穿的感觉，日复一日，她就知道了，并且能够确认），从丈夫死后，她在丈夫家安顿下来的最初几个月，她就已经知道了。

她回忆起和丈夫结婚以来的这三年，并不安宁的三年，因为对于怀孕的等待和可怕的欲望让每一个新来到的月份都沉迷在祈福之中，接着，月经来了便是崩溃，是阴郁的失望，直至新的希望再次产生，伴随着希望，每天每天，情绪都处在一种耀眼的、几乎让人喘不过气来的上升过程中，然后残酷的时刻来临，下腹有一种难以察觉的痛苦告诉她，这一次幸运仍然没有降临——不，当然，这段时间既不安宁也不幸福，因为嘉蒂从来没有怀上孩子。

但是她觉得自己就像一根绷紧的绳子，颤动着，可非常结实，就在这有限而炽热的等待的空间中。

似乎三年里她再也没有想过别的事情，只是使得自己的精神服从自希望至幻灭的节奏，直到幻灭（腹股沟传来一阵刺痛）很快让位于自信，自信固执甚至是荒诞地得到了复兴。

"也许下个月。"她总是对丈夫说。

而他也总是好心地回答他："是的，当然了。"小心翼翼地不要流露出自己的失望。

因为她的这个丈夫是如此善良。

在他们共同的存在中，他听凭她成了一根疯狂拉紧的绳子，一点点情绪就能令之颤动，而他则用殷勤的关切和谨慎、微妙的话语陪伴着她，就好像在创造、在完成这项艺术的过程中，在让她的固执得到某种具体形式的过程中，她需要身边这样一种默默的尊重。

从来，他都没有反对过，他听凭这从未到来的怀孕占据了他们的生活。

他想演好自己的角色，带着某种克己的意味，这是她后来想到的。

他原本是有权抱怨的，不是吗，晚上，她总是盘算着丈夫的精子此刻是有用还是没用，这才决定是将他拽入自己的怀抱或推出去，却很少顾及到和他说这事儿时他的感受，这也就意味着，如果不是受孕的时刻，她就不要和他做爱，就好像徒然浪费精力会损坏她那时唯一的计划，就好像丈夫的精子是唯一的、珍贵的储藏，而她看护着这宝藏，无论在什么情况下，都不能为了享乐，只是为了单纯的享乐来启用这宝藏。

她的丈夫从来没有抱怨过。

而嘉蒂，她那会儿还从来没有在这件事情中看到丈夫的勇气，因为她可能理解不到这点，不知道丈夫可以抱怨，尽管他们性生活的次数增加了，但他可以单纯地觉得，对于妊娠的疯狂向往所带来的禁欲是不合理的，没有必要，丝毫不令人兴奋。

不，当时她没有能够理解到这一点。

是在丈夫，那么好，那么安静，她拥有了三年的丈夫死去之后，她才体会到这个男人多么耐心，而她，一旦摆脱了无休无止纠缠她的念头，她又重新变回了自己，那个结婚前的自己，那个时候的她完全懂得欣赏这个男人的勇气和忠诚。

为此她觉得非常痛苦和后悔，她几乎痛恨自己过去竟然沉迷在这样一种虚幻的愿望之中，一心只想着怀上孩子，对所有的一切都视而不见，对所有不能够满足她愿望的东西，尤其是对丈夫承受的痛苦视而不见。

因为，他应该已经病了一段时间了吧，所以才会突然离世，在一个雨季的清晨，白蒙蒙的天气，他和往常一样起来，准备打开他们酒吧的门，那是嘉蒂和他在伊斯兰老街区经营的一家店。

他起床后，喘了一口气，似乎窒息一般，发出几乎是压抑住的一声抽泣，但是仍然保持着这个男人一向的克制，瘫倒在床脚。

嘉蒂才醒来，还躺在床上，她没有想到，不消一刻的工夫，她的丈夫就死了。

后来，很长时间——说实话，一年以后的今天她仍然没有能够平息下来——她都为自己当时所产生的那个阴暗的念头而痛恨自己：他倒下得那么不合时宜，因为嘉蒂的月经是两个星期以前来的，她觉得自己的乳房有点变硬，有点敏感了，她想她的肚子此时应当是丰沃的，但是这个男人真的不舒服到今天晚上不能和她做爱，那是多么浪费，浪费时间，这将是多么可怕的失望啊！

她自己起了床，走近他，他已经没了呼吸，蜷缩成一团，膝盖几乎抵在下巴上，一只胳膊垫在脑袋下面，手张开着，掌心朝上，那么脆弱，就像一个孩子，他应该曾经是这样一个瘦弱、正直的孩子，从来不会令人讨厌，他一目了然，正直，但是在他随和的外表下其实有些孤僻和神秘，她明白他已经停止了呼吸之后，抓住了那只坦率的手掌，那只诚实正直辛勤劳作的手掌贴在自己的唇上、额头上——但是即使是这会儿，她的心里仍然存有希望，一面是令人目瞪口呆的痛苦，另一面则是尚未完全湮灭，还没有说出来的狂喜，想着自己的排卵期时完全包围着她的狂喜，就在她满面泪水尚不自知地冲进邻居家寻求帮助时，另一个只想着怀孕的她还在疯狂地思忖着，哪个男人可以替代她的丈夫，以免错过了这个机会，因为她这个月也许真的可以怀上孩子，从此后就可以断了这令人疲惫不堪的从希望到绝望的节奏，就在她大叫丈夫死了，跑去邻居家的同时，她还在想，她是不是应该放过这个机会。

理性最终还是在她的内心开辟出了一条道路，她明白过来，这个丰沃的月份应该是浪费了，未来的每个月同样如此，一种巨大的幻灭感油然而生，她在这三年里所忍受的一切，希望和失望，如今却都是徒劳一场，她因为这个男人的死所产生的悲伤变了质，几乎成了掺杂着些许怨恨的酸楚。

他就不能后天死吗，三天以后？

现在，嘉蒂仍然为当时自己竟然产生这样的念头而自责。

丈夫死后，酒吧的业主把她赶出了门，容纳了另一对夫妻，嘉蒂别无选择，只有去丈夫家里安顿。

嘉蒂的父母把嘉蒂交给祖母养，而祖母在很久以前就已经去世了，嘉蒂则失去了父母的一切消息，实际上在她小时候，她见到父母的次数就已经越来越少。

接着她便长成了一个高挑、纤细的姑娘，精巧的骨骼，圆润的肌肉，光滑的圆脸蛋，尽管三年以来，她和这个只会对她说好话的男人生活在一起，而且在酒吧里，她也知道如何通过一种不经意的、高傲、谨慎、略微有些冷淡的态度——有时这种态度可以帮她阻止那些人暗地里对她的指指点点，就是因为她没有一男半女——赢得他人的尊重，但充满焦虑和厌烦的童年以及后来为了怀孕所做的一番徒劳的努力却打击了她对于这个社会的安全感，虽然这打击并不算太敏感，却是致命的，尽管这一切让她得以保持一种强烈的甚至可以称得上是神奇的激情，但是这一切让她觉得，受到别人的嘲笑是非常正常的事情。

于是，踏进夫家的大门之后，她知道丈夫一家都不能原谅她，她没有任何依靠，也没有嫁妆，他们公开地蔑视她，对她没能怀孕的事情感到非常愤怒，她接受了这一切，成为一个可怜的东西，在众人面前默不作声，只靠一些不确定的、模模糊糊的想法和不坚定的、朦朦胧胧的梦生活下去，她躲在这些梦后面，隐藏起自己，拖着缓慢、机械的步子，对自己麻木不仁，她觉得这样她就可以不再觉得痛苦。

她和丈夫的父母生活在一起，还有两个姐姐，其中一个姐姐还带着几个小孩，一大家子人生活在三间卧室的房子里，而且房子破破烂烂的。

房子的后面有个院子，院子里一块压得结结实实的土地归他们家和邻居家共有。

嘉蒂尽量避免出现在院子里，因为她害怕别人的冷嘲热讽，她是个寡妇，没有财产也没有子嗣，可谓毫无用处，她的存在本身就是荒诞的，如果她不得不出去，做择蔬菜或是收拾鱼之类的事情，她也很擅长把自己藏起来，苗条的身形完全裹在包裙里，缩成一团，只露出敏捷的手指，她低着头，只露出平坦的面颊，所以别人很快就不会再注视她，很快就忘记了她的存在，仿佛这沉默和疏远的一团根本不值得别人指责和嘲笑。

她一直埋头工作，陷入一种僵化的精神状态，这也让她没有能力去理解周围的说三道四。

她于是觉得自己还过得去。

她觉得自己是在一种不眠的、轻盈的昏睡之中，既没有快乐也没有恐惧。

每天一早，她和两个姑子一起离开家，头上顶着大小不一的塑料盆，这是她们要在集市上卖的东西。

她们在集市上找到自己平日待的位置。

嘉蒂在离开她们稍远一点的地方蹲下来，两个姑子也装作无视她存在的样子，她就这样蹲上几个钟头，别人问她盆价值几何，她竖起三个或四个指头算是回答，在集市的喧闹中，她一动不动，集市令她有些昏然，但是能够帮她进入一种雾蒙蒙的梦幻状态，快乐的、不会伤害到她的梦幻，就好像是风吹动着的长纱，那上面时不时会出现丈夫的模糊面容，他永远都只是冲她仁慈地微笑，有时候也会出现她的曾祖母，把她养大、保护她的祖母，尽管祖母对她有点粗暴，但是祖母知道她是一个具有自己的特质的小姑娘，而不是一个普通人。

因而她总觉得作为个人她是独一无二的，虽然无法证明，但的确无可争议，没有人能够取代她，她，嘉蒂·丹巴，的确如此，尽管她的父母不要她，她的祖母也只是出于迫不得已才收留她——尽管这世界上的任何一个人都不需要她，不想要她。

她很满足，自己是嘉蒂，在她和嘉蒂·丹巴这个人物无法改变的现实之间，没有一丝怀疑。

她甚至为自己是嘉蒂而感到骄傲过，因为她经常赞叹地想，那些生活幸福、每天都有鸡有鱼吃的孩子，或是能够穿着没有污迹和裂口的衣服上学的孩子，这些孩子并不比嘉蒂·丹巴更具人性，尽管嘉蒂·丹巴只拥有微不足道的一点点好生活。

现在也依然如此，这是她从来没有怀疑过的东西——她是不可分割的、珍贵的，她只能是她。

她只是对于存在感到有些疲倦，对于他人的侮辱感到厌烦，尽管这侮辱并不能真正引起她的痛苦。

一起在摊位前待着的时候，丈夫的两个姐姐不和她说一句话。

在回去的路上，她们还沉浸在集市的热闹之中，仿佛人群的兴奋和炽热的喧嚣已经进入了她们的身体，她们必须在回家之前释放出来，她们不停地撩拨嘉蒂，撞她一下，或是夹住她，她总是一副麻木不仁的样子，皱着眉头表现出来的冷漠令她们感到恼火和兴奋，她们知道，或者猜到，只要别人折磨她，她便会抹去一切理解力，哪怕是最尖利的刺也会在她的脑子里转化成红纱，能够部分地但短暂地将他人和她白蒙蒙的、充满善意的梦混在一起——她们知道，她们猜得到，因此暗地里感到十分恼火。

有时嘉蒂会突然间向旁边跨一步，或者她就放慢脚步，慢得让人泄气，最终两个姑子都不再稀罕撩拨她。

"你有什么，哑巴？"有一次，她们当中的一个在看到嘉蒂和她们之间渐渐拉开距离后，大声叫道。

而这个词，嘉蒂还没有时间阻止自己理解它，这个词让她吃了一惊，并且向她揭示了一个她知道，但没有去理解的事实：她已经很长时间没有开过口了。

她的梦里充斥着模模糊糊的声音，有丈夫的，有自己的，还有其他一些不知道什么人的，都来自过去，这让她产生了一种自己时不时还在开口的幻觉。

她感受到一阵短暂但却强烈的恐惧。

如果她忘记了这些词，忘记了如何将这些词说出口，那她还能指望自己有怎样的未来呢，即便是依然沉重的未来？

她又重新回到麻木和冷漠中。

但是她并没有试图说些什么，她害怕自己说不出来，或者耳边只能听见自己发出一种焦虑、奇怪的声音。

待到她的公婆在两个女儿——这一回，两个女儿只是保持沉默——在场的情况下向嘉蒂宣布，说她必须要走，他们并没有等她回答些什么，因为这不是一个问题，而是他们给她的命令，尽管焦虑再一次打乱了她的无动于衷，嘉蒂还是没有说话，她也没有问任何问题，也许她认为这样就可以抵御危险，他们对于她的企图就不会确定下来，她的离去就不会成为现实，后来她想，就好像她的公婆根本不需要她的回答来确认这一切是有根有据的，他们所说的一切具有现实性。

对于这个，他们根本不需要。

嘉蒂知道自己对他们而言根本不存在。

因为他们的独子不顾他们的反对娶了她，因为她没有生过孩子，因为她没有任何靠山，于是他们心照不宣地、自然地、既没有仇恨也没有什么谋算地将她逐出人类的共同体，在他们变得越来越硬、越来越小的老人的眼睛里，当他们注视她的时候，显然，这个叫嘉蒂的和其他数不清的、生活在这个世界上的牲畜和东西并没有任何差别。

嘉蒂知道他们是错的，但是她没有任何办法能够向他们证明，除了在那里的、显然和他们非常相像的自己，她知道这不足以证明，因此她不再去想如何证明她身上的人性。

于是她一言不发地听着，依次裁好两个姑子的印花短裙，两个姑子坐在沙发上，父母的两边，她们的手掌向上，带着一种无辜、脆弱，这当然不是这两个女人的性格，但是突然间，嘉蒂觉得她们死的时候应该如此，她们死的时候，面容也应该是带着这样一种无辜的脆弱，毫无防备力量的手和她丈夫，她们的弟弟一样，她丈夫突然之间就没了生命，想到这里，嘉蒂的喉咙一阵发紧。

一个姑子继续在说，声音干巴巴的，很凶，很单调，嘉蒂坐在远处想，应该是让人不快的命令吧，但是她不想去听了。

她勉强听到了芳达的名字，那是她的表姐，嫁给了一个白人，现在在法国生活。

她又重新沉浸在雾蒙蒙的梦幻之中，自从她住到这里来，梦幻就取代了她的思维，她忘记了——甚至想不起来——曾经经历的一切，就在几分钟前，想到必须走，她不由感到一阵强烈的恐惧，不是因为她想留下来（她什么也不想），而是因为她预感到在这么大的改变之后，这些梦幻都将不复存在，她有需要思考、需要进行、需要决定的事情，哪怕只是决定往哪里走，而以她现在这种无精打采的样子，再也没有比想到这个更让人害怕的了。

两个姑子的裙子布料上有首尾相咬的蛇的图案，黄底，灰色的蛇，然后是女性活泼的脸，红底，棕色的图案，下面写着"非洲女性年"的字样，有十几条蛇，十几张脸，布料打褶的地方压成了一副副可怕的模样，它们在嘉蒂的脑子里跳起了可怕的圆圈舞，取代了丈夫那张善良的、模糊的脸。

她觉得平常竭力避免去看的两个姑子此时带着一种讽刺的神情望着她。

一个姑子一面盯着嘉蒂，一面用手理了理屁股下的裙子，而她那双不停在整理裙子的手此时在嘉蒂看来和以前一样危险，具有挑衅性，难以捉摸，就像以前嘉蒂看到它们闲着，翻过来时的那样，毫无防备、天真无辜。

终于，她的婆婆挥动了一下手指，表示她说完了，嘉蒂可以离开房间，这让嘉蒂大大松了口气。

对于他们所说的东西，她一点概念也没有，他们谈到了她离开的可能性——什么时候走，走到哪里，为什么，通过什么方式？——由于在接下来的日子里，没有人再重新对她说起过这个话题，所以她还是像往常一样去市场，别人也都不在意她的存在，存在即将产生动荡那令人焦灼的可能性与她对于蛇和脸的印花图案的记忆彼此纠缠，也染上了记忆中的魔幻和荒诞，沉入遗忘之中，连同那些愚蠢的梦。

一天晚上,她的婆婆在她腰间推了一把说:

"收拾一下你的东西。"

接着,因为害怕嘉蒂会带走不属于她的东西,她自己在公用的房间地上展开一条嘉蒂的包裙,接着她又在上面铺上另一条包裙和一件已经洗褪色的蓝色旧 T 恤,一块用报纸包好的面包。

她精心地卷起包裙,把四个角打成结。

接着她从自己的胸罩中慢慢地,带着一种充满了遗憾和可惜的庄严抽出一卷钱,塞进了嘉蒂(她也许知道嘉蒂没有胸罩?)短裤的腰间,她的手指塞进包裙中,将钞票贴着嘉蒂的身子放好,黄色的指甲抓伤了嘉蒂的皮肤,还有短裤的橡皮筋也弹在她身上。

她又塞进了一张一折四的纸片,她说,这是表姐的地址。

"等你到了那里,到了芳达那里,你再把钱寄还给我们。芳达现在应该挺有钱的,她是老师。"

嘉蒂躺在床垫上,她和姑子的孩子一起睡。

她感到如此害怕,以至于都觉得恶心了。

她闭上眼睛,想要唤回那些白蒙蒙的、变化无常的梦幻,这些梦幻能够将她与无法忍受的现实隔离开来,她自己本身就是这现实的一部分,带着她那颗悲伤、愤怒,充满了后悔与怀疑的心,她绝望地试图脱离那个怯懦、脆弱的自己,但是这天晚上的梦幻没有强大到可以与存在的侵入抗衡,嘉蒂不得不面对那个可怕的自己,想去不在意都不可能。

天一亮婆婆就来找她了,是在提醒她,她该起床了。

嘉蒂跨过躺在第二张床垫上的两个姑子,尽管她不希望听到她们嘲笑的、冷酷的声音,也不想看见她们毫无怜悯之心的眼睛在灰色的晨曦中闪闪发光的样子,可就在她出发走向未知的此刻,这两个女人装睡的样子在她看来仿佛是命运的启示。

也许因为她们确定再也不会看见嘉蒂,就免得再费力和她打招呼了,再看她一眼,或是冲她抬起手,将天使般的、正直的手掌朝向她?

也许,是这样——嘉蒂正向死亡走去,她们希望从现在开始就和她没有任何关系,她们的害怕也是可以理解的,她们害怕和她悲惨的命运沾上一点点边。

嘉蒂抑制住了自己的一声呻吟。

大街上有个男人在等。

他穿着西式衣服、牛仔裤、方格短袖衬衫,尽管天色还没完全放亮,他已经戴上了一副反光的太阳镜,以至于婆婆把嘉蒂推出去——那是不耐烦的、恼火的、有些神经质的一推——的时候,她都不能确定他是否看到了她,从他的两个镜片中,嘉蒂看到自己是那么纤细,那么焦虑,胸口抱着她的小包裹。

她注意到他轻咬下唇的方式很特别,所以脸的下半部分就像在咬什么东西一样一直在动。

婆婆飞快地将几张票子塞给他。

他将票子揣到自己口袋里,甚至连看都没有看一眼。

"你可不能再回来了。"婆婆凑在嘉蒂耳边轻声道,"等你到了那里,就把钱寄给我们。如果你到不了,也不能回来。"

嘉蒂抬起手,想要拉住老太太的手臂,但老太太已经急速地闪回屋内,关上了门。

"过来,走这边。"男人用一种中性的、低沉的声音说。

他开始沿着街道往下走，甚至懒得看一眼嘉蒂是不是跟着他，嘉蒂跟在后面，穿着粉色的夹趾凉鞋，步履蹒跚、笨拙，而他则穿着运动鞋，厚厚的鞋底让他的步子充满了弹性，嘉蒂想，就好像他根本不怀疑，她跟着他肯定有好处，或者该付他的钱都已经付了，所以，他才不在乎她想要干什么呢。

他对嘉蒂这种满不在乎的态度让她稍微心安了一些。

她一边注意着自己不要被落得太远，同时不要在路上落掉一只凉鞋，而她一旦暂时停下思考，她感觉到自己的脑袋里又充斥着那种熟悉的薄雾，这一次却不再是死去的丈夫或祖母的脸，而是一路上映入眼帘的画面，这个男人带她穿过的街道，她不记得自己来过这些地方，又或者是，她突然想到，她应该走过的，只是当时沉浸在麻木的状态中，精神上过于消沉，所以记不起来——然而今天早晨她却觉得，一路上的风景，哪怕是最不起眼的，统统成为透明的画面进入了她的脑海，固定在她的梦境屏障后面。

也许她这也是得到了保护？从危险的昏睡中脱出身来，走向未知？

更有甚者，当她经过坐在芒果树下的孕妇时，她竟然感觉到了一种痛苦，心被揪紧了，那女人正在喂一个小孩稀饭。

这种没有孩子的悲痛，这种巨大的、苦涩的悲痛，面对周遭所产生的超越了本能的羞耻，她已经很长时间没有感觉到了，自从她在丈夫家安顿下来，所有的一切就在她心里凝结、冰冻了。

于是现在，她不再只是听凭自己的目光扫过，而是望着这个女人，她望着女人隆起的腹部和小男孩吃得一塌糊涂的嘴唇，她悲伤地想：我以后再也不会有孩子了，我，嘉蒂？然而悲伤归悲伤，她更为自己的悲伤而惊讶，她竟然能够确认这份混乱的、摇摆不定的感情，这份几乎可以称得上温柔的感情，这段时间她已经习惯了，只有麻木和害怕。

她加快了脚步，因为男人在她前面走得很快。

一个原本有可能是她，嘉蒂的年轻女人，在她过去的生活里，她也是这样，走到人行道上，将酒吧唯一的窗户上的护板取下来，她看见的这个女人也有着长长的、纤细的身体，髋骨和肩膀几乎一样的宽度，身材不算太惹人注意，虽然如同蛇一般细长，但是很结实，充满活力，在这个女人身上，她看到了过去的自己，也是同样类型的身体，她能够意识到肌肉要怎样运动才能走出这样好看的步子，能够意识到肌肉的活力，意识到已经忘却的、永远的存在，能够意识到她结实的身体——很久以来，她都没有再在意过了，而现在她的记忆苏醒了，就在这个陌生女人的身上，现在，她将贩卖的苏打水排在酒吧外面的柜台上，她那专注、安静、谨慎的神情，这个女人本可以是她，嘉蒂，过去生活里的嘉蒂。

男人现在带她转到了独立大道上。

一群小学生身着蓝色短裤和白色短袖衬衫，沿着人行道慢慢地走着，他们手里握着一块面包，一边走一边时不时咬上一口，面包屑撒了一地。

乌鸦随后便到，就跟在他们脚后面。

嘉蒂加快脚步，追上了她的向导，为了和他保持差不多的速度，她几乎已经在碎步小跑，夹趾凉鞋在沥青路面上发出啪嗒啪嗒的声音，惊飞了乌鸦。

"我们差不多到了。"男人依旧用中性的语调说，与其说是为了鼓励嘉蒂，让她放心，还不如说是怕她提问，事先就给出回答。

她在想，他是不是因为她在身边而感到尴尬，这个裹着褪色包裙的女人，剪成短发的脑袋上没有一点装饰，双脚沾满白色的灰尘，走在他的左右，而他呢却是衣冠楚楚，戴着眼镜，穿着绿色的运动鞋，看上去肯定是个很注重外表以及别人眼光的人，很在乎别人怎么看他。

他穿过独立大道，斜插入共和国大道，往海的方向走去。

嘉蒂看到，在浅蓝色的天空中，寒鸦和海鸥在飞翔，意识到自己竟然看见了这一切，她很是惊讶，甚至有点害怕，她在想，不是很清晰，因为她的思想仍然被梦幻的薄雾笼罩着，她在想，有点混乱，也仍然有点懒洋洋的，她想：很长时间我都没到海边来了，还是在她的孩提时代，有时祖母会让她来这里买渔民才打上来的鱼。

她充分地感受到，那个害羞但勇敢的小姑娘，那个瘦弱的、和别人就鲻鱼的价格讨价还价的小姑娘和现在这个跟在一个陌生人后面走向相似的海滩的女人是同一个人，她们共同构成了彼此对称却是奇特的命运，对此，她很感动，也很满足，觉得自己再无所求，她看到了自己，她忘记了自己未知的处境，或者说，这份不确定性与这样一种真相的夺目光辉相比起来，已经不那么重要了。

她感觉到唇边涌上了已经深藏于记忆之中的微笑。

你好！嘉蒂，她对自己说。

她回想起来，小的时候，她是那么喜欢独处，而每一次她觉得孤单，往往并不是因为一个人，而是在一群孩子中间，或是她在做女仆的那些人家时。

她也想起了丈夫，他性格好，平素寡言少语，心平气和，有点远离人群，这正是让她放心的地方，因为她不需要牺牲自己的孤独，他对她没有任何要求，更觉得她不会非要把他拽出自己的世界。

丈夫死了这几年来，她似乎是第一次那么想念他，就在此时，她在林荫大道上一路小跑，气喘吁吁，为了不把鞋子落掉脚趾夹得紧紧的，她的额头上能够感受到蓝天依然温和的热气，她听见寒鸦那永远饿死鬼一般的愤怒的啼叫，看见自己视野所及之处有无数黑色的点在晃动，丈夫死了这么长时间来，她第一次觉得自己想念他，想念他本人。

她觉得胸口透不过气来。

因为对于她来说，这是一种全新的感觉。

不再是突如其来的死亡之后，她确定自己短期之内不会有孩子，很明显是白白努力了一场而产生的那种令人眩晕、充满怨恨的幻灭，也不是因为失去了一个原本很适合她的存在而产生的遗憾，就是一种人已经不在的痛苦突然占据了她，包围着她，她一只手拿着她的小包裹，另一只空着的手在双乳之间轻轻捶打，似乎是为了欺骗自己说痛苦仅仅是肉体上的。

但是，噢，这一切都很明确：她多么希望自己的丈夫活着，或者仅仅是在这个国家的其他什么她不知道的地方，因为她只了解这个城市，或者说就连这个城市，她也仅仅了解一部分，她不知道城市的边界在哪里，有多大，是什么样的形状，不管怎么说，她终于回忆起了丈夫那张平静、光滑和肤色深暗的脸，终于知道这张脸始终没有任何变化，还是那么热，还是那么生机勃勃，就和她在同一块土地上的什么地方，仿若花茎上一朵沉重的花儿，随风起伏，而她，嘉蒂的脸却机械地伸向一个陌生人（"我们就在那里坐车子，车子很快就会到的。"）的脸，一张陌生的、傲慢的、有着神经质的痼癖的脸，而嘉蒂能够非常清楚地感觉到身边的这份活生生的存在，她能够感觉到自己面颊旁的这份热气和微微的汗味，然而，丈夫的脸，他的模样，嘉蒂却不愿意去想了，她想不起来。

如果她早就知道这张她深爱的脸依然在，即便远离她，但仍然在，完好无损，热乎乎的、汗淋淋的，如果她早知道，她就会接受再也见不到这张脸的事实。

但是，自此之后，记忆里只剩下了一小部分人，这一点突然让她感到悲伤，对丈夫充满了怜悯，尽管她很难过，尽管她仍然捶打着胸部，她还是觉得自己是幸运的。

男人在林荫大道的那一头停下来，那里有一小群带着包袱的人。

嘉蒂将自己的小包袱放下来，然后坐了上去。

她的肌肉总算得到了放松，脚指头在窄小的塑料鞋板上摊开来。

她向上提了提自己的包裙，几乎提到了膝盖处，好让阳光照到胫骨和小腿肚上干枯的、满是灰尘、皲裂的皮肤。

就算她对于任何人来说都算不上什么，就算没有人会想到她，又有什么关系呢？

她很平静，生机勃勃，依然年轻，她是她自己，健康身体的每一根纤维都在吸收着清晨的热量，她微动的鼻翼满怀感激地呼吸着来自大海的微甜的味道。她看不见大海，但是她听到了就在林荫大道那头的大海，她简直能够分辨出晨光中汹涌的蓝色光芒，就好像在淡蓝色的天际出现了一抹青铜色的反光。

她半闭着眼睛，只留一条缝，就在这条缝里，她看见带她来的男人神经质地走来走去。

目的地是哪里呢？

她大概永远也不敢问他，再说她也不想知道，现在还不想知道，因为她想，如果塞进了那么多信息，她那可怜的脑袋还不知道要怎么样呢，这个脑袋对世界几乎一无所知，只知道几个名词，而且是每天都要用到的一些东西，对于看不见，用不着或是弄不懂的东西，这个脑袋根本是一无所知。

以前祖母曾经让她去上过一段时间的学，但是留在记忆中，有时还会掺杂在梦中出现的，就只是声音、嘲笑、争吵、混乱，还有那个瘦骨嶙峋、充满怀疑、随时随地准备抓人以保护自己的女孩儿的模样，她蜷缩在方砖地面上，因为椅子不够，她在听老师讲课，老师嘴里蹦出来的那些词，那么快，干巴巴的、不耐烦的、不愉快的词，她根本区分不了这些词，幸亏老师几乎没有注意到她，老师的眼神永远像是遭到了冒犯一般，或者是随时等待着被人冒犯的样子，她的目光扫过女孩，基本上也是视而不见，而如果说女孩儿暗自希望别人能给她留点清静，她却是不怕这个女老师，也不怕其他孩子，如果说她坦然接受别人对她的冒犯，她却并不因此而害怕任何人。

嘉蒂的心里在微笑。

一个生头癣的、瘦小的女孩，那就是她。

她机械地摸着自己的右耳，手指间是两片裂开的耳垂：上课的时候，有个小孩扑到她身上，拽下了她的耳环。

哦，不，她从来没有弄明白过学校里的事情，也从来没有在学校学到点什么。

从那个女人，那个面相粗俗，呆板的女人嘴里吐出来的一串无法分辨的词语，那样一种没有一丝起伏的声音，她任凭它们在她的头顶掠过，对词语之间的逻辑关系没有一丁点儿概念，她只知道那是一种语言，法语，只知道自己能讲一点，也能听懂一点，但是那女人用了这急促的、暴躁的讲述方式，而且总是留着一部分精神要对付什么事情似的——因为有一部分孩子随时随地都会进行突袭，趁老师转过身去的时候踢上一脚或甩上一记耳光——她就无法分辨了。

这就是为什么，直到今天，她也只对自己所经历过的有所认识。

因此她情愿这个别人强加给她，作为向导、同伴或保护人的男人不要让她苦苦地思索一个她（嘉蒂有对于一切都置若罔闻的精神）根本是注定不可能知道的名字，如果她真的问他，他们俩要去什么地方，而一旦接受了这个黑暗的，甚至是奇怪的，根本无法记住的名字，她就不可能再装作不知道，她自己的命运会和这个名字发生某种联系。

不，她并不是过分操心自己的命运，不，只是，有什么必要替换了这种全新的、大有好处的感觉呢，这种在温热的氛围（从人行道上传来的一种微微发酵的，似乎颇为洁净的腐烂的味道，她放松了双脚，非常幸福，整个身体也都放松了，达到了它所熟知的一动不动的状态）中的愉悦，为什么要冒险替代了这种感觉呢，而且一定是徒劳无益的？

别人都像她一样在等待，坐在大编织袋上或是用绳子捆好的硬纸盒上，尽管嘉蒂眯着眼睛径直盯着前方，但她能够猜到周围没有激动的情绪，她身边的空气在某种程度上也是凝滞的，只有那个男人，不管他是牧羊人还是狱卒，是保护人还是邪恶的秘密缔造者，他是唯一一个在动来动去的人，兴奋地丈量着脚下坑坑洼洼的沥青路面，穿着那双绿色的运动鞋，无意识地在舞蹈、跳跃，嘉蒂想，就像远处黑白相间的乌鸦一样，黑色的乌鸦，颈间一大圈的白色，嘉蒂想，他也许就是这些乌鸦的兄弟，也许，就在带走嘉蒂的时候，他精心地变成了一个人。

嘉蒂不禁一阵颤栗，不再那么镇定。

过了一会儿，暑气重了起来，嘉蒂只好把头天晚上放在包袱里的另一条包裙拿出来，包住脑袋和上半身，而就在那一小簇人喧哗起来的时候，男人拉住嘉蒂的胳膊，将她拽起来，推进了一辆小车的后座，小车子里已经塞了好几个人，他自己也挤了进去，大声地抱怨着，充满愤怒和蔑视，嘉蒂觉得他对小车里有那么多人感到很气愤，大概是先前向他保证过不会是这样的状况，甚至她觉得他有可能为了得到保证还付过钱。

嘉蒂不再去听他的抱怨，她觉得很不舒服，肋部能够感觉到那个男人暴躁的热气，因为愤怒和焦虑，他的肌肉在颤抖。

反光镜片下，他是不是长着一双小小的、无情而呆板的、乌鸦的眼睛？而他的格子短袖衬衫也非常奇怪，在颈部牢牢地扣上，或许就是藏起了它们在颈间都有的那圈白毛？

她在侧面向他投去一瞥，此时，车子发动了，笨拙、沉重地离开了这会儿已经塞满了小巴士和小车的广场，这些车子也和他们的一般粗笨、沉重,很多人都在往车上挤,说话声、呼唤声或感叹声有时和人行道上飞来飞去、黑白相间的乌鸦的叫声混在一起,嘉蒂望着男人不停开开合合的嘴,还有他颈部高烧般的颤栗,她在想,那群乌鸦应该也是这样,不事休息地将它们黑色的嘴巴张开,再闭上,而它们镶有一圈白毛的颈部也是这样一颤一颤的,仿佛脆弱的生命必须以这种方式来提醒它的微妙和脆弱之所在。

无论如何,她都不会张口问他任何事情。

因为现在她害怕的并不是他向她吐出一个和她那点可怜的认知搭不上边的词,而是恰恰相反,她害怕他会谈起他那些乌鸦兄弟,或是那个他要回去的、遥远而黑暗的地方,并且还要带上她,她,嘉蒂,在丈夫家里,她还挣不来自己应得的那一份食物,婆家就用这样的一种方法打发了她,可是,塞在内裤橡皮筋里的那些钞票或许就是用来支付这致命、可怕的旅程的?

她感觉到惊慌失措,又回到了已经逐渐消失的那种混乱状态,但是这一回没有了以往保护她的温柔和缓慢。

她应该想什么,又能够明白什么呢?

如何解释这些厄运的征兆?

她模模糊糊地回忆起祖母给她讲的一个关于蛇的故事,蛇是一种凶猛的、身处暗处的动物,曾经有好几次对祖母发起过突然袭击,后来尽管看不见,一个邻居还是杀死了它,但是嘉蒂怎么也想不起乌鸦的事情,正是这个让她感到害怕。

她是不是本该记起一点什么?

以前是不是已经有人警告过她?

她稍微往坐在她左边的两位老妇人那里靠了靠，试图离这位同伴远一点儿，但是就在她身边的那个女人连头都没有转过来，只是捅了她一下，算是提醒。

嘉蒂想要抱紧了自己的小包袱，尽量减少自己身体所占的位置。

她的眼睛紧紧盯着司机剃得光光的、满是皱纹的脖子，努力让自己什么都不去想，只是注意到自己现在又饿又渴，充满渴望地想起婆婆塞在她包袱里的那块面包，此时，她都能够感觉到硬邦邦的面包抵在她的胸口，她的脑袋随着汽车的颠簸从左晃到右，再从右晃到左，在司机的脑袋和前排乘客之间的缝隙之间，透过挡风玻璃，嘉蒂看到汽车已经驶上了一条宽阔的、布满了坑坑洼洼车痕的大路，车子驶得很快，尽管颠簸不停，还是让人昏昏欲睡，路的两边都是铁皮顶的水泥房子，房子前是正在啄食的白色小鸡，还有玩耍的敏捷的孩子们，这房子，这些孩子，都是嘉蒂曾经梦想过和长着一张温和的脸的丈夫共同拥有的生活，房子也是这样，有着明亮的铁皮顶，水泥的，砌得很好，干净而分明的院子，而那些眼神活泼、肤色健康的孩子是她的，他们会在公路边毫无畏惧地嬉戏，尽管嘉蒂觉得车子简直要将他们吞没，就像车子此时快速地、贪婪地张开大口吞没了这条坑坑洼洼的公路一般，嘉蒂觉得自己要喊点什么，让他们避开危险，她想请求司机不要吞没这些孩子，他们的小脸也和丈夫的一样温柔，但就在这些词语即将脱口而出的时候，她还是忍住了，甚至感到非常羞愧，甚至窘迫，因为她意识到，她的孩子也许只是羽毛丰满的乌鸦，在屋前啄食，有时，车子打屋前经过，它们那黑白相间的身体就怒气冲冲、充满挑衅地，飞向木棉树低矮的树枝，如果她胆敢要保护她的乌鸦孩子，别人会怎么说呢？她倒是出于运气，仍然保留着嘉蒂·丹巴这个名字，仍然保留着一张人类的脸，只要她还在这辆车子里，只要她继续盯着司机剃得光光的、胖乎乎的脖子，只要她一直保持这样，不受这个男人——一只脚步轻盈的、残忍的乌鸦——的控制，别人会怎么说嘉蒂·丹巴呢？嘉蒂·丹巴？

男人的手触到了嘉蒂的肩膀，她惊跳了起来。

他已经出了车子，想要将她也拽出来，而坐在同一辆车里的女人也毫不留情地将她往外推。

其中的一个女人还咆哮着说她们那侧的车门打不开。

嘉蒂的脚踩上了地面，仍然半梦半醒，摇摇晃晃，离开了车内令人窒息的闷热，迎面而来的是一股潮湿的热浪，尽管她并没有确切的记忆，她却觉得眼前很像是她曾经生活过的街区，房子的墙面是粉色的、浅蓝色的，或者是完全没有粉刷过的水泥面，这样想着，她就不再感到那么害怕了，害怕自己被领到了乌鸦的洞穴里。

男人做了一个手势，颇不耐烦，示意嘉蒂跟着他。

嘉蒂迅速看了看周围。

一个个小摊围起了一个小广场，广场上停满了同样的车子，长长的，凹凸不平，成群结队的男男女女在车子之间穿梭，讨论坐车的价格。

嘉蒂看到广场一角的墙上写有 WC 两个字母。

男人正好回来看她是不是好好地待在原地，她便将两个字母的方向指给他看，随即一路小跑去解手。

等她出了公厕，男人却消失了。

她就在刚才男人几分钟前站立的地方停下了脚步。

嘉蒂小心翼翼地解下包袱，掰下一小块面包，小口小口地吃起来。

她让每一小口面包尽可能长地停留在舌尖慢慢融解，尽量品尝到面包的味道，面包的味道很平淡，同时因为时间久了又有点麻嘴，她觉得吃上去的感觉还很不错，而且，一边吃，她的目光还从广场的一角扫到另一角，她想找到决定她命运的那个人。

因为此时此刻已经看不见乌鸦了（只有鸽子和灰色的麻雀在扑腾），她所担心的已经不再是那个男人和乌鸦之间的亲缘关系，而是自己被孤零零地扔在这里，她，嘉蒂·丹巴，完全不知道自己身处何处，而且也不想问。

天色暗淡，太阳不见了。

透过半明半暗的光线，还有灰白色天空后面已经日渐低斜的红色光晕，嘉蒂不无惊讶地发现，或许已经是傍晚时分了，这就意味着车子刚才应该开了好几个小时。

突然，男人又重新出现在她面前。

他猛地递给她一瓶橘子汽水。

"快点过来，过来。"他用恼火、急促的声音在她耳边说道，嘉蒂于是重新跟在他后面一路小跑，夹趾凉鞋在灰尘中摩擦着地面，她大口喝着苏打汽水，却异常清晰地注意到海边的潮腥味，还有快要坍塌的墙面，她从来没有见到过这样大的，阳台似乎都是摇摇欲坠的房子，饰有已经老朽的小圆柱，在这日光将尽的时刻，在紫色的黄昏中，仿佛一具已经过于老朽的骨骼支撑着奄奄一息的巨兽，这时男人斜插进其中一幢半坍塌的房子，推开门，让嘉蒂进了一座院子，那种鱼腥味更加浓烈了，而在院子里，嘉蒂开始时只看见一大堆旅行袋和包袱，几乎和暗下去的光线，和紫色的黄昏差不多深浅的颜色。

接着她在行李之中分辨出一张张被夜色吞没，没有年龄也没有轮廓的脸，女人的，男人的，孩子的，他们都沉默着，只有时不时传来的一声咳嗽或是叹气打破了这静穆。

男人在她耳边轻声说，让她坐下，但是嘉蒂仍然站在最靠近门边的位置，不是因为她想违抗他的命令，而是因为她一直在付出十二万分的努力，对付自己那难以驯服的、懵懵懂懂的、充满恐惧的精神，她试图凭借自己少得可怜的一点手段对自己眼睛所捕捉到的一切进行记录，继而进行阐释，因而，就是在这样一种意愿上以及智力上可怕的努力中，她的身子僵住了，双腿发直，两个膝盖变成了如同木棍节疤一般的两个球，根本无法弯曲。

在她与这些人之间有一种简单的关系，因为她在同样的时间与他们处在同一个院子里。

但是这样一种关系的性质和动机究竟是什么呢，对于她或者对于那些人来说，这样的处境究竟是好还是不好？如果形势很糟糕，她又如何才能辨识出来呢？她能够自由地拥有她自己吗？

自己竟然能够在内心里编出这么多问题，这让她感到很惊讶，很混乱。

她的思想在工作，在找寻，因为苦苦思索而感到痛苦，然而另一方面，自己竟然慢慢在努力，这一点又让她感到很是兴奋，她并不为此觉得不快。

男人没有再坚持让她坐下。

她能够闻到他身上散发出的，仿佛铁锈一般的汗味，也能够感受到他因为焦虑而接近电流一般的颤抖。

第一次，他取下了自己的墨镜。

在黑暗之中，他的眼睛显得很圆，闪闪发光。

曾经的恐惧又占据了嘉蒂的思维，她真担心这个男人和乌鸦有什么关系。

她扫了一眼那一群难以辨别形状的包袱，还有人，坐着或者躺着，如果从他们当中升起在黑夜中显得非常耀眼的白色翅膀，或者听到侧肋白边的翅膀扑打的声音，嘉蒂一点也不会觉得奇怪，但是她的精神就在这种恐惧中生成了一种躲避和逃跑的欲望，想要重新回到那种雾蒙蒙的、梦幻一般的孤独状态，实际上，这种状态她似乎才脱离不久，就在今天早上，她努力想要推开这份恐惧，只担心眼下的现实和迫在眉睫的、她从男人闪闪发光的眼睛里读出的威胁，男人用贪婪的、接近呼啸的声音在问她要钱：

"现在就付我钱，你必须付钱！"

嘉蒂突然间清楚地意识到，男人以为她之所以一动不动，毫无反应，是在拒绝他的要求，她于是弯下了膝盖，将脸转向他的方向，并且微微张开嘴巴，挤出一个妥协的微笑——当然他也许根本看不见。

她听见自己的声音响起，非常遥远，有如呱呱的叫声一般——她也许是有点在模仿男人的声音？

"付钱？为什么我要付钱？"

"哎,这可是说好了的,我把你带到了这里!"

她突然背过身去,手顺着腹部伸下去,摸索着抽出五张热乎乎、湿漉漉的票子,票子皱巴巴的,非常温润,就像是几片布料。

她将票子卷起来,塞进男人的指间。

他没有看她,只是低头在数钞票。

然后他满意地咕哝了一声,将票子塞进牛仔裤的口袋,嘉蒂看到他那么快平静下来,立刻就后悔自己不该给那么多的。

她暗暗觉得自己已经做好了准备,倒不是要问他,他把自己领到了哪个城市,或是现在他们所在的位置,她是想问他这趟旅行的缘由究竟是什么,她觉得自己已经做好了接受的准备,并且想要从中得出一点什么,但是她还是忍住了,想到要依次听见自己和那男人的声音,那种刮擦的、让人想起坏脾气的、黑白相间、有着白边翅膀的乌鸦叫的声音,她感到一阵恶心。

但就在这一瞬间,男人已经掉转脚步,离开了院子。

而在整个一天的旅途之中,她始终不知道这个男人究竟是看守还是守护天使,他究竟是可怕还是殷勤,她曾经害怕看到他的目光,但此时男人的离开却阻断了重新疏通、变得驯服的思想之间那平静、认真、专注的流动,嘉蒂又重新陷入单调的、带有忧惧色彩的梦的薄雾之中。

她听凭自己瘫软下去,在自己的小包袱上缩成一团。

就这样,她既非醒着,又非梦着,只是精疲力竭地待在那里,对周围的一切几乎都丧失了意识,只有热的感觉,接着是饿和渴的感觉,除此之外,她一直昏昏沉沉,偶尔会被焦虑惊醒，直至听见一阵骚动，她才抬起头，站起身来。

嘉蒂迅速做出了判断，应该是院子门口进来一小撮男人，看到他们后，院子里的人都站了起来。

先前很安静的人群彼此间开始窃窃私语。

院子里仍然是深深的、沉沉的黑暗。

嘉蒂能够感觉到，在她的臂下，双乳间和刚才折起的膝弯里，一串串汗珠在流淌。

刚才进来的那三四个人的方向传来简短的、有意克制的声音，尽管她没有听见他们究竟在说什么——或许是离得太远，或许他们是用一种她不了解的语言在说——透过人群中传递的这份嘈杂、忙碌、专心、沉闷的响声，嘉蒂还是明白过来，院子里的人，他们所期盼的发生了。

她的脑袋嗡嗡作响。

她捡起包袱，摇摇晃晃地顺着缓慢的人群向门口移动。

刚刚踏上一轮新月之下的沙地，人群就立即重新安静了下来，现在，人们自动排成了一条直线，有秩序地、小心翼翼地往前走，因为就连母亲背上的小孩子都非常安静，大家跟在领头的男人后面，就是刚才打破了院子里等待的那几个。

远处有狗叫声。

在这夜晚，除了衣料摩擦和凉鞋在沙地上发出的声音，这是唯一的声响。

最后的一些房子也渐渐退出了视野之中。

嘉蒂感觉到自己那双薄薄的塑料凉鞋深深陷进了沙子之中，沙地表面仍然很热，下面的就要凉了许多，周围人的脚步也都慢了下来，因为大量的细沙灌进了他们的凉鞋里，两鬓仍然在冒汗，可是脚趾和脚踝却是突然一凉。

而且，就好像是预感，好像是一切都还没有发生她却已经猜到了一般，她觉得，就在谨慎的宁静之后，是不易察觉的颤栗，是让前进的人群所发出的正常声波为之震颤的日渐沉重的呼吸声，也许是因为危险——不管是什么危险，总之人群已经听到了，注意到了，发生了——或是因为现在已经靠近大海，压力已经积聚到了一定程度，以至于克制的问题被完全抛在一边。

感叹声蔓延开来，嘉蒂完全听不懂，她只从声调的变化中感觉到巨大的恐慌。

一个孩子开始哭泣，接着是另一个。

队伍前方，领头的那几个男人停了下来，用一种恼火的、恶劣的声音在发布命令。

他们打开了照明灯，一个个地照过来，仿佛在找寻什么特殊的轮廓，透过突然的、昙花一现的白色强光，嘉蒂看到了一张张惊呆的、半闭着眼睛的脸，一直到此时为止她都视为整体的人群突然间彼此区分了开来。

所有的人都很年轻，和她差不多。

有一个男人让她在一刹那间想起了自己的丈夫，平静的神情，带着点忧郁。

她自己的脸也从那一束光线中掠过，她想：是的，我，嘉蒂·丹巴，在心中默念自己的名字时，她仍然觉得如此幸福，觉得这名字和她的形象——准确、令人满意的形象——如此协调，同时也和她的内心，和她深藏于心的一切如此协调，任何在她之外的东西都不得进入她的内心。

但是她现在感到了害怕。

她能够听见就在身边的浪涛声，还看见了其他的光线，在海的那边，没有那么生硬，更黄，更摇晃得厉害。

哦，她很害怕。

她努力回忆着，几乎因此而感到眩晕，神经质地试图将自己所看到和察觉到的一切，摇晃的灯光，浪涛拍岸的声音，聚在沙滩上的男男女女和自己在丈夫家，集市上以及她生活过的那座房子的院子里听来的东西联系起来，那还是她经营小酒吧的时候，成天只想着要怀上个孩子。

她觉得自己应该能够回忆起那时听来的片言只语，广播里听来的，她无意中抓到的，根本也没在自己的脑海里排出个子丑寅卯的几个词，剥夺了意义却并不排除有朝一日又能够重新获得意义的一些信息里抓来的几个词，她觉得自己早就知道这些因素组合起来（夜晚，颤抖的灯，冰凉的沙滩，焦虑的脸庞）的含义，只是在自己的某个人生阶段没有注意，没有觉得很重要罢了，她觉得自己是知道的，只是脑子过于顽固，过于沉重，在阻碍她进入与她目前处境相关连的这一混乱而贫瘠的知识领域。

哦，她很害怕。

她觉得被人推着，又被卷入了人群的移动之中，人群都在向海浪的方向涌去。

人群接近大海的时候，拿着照明灯的男人叫得更厉害了，语调越来越急促，也越来越神经质。

嘉蒂感到海水淹没了她的凉鞋。

接着她完全看清楚了眼前在扫来扫去的灯光，应该是来自船头挂着的灯,接着她又——就好像她必须抓住一点什么看清楚似的——分辨出一艘大船的形状,和她小时候,祖母打发她去海滩上买鱼时她所等待的船差不多。

跑在她前面的人都下了水,将他们的包袱顶在头上,接着他们爬上船,已经在船上的人拼命地在拉他们,透过昏黄、脆弱、晃动的灯光,嘉蒂看到了船上的人,看到了他们平静而焦虑的脸色,然后她自己也笨拙地入了水,将包袱扔进船里,胳膊也伸了进去,紧紧地抓住船缘。

船舱里全是水。

她紧紧抓住包袱,沿着船的一边蹲下来。

木头的船体散发出一种说不清的、腐烂的味道。

这时又爬上了更多的人,嘉蒂就这么一动不动地待在那里,目瞪口呆,人实在太多了,她真怕自己被压死或者闷死。

她站了起来,踉踉跄跄。

因为害怕,她大口地喘着气。

她提起湿漉漉的包裙,一条腿跨越了船舷,然后抓起她的小包袱,抬起了另一条腿。

右腿肚传来一阵剧痛。

她跳入水中。

嘉蒂跋涉着回到岸上,然后开始在沙中奔跑,离船越来越远,黑暗也就越来越浓,尽管腿肚子疼得厉害,心也怦怦跳得几乎要吐,但是她清楚地、毫不怀疑地意识到,自己才完成的这个动作来自她自己的决定,是她在瞬间所做出的,为了求生而逃离小船的决定,这一点让她的内心充满了欢乐,巨大的、让人不知所措的欢乐,而且与此同时她也意识到,一生之中，她还从来不曾这样完美地做出过任何重要的决定，因为在她的婚姻大事上，当那个善良、平静的男人——而且是她的邻居——向她求婚时，为了可以远离祖母她迫不及待地就接受了，她一边跑，一边气喘吁吁地想，当时她一点也没有这样的感觉，觉得生命是属于自己的，哦，绝对不是这样的感觉，没有觉得自己的生活是由自己来决定的，她可以自己做出决定，因为她是被那个男人选择的，只是出于运气，事实证明那个男人的确是个好男人，而选择降临在她身上的时候，她并不了解这一点，她不了解，但是被选中，她满怀感激和欣慰。

她跑得精疲力竭，听凭自己倒在沙中。

她赤着双脚，凉鞋应该是落在了水里，再不就是落在了船里。

她摸了摸小腿肚，感觉到指间有血和撕裂的肌肉。

她想应该是在跨越船舷的时候，小腿肚挂在了钉子上。

夜晚如此黑暗，将手凑近眼前，仍然分辨不出手上的血迹。

她将手指伸进沙里，反复摩擦。

然而相反的是，她能看见远处，似乎比她刚才跑的那个距离要远，小小的黄色灯光因为距离似乎一动不动，而照明灯发出的强烈的白光谜一般地穿透了沉沉的黑暗。

黎明时分，嘉蒂睁开眼睛，她突然明白，让她醒来的并不是焦虑，不是小腿肚上剧烈的疼痛，也不是强烈的、惨白的灯光，而是倾注在她身上的目光，非常坚持，一动不动，带着一种不易察觉的渴望，以至于她有一阵子仍然伪装沉睡，可所有的感官都处在戒备之中，好让自己有充分的时间采取合适的态度。

然后她突然睁开眼睛,仍然坐在沙地上。

离她几米远,有一个年轻男人半蹲着,在她向他看去的时候,他也没有回避自己的目光,仅仅是微微转过头,举起双手,示意她不用害怕,然而她在偷偷地审视着他,脑子里将昨天夜里发生的一切从前到后地过了一遍,她想得很快,也很有逻辑,简直不能够相信,她认出了这张脸,就在她登船之前,借助照明灯的前部灯光,她瞥见过他。

他似乎比她年轻,也许只有二十岁。

这时他说话了,几乎还是孩子的声音,有点高,有点尖细,他问道:

"还好吗?"

"谢谢,很好,你呢?"

"我也很好,谢谢。我叫拉米纳。"

她犹豫了一会儿,可还是禁不住用一种骄傲甚至可以称得上傲慢的声音完整地报出自己的名字:

"嘉蒂·丹巴。"

他站起身,走过来挨着她坐下。

空旷的海滩上,灰沙里布满了垃圾、塑料、瓶子、破垃圾袋,拉米纳带着一种冷静的专注慢慢扫视过来,目光停下只是为了估计这些垃圾是否还有再利用的可能,当他的目光从前面的东西转向另一样东西的时候,他不再注视的含义不仅仅是忘记,而是从根本上把前面的东西视作不存在。

他的目光落在了嘉蒂的小腿肚上,嘴角咧开来,但旋即又挤出一个勉强的微笑,笨拙地掩饰自己受到的惊吓。

"你伤得不轻啊。"

嘉蒂有点不快,也转向了自己的小腿肚。

伤口大敞着,小腿肚成了两半,结着黑色的血痂,而且还覆满沙砾。

在自己的目光之下,嗡嗡作响的伤口也似乎苏醒了过来,嘉蒂忍不住呻吟了一声。

"我知道哪里能搞到水。"拉米纳说。

他帮助她站起身来。

她感觉到他那枯瘦、僵硬的身体有一种神经质般的力量,似乎一直处在紧张之中,仿佛是因为怀疑、警惕和贫苦而习惯于这样一种僵硬的状态,而且他还有抹去这一切的能力,就像刚才,他能够用那样一种否定的方式将海滩上所有他不想捡的东西都驱逐出自己的视野。

嘉蒂知道得很清楚,她瘦弱的、吃苦耐劳的身体和小伙子的不一样,不似他总是沉浸在冰冷的、不得不做出的牺牲里,以至于平生第一次,她觉得自己竟然比另一个活生生的人要幸运一点。

她摸了摸缠包裙的上方,确认束在短裤橡皮筋里的那卷钞票还在。

接着她推开了拉米纳,只是与他并排走向垃圾堆那边那些房子和铁皮顶的小商铺。

每走一步都剧痛难忍。

而且她感到非常饿,这就更加剧了她的痛苦,她多么希望自己的身体进入一种麻木、无机的状态,没有欲望也没有需求,只是一个工具,服务于某种意图,虽然她对此不甚明了,但很明白自己有朝一日必须要弄清楚这件事情的性质。

哦，有件事情她是很知道的，知道，不是像以往习惯的那样，也就是说不是那种自己意识不到的知道，而是非常清楚，很确认自己知道。

我不能再回家了，她想，她甚至不会去想这件事情对她而言究竟是好事还是更加增添了她的悲伤，因为想也没用，不过她非常平静和清晰地意识到，在某种程度上，这是她自己的选择。

于是，当拉米纳向她讲述自己的打算时，用他那种略显尖锐，并且在突然之间找不到合适的词语或者生怕自己让人觉得不太正经的时候，经常用恼火的笑声加以掩饰的语调告诉她，他不是中途死去就是最终到了欧洲，除此之外再也没有其他解决自己生活问题的办法，嘉蒂觉得，很明显，拉米纳要做的，就是向她解释清楚自己的未来计划。

因此，做出了与他相伴的决定，她的确信并没有就此动摇，是她自己操纵着这一列不稳定的、不牢靠的车子。

正相反。

他把她带到市中心，因为那里有个水泵，好让她洗去粘在伤口上的沙砾，接着他向她讲述了自己的经历，说他已经走过好几回了，但是每次都碰到了大大小小的突发状况，以至于没有能够走得成（就像昨天晚上是因为船太破了，他只好放弃），但是现在他对于这些突发状况有了足够的认识，能够抵抗、避免或是毫无畏惧地接受，这些突然状况也不会无穷无尽，而他已经都试了一遍，或者都在脑子里过了一遍，而听到这些，嘉蒂也仅仅是承认他了解自己到目前为止还不能够想象的一些东西,和他在一起,她也仅仅是利用他的知识,这样一来,她便不一定非要自己来获取这些她根本不知如何才能得到的知识。

她竟然没有说,除了和这个小伙子一起走,我又还能有什么别的办法呢?她只是想从这份联合中得到好处,对此她感到十分骄傲。

伤口的两块肉活生生地分了开来。

她从用来当包袱皮的包裙上扯了一块,将小腿肚的伤口合拢在一起。

接下来的日子稳定而沉重,天色灰蒙蒙的,但光线却似乎更加强烈了,仿佛大海将金属般耀眼的光芒反射到了天际。

嘉蒂觉得,之所以一切悬而未决,那是特意提供给她的时间,好让她能够沉浸在二十五年从未曾吸收的这些信息中,她倒没有故意装出一副什么都没有学到的神态,但是她仍然小心翼翼地,不想在拉米纳面前表现出自己究竟无知到什么程度。

他又将她领回到人群出发的院子里。

院子里又聚起了很多人,小伙子一个个地问过去,问他们要不要水和食物,问完了之后,他再到城里去找。

他也为嘉蒂带回食物,煎蛋三明治、香蕉、烤鱼,但他从来没有问她要过钱,嘉蒂也不提钱的问题,因为她决定采取对于没有说起过的事情绝对缄口不言的策略,她只满足于对于他简短的问题给予同样简短的回答,因此,既然拉米纳不提钱,那她也不提,只在他谈起自己数次出发的经历以及所采用的方法时表现出一种节制的迫切,一种坚持,并且她仍然努力赋予这种迫切和坚持以平淡、有限和厌烦的外表，她能够感觉到自己的脸上一定笼罩着一层可恶的、不得进入的面纱，曾几何时，在丈夫家里她也是躲在这样的表情后面，听凭自己平淡而温和的思想自顾自地进行下去。

哦，此时，她的脑筋动得可是很快！

有时她的思想会产生混乱，就好像是通过自己的力量故意弄混的一般。

她的思想不是很清楚眼前这张热诚的脸究竟是嘉蒂的丈夫还是一个叫拉米纳的陌生人，同样也搞不清楚自己为什么要记住从这张拥有炽热的——几乎有些疯狂的呼吸的嘴里说出来的一切，她真想倒空所听到的一切，回到从前的状态，那时，没有任何东西需要她对真实生活中的任何一件事情做出妥协。

但是混乱的时刻非常短暂。

夜晚来临，躺在院子里，嘉蒂会回顾自己得到的信息，再按照重要程度加以整理。

现在应该时刻记住的是：旅程有可能要持续上几个月、几年，拉米纳一个邻居就是这样离开家，经过五年才终于到了欧洲（究竟是欧洲的什么地方，她放到后面再加以了解）。

还有：必须买一本护照，拉米纳知道一个可靠的途径。

另外：小伙子此时已经决定不从这个海岸走。

如果不从这里走，旅程会更加漫长，要长得多，会从沙漠走，然后到达某个地方，再翻过山，就能到欧洲。

还有就是，拉米纳重复过多次，而且他那张平静、毫无表情的、因为出汗发亮的脸会突然变得执着、顽固，他说，如果追寻这样的目标需要付出生命的代价,他也在所不惜,他再也不想像现在这般生活。

尽管嘉蒂自发地清除一切只与小伙子以前的生活相关的信息,尽管她有时候不想听他倾诉一些于她毫无帮助,只能够让她感到悲伤或是尴尬,甚或隐约让她感到痛苦——因为勾起了自己一些旧时的记忆,她却还是不由自主地记起他说过,他有个后母,是他父亲在他亲生母亲死了之后新娶的女人,他说好几年的时间,后母都打他,打得他要发疯。

小伙子撩起 T 恤,让她看自己背上红兮兮的、略有些肿的伤口。

他上过学,两次考业士文凭都没能通过。

但是他在学业上有野心,他梦想着自己能成为工程师,这又意味着什么呢,嘉蒂是不由自主地在想,因为她本不想关心这个问题。

几天以后,嘉蒂想要将小腿肚上的包扎布取下来,布已经牢牢地粘在腿上,她不得不用力扯下来,整个小腿上的肌肉被牵扯得疼极了,嘉蒂克制不住地大叫了一声。

接着她包上了一块新布。

她一瘸一拐地从院子的一个角落走到另一个角落,想要尽量习惯伤口的疼痛,同时也让身体能够服从这样的限制,让身体的新变化、缓慢的步伐和持续的痛苦成为她的一部分,她就能够忘记或者忽略,被搁置在众多的状况中,因为正如拉米纳那些可怕的故事一般,它没什么用,只能够限制她还很不成熟、不确定的想法的发展,干扰她的思想,为她带来无法控制的痛苦。

同样,她听凭自己的目光扫过那些陆陆续续来到院子里的人,来的人很多,而她的目光,她能够感觉到,她的目光是中性的、冰冷的,能够阻挡住任何一点想要和她说话的企图,这并不是因为她害怕(她什么都不害怕),而是因为想到别人会向她谈及痛苦、复杂、漫长而艰难的生存经验,她就觉得恐惧,对于她来说,她,嘉蒂,她不能够理解,因为她缺乏最为基本的,似乎人人都该具备的,能够对生活里的东西做出阐释的原则。

一天,小伙子带着她穿过狭窄的、地上全是沙子的小巷,来到一个发廊,就在发廊后面,一个女人为嘉蒂拍了照片。

又过了几天,小伙子带回一本破旧的、全是折痕的蓝色小本本,他把小本本给了嘉蒂,告诉她,她现在叫班图·梯亚姆。

小伙子的眼神里闪烁着骄傲、胜利和自信的光芒,这微微刺激到了嘉蒂。

她感觉自己又变得软弱,要屈服于别人的决定和知识,屈服于别人在她的问题上所产生出的、无法判断的意图,出于对生活的疲倦,她又想像过去那样,回到从属的状态,不再进行任何思考,听凭自己的意识坠入那样一种雾蒙蒙的、似梦非梦的状态里。

她感到有些揪心,恢复了清醒。

微微点头,她向小伙子表示了谢意。

小腿肚的伤口疼得可怕,分散了她的注意力。

但是,尽管她决定不主动先和他谈钱的事情,她却不再能对此假装不知,拉米纳为她买了一本护照,而且他的行为似乎在表明，他很清楚她没有钱，或是日后会再以这样或那样的方式付钱给他，这让她感到非常焦虑，有时她甚至希望他就此消失，从她的生活中蒸发。

然而，她却如此迷恋他这张热诚的脸，如此迷恋他少年的嗓音。

她感到很惊讶，看到他，她竟然感到很快乐，几乎带着一种温和的趣味，她看着他在院子里蹦来蹦去，就像小时候在海滩上看到的轻盈的小鸟，小鸟长着细长的爪子，她不知道那是什么鸟（因为她现在能够想象，所有东西都是有名字的，只是她不知道罢了，她有些尴尬地意识到，以前她以为只有自己了解的东西才有名字），她看着他从这一群人蹦到那一群人，带着一种单纯、幼稚，却让人能够信任的热情投身于自己的事业。

他有一种非常特别的直觉。

她开始觉得时光如此漫长，但还从未曾想过要抱怨，而他向她宣布说，他们第二天就走，就好像他已经猜到了她的厌烦，连她都没有意识到，却已隐隐觉得不太好的厌烦的情绪——但是为什么会这样呢？

对于他来说，这又有什么关系呢？

哦，当然，对于这个小伙子，她有一种友爱之情。

这天晚上，天暗下来之后，她感觉到小伙子在靠近她，有点犹豫，不知道她会有什么反应。

她没有推开他，而是转向他，给了他鼓励性的暗示。

她撩起包裙，脱下短裤，将钞票小心地卷在裤子里，塞在脑袋下。

自从丈夫去世以后，她已经好几年没有做过爱了。

她小心翼翼地抚摸着小伙子伤痕累累的背部，惊讶于他的身体竟然如此之轻，还有他在她身体里动作的方式，是那么温柔，那么细腻，简直有点过分小心了（因为她几乎感觉不到他），就好像条件反射一般的，感受到自己身体之上的这具身体，她想到了以前，尽管小伙子的身体与丈夫结实、沉重的身体完全不同，她还是想起了以前，她天天只知道祈祷，期盼着怀孕，将所有的欢愉抛掷在外，也抑制了追求享乐所要求的聚精会神。

她猛地将这些念头赶走。

她于是深深感受到了一种身体上的舒适与快乐——再也没有比这更生动的，这也与姑一边叹气一边咯咯笑着咕哝的东西完全不同，嘉蒂对小伙子充满了感激，她是多么幸福啊。

他从她的身体中挣脱出来的时候，一不小心，生生地撞到了她的小腿肚上。

嘉蒂疼痛难忍。

她喘息着，几乎昏厥过去。

她听见拉米纳在她耳边焦急地咕哝着，她已经疼到觉得身体不再属于自己的地步，可是她不无惊异地想道：没有人像他这般在意过我，这个小伙子，他还那么年轻，我的运气真好，真的，我的运气真好。

黎明前，他们登上一辆敞篷卡车，上面已经挤满了人，嘉蒂觉得根本不可能在那上面找到哪怕是一点点的安身之处。

在卡车后部，她斜躺在一堆包袱上，高出轮胎很多。

拉米纳叫她牢牢抓住包裹上的绳子，以免掉下来。

他紧贴着她坐下来，骑在一个箱子上，嘉蒂能够闻到他身上微微发酸的汗味，他们的手臂挨在一起，两个人的汗水的味道于是也混在一起。

"如果你掉下去，司机也不会停车的，那你就会死在沙漠里。"小伙子在她耳边小声说。

他递给她一只盛满热水的皮水壶。

嘉蒂先前看见他给了司机一卷钞票，并且解释说，她的钱也由他来付，接着他就帮她爬上卡车，因为以她现在的状况，拖着一条变得如此沉重的腿，她站起来都困难，根本爬不上去。

尽管他在尽力掩饰他的兴奋，用他接近于吹毛求疵的准确动作（比如说，他不知道检查了多少遍水壶的塞子有没有塞好），用他不断重复的命令，用他那低沉、缓慢的嗓音一遍又一遍地重复（抓好了，如果你掉下去，司机也不会停车的，那你就会死在沙漠里），然而她还是从拉米纳脸部不易察觉的抽动猜测到了这份略带陶醉的热情，正是这份热情征服了她，以至于他用极为简单的手势协助她，让她踩在他交错的两只手上，然后再举起来将她送到卡车上的时候，她既没有感到害怕，也没有觉得自己受到了侮辱，而且，现在，她依然是独立的，别人的想法依然拿她没有奈何，同样，在拉米纳为她付钱给司机这件事情上，她也并没有觉得和她对自己完全负责有什么关系。

对于嘉蒂·丹巴来说，这不会产生任何影响。

如果说，在她迎来自由的途中，拉米纳起到了关键性的作用，并且他很乐意承担起这样的作用，她对他的只是感激——是的，她对小伙子怀有无比真挚的柔情，但这并不意味着她对此负有责任。

她的脸微微转向他。

此时，巨大的痛苦仍然无法平息，这痛苦和快乐掺杂在一起，就好像只是快乐让她散发出夺目的光彩。

卡车摇晃的时候，她失去了平衡。

拉米纳扶稳她。

"站好了，站好了。"他在她耳边喊道，她能够看清楚他消瘦的、双颊深陷、被黎明的光线染红了的脸，苍白的、总是伸出舌头来舔的干裂嘴唇，略微有些发狂、惊恐的眼睛，她想，他的眼睛就像她看到的一只狗的眼睛，阴沉，惊惶，那是有一天在集市上看到的一条黄兮兮的狗，一群女人当时把它逼到墙边，用棍子打它，就因为它放跑了一只鸡——拉米纳也和这条狗一般，拥有同样的眼神，充满了无辜的恐慌，是的，就在狗的眼神和嘉蒂的眼神彼此交错的时候，嘉蒂那颗冷漠而麻木的心却一下子被打动了，在瞬间充满了同情和羞耻。

是因为她，拉米纳才会感到如此害怕吗？

她稍稍离开了这张火一般燃烧的脸，哦，她感觉到皮肤上有一层几乎难以忍受的暑气。

她牢牢抓住绳子，看着公路两边的房子远离了，然后在渐次消失。

是因为她，拉米纳才会感到如此害怕吗？

她应该会回想起拉米纳对于她的关切，没有苦涩，只是纯粹的悲伤。

这一切，她想起来的时候并不会认为拉米纳是在欺骗她，重新想起他对于她的关切所感觉到的悲伤更多是因为他，而不是她自己，她只感到一种已经疏淡的悲伤，是想起小伙子的命运，她的眼睛里才会流出两行不轻易的、冰冷的泪水，而对于自己的命运，她则能够在判断的时候保持中立，甚至有些事不关己的意味，就好像她，嘉蒂·丹巴，从头到尾她对于自己的生活寄予的希望本来就没有对拉米纳的高，她没有理由抱怨失去了什么。

她没有失去什么，日后她会想——而且她还会想，带着这样一种不可估量的骄傲，带着这样一种谨慎的却是不可动摇的确信想：我是我，嘉蒂·丹巴，尽管臀部的肌肉酸痛难忍，阴部又肿又疼，阴道火烧火燎，感染了炎症，尽管一天要从那个所谓的床垫——实际上只是一块灰兮兮的泡沫，散发着腐朽的气味，却在好几个月的时间里充当她的工作场所——上爬起来好几次，她还是这么想。

她没有失去什么，日后她会想。

因为她从来没有后悔过，即使是在最不幸最疲惫的时候，她也没有后悔在丈夫家生活的那段时间，精神沉浸在有限的、云山雾罩的、既保护了她同时又摧毁了她的一成不变的梦幻中。

她也从来没有后悔过结婚的那段日子，她的所有精力都用来等待怀孕的日子。

说真的，她从来不后悔，完全沉入虽然残忍但她能够想清楚的现时状况中，对于眼下，她一直用一种实际的却不乏骄傲的思考方式来对待（她从来不会感到羞愧，因为那无济于事，她从来不会忘记她作为嘉蒂·丹巴的价值所在，诚实的、勇敢的嘉蒂·丹巴），并且，她总觉得这一切都是暂时的，说服自己，所有的痛苦都会结束，当然，她不会因此得到什么补偿（她不能够想象因着自己的痛苦，别人就欠了她点什么），她只是认为，痛苦会过去，时间会进入下一个阶段，尽管她还不知道下面迎来的会是什么，但是她有兴趣去了解。

至于究竟是什么将他们，拉米纳和她带到这份境地，她全都印在脑子里，平和地、冷静地努力想要弄个明白。

经过一天一夜的路程，卡车终于在某个边界的地方停了下来。

所有的旅客都下了车，排成一排，把护照拿给士兵看，那些士兵叫嚷着一个词，就一个词，嘉蒂明白，那不是她的语言。

钱。

碰到举起双手，手掌向上，表示自己没有钱或是从口袋里掏出很少一点点钱的人，士兵就会用大头棒痛揍一顿，有些人就地倒了下去，失去知觉，即便这样，士兵有时还会继续揍下去，揍得那么狠，简直让人怀疑他是气疯了，才会这样卖力地乱揍一气。

嘉蒂开始抖个不停。

拉米纳站在她的身旁，握住了她的手。

她能够看到小伙子的下颚也在抖动，应该是在紧闭的双唇后，牙齿咯咯作响。

他将护照和几张卷起来的钞票递给了一个士兵，指了指嘉蒂，又指了指自己。

士兵用手指捏起钞票，神色之间充满了蔑视。

他将钞票扔在地上。

然后他发出一声命令，另一个士兵揍了过来，冲着拉米纳腹部就是一击。

拉米纳弯下了身子，跪倒在地，什么也没说，也没有发出呻吟。

士兵拿出一把刀子，举起拉米纳的一只脚，一下就戳进了小伙子的鞋帮。

他将手指探进割开来的鞋缝，然后又举起另一只脚，完成同样的动作。

而拉米纳立刻有了反应，就好像他觉得这样听凭自己被动下去比直面敌人的危险还要大似的，他站了起来，跟跄着，瘦骨嶙峋的膝盖彼此挨在一起，嘉蒂看见他的鞋底流出两行鲜血，很快便被地面的沙尘吸收了。

那个向其他士兵发出命令的军人靠近了嘉蒂。

嘉蒂将拉米纳替她弄来的护照递给他。

尽管身体在瑟瑟发抖，嘉蒂的脑子却是十分清楚，她将手伸到包裙下，抽出短裤皮筋绑着的那一卷薄薄的、浸满汗水的、像是一块浅绿色破布的钞票，优雅地、崇敬地放在士兵的手上，然后将自己的肩膀靠在拉米纳的肩膀上，告诉他，他们是一起的。

现在，他们在这座城市——不是士兵割破拉米纳鞋帮的那座城市，而是另一个，距离他们出发点更远的一座城市——已经过去了好几个星期,嘉蒂不知道究竟是几个星期,反正过了第一个关卡之后,一辆卡车把他们带了过来。

有些旅客还有钱,要么是藏得很巧妙,要么是出于某些不可告人的原因,他们既没有遭到搜查也没有挨打,所以他们能够再付司机一次钱,继续他们的旅程。

但是她,嘉蒂·丹巴、拉米纳和另外的几个就不得不在这座城市停下来,这是一座到处都是风沙的城市,矮小的房子也是沙色的,街道、花园都是沙子。

他们饥肠辘辘,精疲力竭,就躺在卡车抛下他们的汽车站前。

车站里还停着另外的几辆卡车,准备好装满客人后再出发。

待他们凌晨醒来的时候,他们都有些冻僵了,沙子将他们整个地盖了一层,嘉蒂的小腿肚那么疼,她简直怀疑眼前的一切是不是真的,怀疑要么是自己正在最为残酷的生存梦魇中挣扎,要么就是已经死去,而且应该明白过来,死亡正是这样的,一种无法忍受却持续的、永无止境的身体的疼痛。

她几天前绑在小腿肚上的布条似乎已经深深嵌入了伤口。

在沙砾下,布条湿答答的,从里向外渗出红兮兮的、令人恶心的液体。

她没有力量揭掉布条,尽管她知道自己必须那么做——她仅仅有勇气轻轻动了动这条僵直的、疼得有如万箭钻心的腿。

她终于站起身,抖了抖头发里和衣服间的沙子。

嘉蒂跛着脚走了几步。

地上有些各异的形状,也都覆满了沙子,正在扭动。

她看到了拉米纳，他坐在地上，光着双脚，脸上毫无表情，在看他受伤的脚底，士兵将刀伸进他鞋帮的时候也割伤了他的脚。

鲜血已经凝结，在硬邦邦的、开裂的皮肤上留下一道深色的疤痕。

她知道小伙子很疼，但是他从来没有给她看过伤口，也没有谈论过，她也知道，在她探询的目光下，小伙子只会报之以闷闷不乐的表情，他是故意的，用来掩饰自己所受到的侮辱（哦，他受到了多么大的侮辱啊，对于这一点，她真是感到抱歉，她很难过，由于不能替他承担这份侮辱，她是善于承受这一切的，在实质上这并不能影响到她），因为他们的旅程突然就中断了，就算不是彻底的失败，他们也大大地拖延了时间，他原先可是向她保证过，已经了解了路上的一切苦难和危险，现在，他又能做出什么具有说服力的解释呢？

她很清楚这一点，理解，并且接受——正是这份屈辱让他的眼神变得空洞，让他变得无法接近，让他不再像过去那般热情、友善。

因为了解，她不会因此而怨恨他。

这会儿她还不明白，或者说还没有办法预估到，却在日后慢慢被揭示出来的，是小伙子受到了双重的、极大的侮辱，一方面是因为前一天所经历的一切，但更为重要的是因为还没有发生的某件事情，嘉蒂还没有能够感觉到——不是因为她过于单纯，而是因为她涉世不深——但小伙子已经知道迟早要发生的事情，这就是为什么，嘉蒂后来终于明白，小伙子此时在她面前便已经感到羞愧，为自己已经洞察即将发生的事情而感到羞愧，也为她的懵然不知而感到羞愧，更为事情本身感到羞愧，这就是为什么小伙子会远离她，因为过分不安而变得生硬，他不愿意利用嘉蒂的不知。

在接下来的日子里，他对她说过什么明确的话吗？

她不记得。

似乎没有。

他们只是漫无目的地流浪，两个人都一瘸一拐，只是拐的方式不同而已（小伙子尽量只用脚的外侧着地，而她，嘉蒂则尽量避免将身体的重量加在那条伤腿上，她不时地蹦跳着往前走），他们走在干燥、炎热、尘土飞扬的街道上，天空闪着黄色的、沙土的光芒。

拉米纳的短发里，脸上和皲裂的嘴唇间都是沙子。

两个人都已经走得麻木了，为了避开毫无遮挡的空间，他们躲进了一间小饭馆，土色的墙，没有窗户，他们在半明半暗的光线中吃了几块嚼不动的烤羊肉，喝了一点可乐，他们都知道即便这点可怜的饭菜，他们也没钱付，拉米纳就躲在这份生硬的冷淡中，一副令人心碎的样子，也许他觉得，只有用他的卑鄙，才能够避免把卑鄙传染给嘉蒂，因为他已经知道即将发生的事情，而她，也许他觉得，她还对此一无所知——但事实上，她已经预感到了，就在他嚼碎最后一块肉，用苏打水送入喉咙的时候，她的目光迎上了为他们端来食物的那个女人充满敌意、半闭半睁的眼睛，她正瘫坐在最昏暗的角落中的一张椅子上，审视着他们，她和小伙子，女人大声喘着气，在想他们如何能偿还，通过自己的方式，这个女人欣赏的、审问的、不甚友好的目光已经回答了她。

她无比坚信，这段时间，她真正有意识的只是肉体的疼痛。

因为她的身体一直在承受痛苦。

女人把她安排在小饭馆后院的一间小房子里工作。

在方砖地面上，有一张泡沫床垫。

女人把客人带进房间的时候，嘉蒂大部分时间都躺在上面，穿着米色的连衣裙，客人通常是一个看上去颇为困窘的年轻男人，也是在这座城市里遭遇了失败，就靠在酒吧饭馆做服务生这类的工作维持生计，走进这间闷热的、令人窒息的房子时，周围都是惊慌不安的眼神，嘉蒂觉得，客人的样子就好像掉进了陷阱，进来不是因为自己的欲望，而是老鸨要把小饭馆的每个客人都领进来。

然后女人就会走开，锁上门。

男人于是匆匆忙忙地褪下裤子，简直有些着急似的，就好像必须尽快完成颇为棘手甚至有点危险，却又不得不做的事情，他趴在嘉蒂身上，而嘉蒂尽可能地分开那条受伤的腿——女人每天都会为她重新包扎——竭力避免男人撞到它，男人进入她身体的时候，不自禁地发出一声惊讶的呻吟，嘉蒂的阴道因为痒而变得灼热与干涩，会立即让客人的生殖器也感觉到灼热，嘉蒂必须集中起所有的精力来对抗背部、小腹、小腿肚所感受的疼痛，她在想：总有停下来的那一刻，当她感觉到男人的汗水和她自己的汗水搅在一块儿，在她的颈间，在她被连衣裙花边遮住一半的胸间流淌时，她就想：总有停下来的那一刻，直到那个男人气喘吁吁地，因为痛苦和失望叹着气，突然从她身体里抽离为止。

然后他敲敲门，于是两个人都听到那个女人过来开门，她的脚步缓慢、沉重。

有些客人会表示不满，抗议说他们不舒服，说女孩儿不干净。

而嘉蒂则非常惊讶地想：女孩儿，是在说我？她甚至觉得别人这样叫她是挺有趣的事情，她是嘉蒂·丹巴，独特的嘉蒂·丹巴。

在两个人离开之后，她通常还会在床上躺一会儿。

她睁大眼睛，放慢呼吸，平静而仔细地一一看过来，粉墙上的裂缝，铁皮天花板，白色的塑料椅，椅子下，是她的小包袱。

她一动不动，听见血液在耳际暗暗地、平静地突撞，如果她稍微动一动，她还能听见湿漉漉的背部在早已浸满汗水的床垫上发出的声音，还有滚烫的阴道发出的非常轻微的汨汨的声音，这时她就慢慢地感觉到痛苦回来了，青春的力量又重新战胜了她，稳固而坚决的青春，这时她想，平静地，甚至是安宁地想：总有停下来的一刻，她是如此平静，如此安宁，即便那个女人不是一个人回来——就像平素她已经习惯做的那样，为她擦洗，照料她，给她喝点东西——而是带回另一个客人，她也只是感到突然而已，有一刻会沉浸在茫然与虚弱中，而那女人让客人进来时，还会冲着嘉蒂做一个抱歉和无奈的手势，但在片刻的茫然之后，嘉蒂仍然会平静地想：总有停下来的一刻。

女人在为嘉蒂安排了这样一轮接一轮的生意之后，会带着某种母性的专注照料起她来。

她会带来满满一桶凉水和一条毛巾,温柔地擦洗嘉蒂的下身。

晚上,两个人会坐在院子里,嘉蒂吃上一顿香喷喷的玉米糊和浇上可乐汁的羊肉,她总是为拉米纳留一份。

女人解开用来包扎嘉蒂伤口的布条,为肿胀的、散发着恶臭的伤口涂上油膏,然后她再换块干净的布条,重新包扎好。

她们俩就这么在饭后安静地坐着,坐在夜晚的温热中,如果嘉蒂望着女人的方向,在黄昏中,她看到的是一张圆乎乎的、亲切的脸,有时她甚至觉得自己又回到了童年,尽管那是粗暴、黑暗而混乱的童年,却也有过堪称幸福的时光,那就是晚上,在屋子前面,当嘉蒂坐在祖母的脚边等着梳头的时刻。

就在夜晚来临前,拉米纳回来了。

他总是悄悄地溜进院子,嘉蒂想,带着一点怜悯同时又带着一点厌恶想,他就像害怕遭到一顿暴打,但更害怕自己饭盆是空的一条狗——躬着背,却动作敏捷,偷偷摸摸,并且态度生硬,嘉蒂和女人都假装没有注意到他,嘉蒂是出于某种微妙的心理,而女人则是出于蔑视,拉米纳端起盛满了食物的盘子,走进嘉蒂的房间,女人是同意——至少她不反对——他在房间里过夜的,不成文的默契是黎明时分他必须离开。

在回屋睡觉之前,女人会把嘉蒂赚来的一小部分钱交给她。

嘉蒂自己也回到那间漆成粉色的房间里,房间的铁皮天花板上吊着一只光线昏暗、满是污垢的灯泡。

看到以前充满活力的拉米纳此刻正蜷缩在一角,用勺子刮着盘子,嘉蒂觉得所有的痛苦又苏醒了过来。

因为，在这小伙子无可救药的羞愧前，她还有什么呢？除了她永远保护得好好的，可看起来已经有些疲倦的荣誉，除了她不可改变的，然而也有些疲倦的尊严的意识？

也许他情愿看见她被践踏的、绝望的样子。

但只有他背负着侮辱和绝望，嘉蒂觉得他恨她，只不过他自己意识不到罢了，这就是为什么，晚上的时候，她情愿他不在，没有在这个充满苦涩的、无声的、黑暗的和不公正的小小空间里晃来晃去。

她也清楚，因为现在她拒绝和他做爱，他对她心存怨恨。

她给自己和小伙子的解释是她的生殖器肿着，有了溃疡，需要休息。

但是她同样能够感觉到：拉米纳因为她而感到羞愧，也为她感到羞愧，同样，他为自己感到羞愧。

她为此感到不快。

他究竟有什么权力这样想，觉得自己受到了侮辱，他？既然他不具备灵魂的力量。

因此她不允许他碰她，她没有胃口再次承受痛苦来让他高兴。

她瘫在床上，沉默、疲惫。

至于白天他一个人在干些什么，在这座令人窒息的、干燥的城市里，她也认为不必知道。

她觉得自己噘着嘴的样子一定让任何想要与之交谈的人止步不前。

然而，她的手指却会机械地伸向墙面，轻抚上面的裂缝与隆起，然后，就在睡意袭来之时，她会突然间感到一阵狂热的快乐，令她疲惫的身躯不禁地颤栗，因为她突然想起来——她一直假装自己忘记了——她是嘉蒂·丹巴：嘉蒂·丹巴。

一天早晨她醒来，小伙子不在。

非常奇怪，她甚至在发觉拉米纳不在之前就已经意识到发生了些什么，她一醒来就意识到了，于是跳向椅子底下散开的小包袱，原本她系得很好的小包袱，她将包袱里本来就少得可怜的东西一一翻了出来：两件T恤，一条包裙，一个干净的空啤酒罐，她呻吟了一声，应该是在亲眼看到之前就已经明白过来：她所有的钱都没有了。

是在这一瞬间她才意识到房间里就只有她一个人。

她开始发出一阵阵沮丧的轻叫。

她张大了嘴巴，仿佛要窒息一样。

如今她是真的醒来了吗？她不愿意发生的事情真的发生了吗？在夜里，她是不是听到过什么，或者，她做了与即将到来的现实完全相符的梦？

她跑出房间，一瘸一拐地穿过院子——她跛得如此厉害，以至于每一步都在踉跄——奔向小饭馆，那个女人正在喝早晨的第一杯咖啡。

"他走了，他偷走了我所有的钱！"她叫道。

她瘫坐在椅子上。

女人冷冷地看着她，似乎陷入了沉思，远远谈不上同情。

她颇为满意地结束了因为嘉蒂冲进来而遭到破坏的咖啡，她咂巴着嘴，抬起沉重的身体，走近嘉蒂，揽过她，笨拙地哄着她，允诺说她决不会丢下她不管的。

"我不怀疑,"嘉蒂咕哝道,"反正我给你赚了那么多钱。"

她的确受到了很大的打击,她想,一切又要重新开始,又要重新忍受这一切,甚至要忍受更多,因为她的肉体已经受到了很大的伤害,而就在前一天晚上,她才计算过,再工作两三个月,她和小伙子的旅费就应该凑齐了。

小伙子,哦,她已经忘记了。

不久之后她就已经记不得他的名字,他的脸,关于这次背叛,她所记住的,不过是一次命运的打击而已。

日后,重新想到这段时光,她把在小饭馆和粉色房间之间度过的时间扩展为一年,但是她知道,也许真的时间要比这长出许多,而且她也和很多光顾她这里的男人一样,搁浅在这座城市里,在这座城市里游荡了数年,已经失去了准确的计算,男人来自各个国家,家人应该以为他们都已经死了,因为他们为自己目前的处境而倍感羞愧,他们没有告诉家人自己的消息,他们那飘忽的、毫无同情心的目光扫过一个个物件却根本视如不见。

有时他们会躺在麻木的、无法进入的嘉蒂身边,似乎忘了自己为什么到这里来,或者觉得自己到这里来的理由是如此荒诞,如此令人精疲力竭,以至于最终宁愿就这样躺着,既非熟睡亦非真正地活着。

嘉蒂日渐消瘦。

她的客人越来越少,所以一天的大部分时光都是躲在饭店的阴凉中度过的。

然而她的脑袋却十分清醒、警觉,有的时候她甚至觉得自己被一种热腾腾的快乐所淹没，那是夜晚她一个人的时候，她喃喃念叨着自己的名字，再一次，她觉得她的名字与她这个人是如此合适。

但是她越来越瘦，越来越虚弱，伤口也迟迟不能痊愈。

然而，有一天，她的赎身钱似乎真的存够了，她可以再次出发。

几个月来，她第一次走到街上，一跛一跛地走入酷热之中，找到了当时卡车聚集的停车场。

她每天都去，非常固执，试图弄明白在为数甚众的人群中，自己应该和谁联系，才能成功地登上其中的一辆卡车出发。

她渐渐习惯了回传到自己耳中那种变得尖锐、中性而充满斗志的声音，她会用几个在小饭馆里学来的英文单词问问题，同样，她也习惯了自己在卡车反光镜中看到的那张消瘦、灰色的脸，脸上是乱蓬蓬的，红棕色的头发，嘴唇变小了，皮肤干裂，的确，这是现在的她，她的脸，人们甚至已经不能判断是否是一张女人的脸，还有她骨瘦如柴的身体，人们也无法判断是女人的身体，然而她还是嘉蒂·丹巴，唯一的，对于这个世界的万物而言，如果要维持井然秩序就必不可少的嘉蒂·丹巴，尽管她现在已经越来越接近那些迷惘、饥饿、运作缓慢、成天在城市里游荡的人，甚至已经相像到需要问：他们与我的主要分别在哪里？然而她在问了自己这样的问题之后，她的内心会放声大笑，她觉得她是和自己开了个玩笑，为此她很是开心，她对自己说：主要分别就在于，我是我，嘉蒂·丹巴！

不，再也没有任何东西会让她感到吃惊或者害怕，甚至是让她在任何时候都昏昏欲睡，令她的四肢在突然之间失去力量的、巨大的疲倦，她会突然无法迈出脚，或是将食物送到自己的唇边。

对于这一切，同样，她也已经习惯了。

现在她认为这样一种精疲力竭的状态是她的肌体的自然状态。

若干个星期以后，正是这份极度的虚弱让她无法再离开那顶塑料和树叶搭起来的帐篷，她后来一直在这顶帐篷下躺着，在她也不知道叫什么名字的森林里，而且森林里的树她也不认识。

她不知道自己已经在森林里停留了多长时间，不知道阳光怎么会穿过蓝色的塑料布，映照出她的胳膊、腿，还有脚，她看见了，它们是如此遥远，如此消瘦，而她却觉得自己身体如此沉重，压在地上，甚至闭起眼睛，她就会觉得自己沉重的身体已经深陷进了土地里。

而她，嘉蒂·丹巴，从不因为任何事情感到羞愧的嘉蒂·丹巴，看到自己这样，如此体积巨大，身体笨重，无法动弹，她真是羞愧得要死。

一只散发着臭味的、微湿的手抬起了她的脑袋，想要将什么东西送进她的嘴里。

她想挣扎，因为这东西的味道和手的味道一样让她感到恶心，但是她已经没什么力气了，嘴巴根本不听自己的使唤地微微张着，于是，这黏糊糊的、没有味道的东西就一直流进了她的腹中。

她一直感到冷,深入骨髓的、可怕的寒冷,不管是盖在她身上的布还是有时会为她按摩的双手的热量都无法让她摆脱这份寒冷。

于是她多么希望能够深入地里,在她巨大的身体下方,土地不是已经打开了它的大门吗?她觉得,那里面的热量一定足够让她再次恢复健康,然而越是这样想,她一闭起眼睛就越是觉得冷,而且,对于这份寒冷,无论是透过塑料布的蓝兮兮的阳光,还是树下的帐篷里不流通的、潮湿的,也许也是热乎乎的空气——因为她觉得自己流了很多汗——都无能为力。

哦,当然,她冷,浑身每一块肌肉都疼,但是她仍然非常密集地思考着,以至于可以忘却寒冷和痛苦,以至于她重新看见了祖母和丈夫的脸,这是两个曾经对她好,给过她安慰的人,他们让她觉得,她的生命与她的存在和他们的生命与存在一般,具有同样的意义和价值,此时,她问自己,是不是自己曾经如此强烈期待过的孩子能够阻止她坠入如此悲惨的境地,但这也只是问问而已,她没有遗憾,因为她并不对目前的状况而感到惋惜,也不希望自己能够换一种别的什么境遇,她甚至在某种程度上感到很高兴,不是因为痛苦,而是因为她勇敢地度过了各种性质的危险,还有拥有作为人的处境。

她渐渐恢复了。

她能够坐起来,能够正常地喝水、吃饭。

看起来是一同生活在帐篷里的一对男女给她一点面包或是他们在外面煮好的麦糊,在外面,他们生起柴火,架了一口没有柄的锅。

嘉蒂记起来,在卡车上,他们就坐在她旁边。

他们俩都不太爱说话，嘉蒂和他们的语言也不太通，彼此只能用不太正确的英语交谈，不过嘉蒂最后还是弄明白了，他们几年来一直试图跑到欧洲去，男人在欧洲生活过一段时间，后来被驱逐出境。

他们各自在不知道什么地方都有孩子，只是已经很长时间没见了。

他们的帐篷是长长的帐篷队伍当中的一顶，塑料布都固定在木桩上，衣衫褴褛的人们在树间穿梭来去，手里拿着水壶和树枝。

嘉蒂发现自己什么也没有了，小包袱，护照，还有钱。

男人和女人把时间都用来造梯子，各人造各人的，嘉蒂用了一段时间来观察他们，弄明白了他们造梯子的方法，然后她也去找了树枝来，自己开始制造梯子，记忆有条不紊地浮现出那个没有名字、没有脸的小伙子曾经和她讲述过，他如何没能成功地攀越分隔非洲与欧洲之间的铁丝网，有时她会用她全新的、粗哑的嗓音问问那一男一女，而两人也会简单地回答她，虽然她不是都能够听明白他们说的东西，但是和以前学习的知识联系起来，或是在地上用些图案比比划划，她终于也算是理解了小伙子曾经和她解释过的事情，他们还把自己用来固定梯阶剩下的小段绳子扔给她，什么话也不说，一副不太高兴的样子，嘉蒂想，就好像是他们抢走了她的所有东西——她就是这么认为的——所以也不得不帮助她，尽管他们并不乐意。

她和女人走出森林，沿着一条沥青马路一直走到城门下。

嘉蒂瘸得很厉害，受伤未愈的小腿肚就暴露在旧包裙的下方。

她们沿街乞讨。

嘉蒂和那个女人一样伸出手。

人们冲她们嚷嚷了些什么,她们听不懂,但应该是骂她们的话,有人冲她们的脚吐唾沫,不过也有些人给她们一点面包。

饿的时候,嘉蒂就大口猛咬面包。

她的双手抖得厉害。

面包上有斑斑血迹,因为她的牙齿在出血。

但是她的心跳得很慢,很平静,她觉得自己也是这样,缓慢、安宁,没有任何东西能够伤害到她,因为她身上有无法替代的人类的特性保护着她。

天亮后不久,帐篷区响起了叫声,狗吠,还有跑来跑去的声音。

军人正在摧毁这些简陋的房屋,他们拔掉木桩,拆散了支撑帐篷的石头。

一个士兵抓住嘉蒂,扯下她身上的包裙。

嘉蒂看到他犹豫了一下,她明白,他一定是被她的身体吓着了,因为她那么瘦,而且皮肤上尽是些黑乎乎的斑点。

他给了她脸上一拳,将她打倒在地,满是愤怒,充满厌恶地撇着嘴角。

又过了一段时间,也许是几个星期,也许是几个月,反正夜越来越凉,透过森林看去,太阳似乎每天都更为低沉,更为苍白,有几个自封为帐篷区领导的人宣布第三天向铁丝网发起攻击。

他们在夜里行动，几十个男男女女，嘉蒂就在他们当中，嘉蒂觉得自己是那么单薄，几乎无法分辨，仿佛一阵风。

她和其他人一样带着她的梯子，梯子很轻，不过她觉得梯子似乎比她还重，就像有的时候，让人觉得非常荒诞的是，梦里的东西会是那么沉重，而她尽管瘸着，但是她前进的速度和同伴们一样，她能够感觉到自己脆弱的、火烧火燎的胸部骨架里，一颗强大的心脏正在跳动。

他们走了很长时间，静静地，穿过森林，接着是布满石块的荒地，嘉蒂被绊倒了好几次，但是她很快起身，重新走到原来队伍中的位置，她觉得自己只是一丝微不足道的空气，是一丝冰凉的、不可捉摸的空气——她真的很冷，从头到脚都那么冷。

他们终于走到了，那是一块在白色灯光照耀下的荒地，明晃晃的，就好像月亮也成了白炽灯泡，嘉蒂发现了传说中的铁丝网。

由于他们在不断地接近铁丝网，狗开始叫了，天上响起了噼噼啪啪的声音，嘉蒂听到有一个因为愤怒而变得尖锐、走调的声音在叫：他们在放空枪。再接着，也许是同样的声音发出了约定好的叫声，只一声，应该是命令，于是所有人开始向前跑。

她也在跑，张开嘴，但是她无法呼吸，她的眼睛定定地看着前方，喉咙也发不出任何声音，铁丝网已经就在眼前，她将自己的梯子靠了上去，一级一级向上爬，终于爬到最后一级，她攀上了铁丝网。

她能够听到耳边子弹在呼啸，还有痛苦和恐惧的叫声，她不知道自己是否也在叫，还是脑子里的血液在撞击，呻吟包围了她，她只是想着要往上爬，她想起小伙子和她说过，永远永远不要停下来，直到爬上铁丝网的最高处，但是铁丝网上的倒勾刺穿了她的手和脚，现在，她能够听到自己的吼叫声了，她感觉到血流在了胳膊上，肩膀上，她只是对自己说，永远永远不要停下来，永远，她不停地重复这句话，甚至不再理解这句话的意思，接着，她放弃了，松开了手，轻飘飘地向后倒去，她在想，嘉蒂·丹巴这个人，比一阵气息，比一阵风都要轻的嘉蒂·丹巴，她一定不可能触到地面，她一定会永远飞翔，无法捉摸，她太容易消逝了，所以永远不可能被压坏的，就在这刺眼的、冰冷的探照灯下。

是我，嘉蒂·丹巴，就在她的脑袋触地的一瞬间，她还在想，眼睛睁得很大，她看见在铁丝网上方有一只鸟儿慢慢地滑过天空，鸟儿有一双长长的灰色翅膀——是我，嘉蒂·丹巴，她相信自己看到了神的启示，她知道，她就是这只鸟儿，并且，鸟儿也知道。

对位

每次别人犒赏拉米纳的工作，给他钱的时候，不管是在他洗盘子的"尖嘴"饭店后厨，还是在仓库——他在那里为超市开箱取商品上架——再不就是在工地上，在地铁里，反正所有他出卖劳动力的地方，每次欧元从陌生人的手里传递到他手里的时候，他都会想起那个姑娘，暗暗地祈求她的原谅，祈求她不要咒骂他，不要用噩梦纠缠他。在他和别人共住的房间里，他就枕着自己的钱睡，他总是梦见那姑娘。她能保护他，或者正相反，她会将他推向更为凶恶的梦魇。有时候，阳光灿烂，他会抬起脸，迎着热乎乎的太阳，时不时地，朦胧的光线会突然变得不可思议起来，这时他会和姑娘说会儿话，轻轻地告诉她自己所经历的一切，他是那么感激她，就在这时，一只鸟儿消失在远方。

Trois femmes puissantes
© Éditions Gallimard, 2009
2024 SHANGHAI TRANSLATION PUBLISHING HOUSE (STPH)
All rights reserved.

本书系上海文化发展基金会资助项目
入选"十四五"国家重点出版物图书出版规划

图字：09-2022-165 号

图书在版编目（CIP）数据

三个折不断的女人 /（法）玛丽·恩迪亚耶著；袁筱一译；袁筱一，许钧主编. -- 上海：上海译文出版社，2024.9. --（非洲法语文学译丛）. -- ISBN 978-7-5327-9532-1

I. I565.45
中国国家版本馆 CIP 数据核字第 2024AM8155 号

三个折不断的女人
[法] 玛丽·恩迪亚耶 著　袁筱一 译
责任编辑 / 黄雅琴　装帧设计 / 周伟伟
上海译文出版社有限公司出版、发行
网址：www.yiwen.com.cn
201101　上海市闵行区号景路 159 弄 B 座
上海盛通时代印刷有限公司印刷

开本 889×1194　1/32　印张 9.5　插页 2　字数 161,000
2024 年 9 月第 1 版　2024 年 9 月第 1 次印刷
印数：0,001—3,000 册

ISBN 978-7-5327-9532-1
定价：68.00 元

本书中文简体字专有出版权归本社独家所有，非经本社同意不得转载、摘编或复制
如有质量问题，请与承印厂质量科联系。T: 021-37910000